Jürgen Wichmann

Die Tage auf Hydra
oder Das Geheimnis der vierten Taverne

Jürgen Wichmann

Die Tage auf Hydra

oder Das Geheimnis der vierten Taverne

Begegnungen

Illustrationen von Stefanie Weber

Paulinus

Die Deutsche Bibliothek – CIP-Einheitsaufnahme

Ein Titeldatensatz für diese Publikation
ist bei
Der Deutschen Bibliothek
erhältlich

1. Auflage 2001
Umschlagmotiv: Stefanie Weber, Schwalbach/Saar
Umschlaggestaltung: Paulinus Verlag GmbH
Druck: Paulinus-Druckerei GmbH, Trier
ISBN 3-7902-0333-5

Inhalt

Vorspiel		9
A	wie Annelies: Sag', daß ich mich töten darf	15
B	wie Barbara: Da kannst du dir gratulier'n	25
C	wie Cäcilia: So ist Schwimmen viel schöner	32
D	wie Dorothe: Ich will es nicht sein, die aufgibt	38
E	wie Edith: Jetzt ist es zu spät	44
F	wie Friederike: Erlöst euch erst einmal selber	54
G	wie Gabriel: Kein Stein und keine Inschrift	65
H	wie Hannah: Noch ein paar richtige Menschen	72
I	wie Ingrid: Allein hat sie keine Chance	79
J	wie Joanna: In der Pose einer antiken Seherin	88
K	wie Katja: In Bardolino oder ganz anderswo	95
L	wie Laurentia: Da kann ich rasend werden	103
M	wie Marianna: Auf ihre stille Art eine Patriotin	114
N	wie Nothburga: Du mieser Mensch!	124
O	wie Ortrud: Ein dreifaches »Laß das!«	131
P	wie Polli: Ein Stück Brot	137
R	wie Ria: Süßer Vogel Jugend, fliege weiter	143
S	wie Sigrid: Aber gereizt hätte es mich schon	152
T	wie Tatjana: Also doch das Auserwählte Volk	165
U	wie Ulrike: Heute Nacht einen Tanz gemacht	176
V	wie Verena: Du wirst es nicht schaffen	184
W	wie Wilma: Sodom und Gomorrha	195
X	wie Xaveria: Komm' mit in die Schweiz	201
Y	wie Yvonne: Männer sind dumme Kinder	210
Nachspiel: Die letzte Geschichte		219
Z	= Ingeborg: Wie keine andere sonst	221

Bei Männern achte man auf den Druck der Hand. Forsch oder schlaff – entschieden oder unentschlossen. Schlimm, wenn man einen toten Fisch gereicht bekommt, womöglich noch feucht und kalt. Bei Frauen sagen es die Augen, denn dahinter wohnt die Seele. Wird Einblick gewährt oder gibt sich die Person verschlossen? Ist das Fenster geöffnet, so suche man darin bis auf den Grund. Darf ein Mann dort nur anlegen, oder darf er auch festmachen? Doch was heißt: festmachen?
Das kann heißen ein Gespräch, kann auch heißen eine Umarmung. Kann auch zu einer bleibenden Freundschaft führen. So eine Begegnung, die über ein erwachsenes Leben hin anhält, muß nicht im Bett landen. Tut sie es doch, so begibt sie sich in Gefahr, nach einem Feuerwerk ausgebrannt zu sein. Auch Zärtlichkeit kann Erfüllung sein, wenn die natürliche Grenze erkannt wird, die aufgrund eigenen Gewissens nicht weniger gilt als jene aus bestimmten Büchern.

Wir kamen für einige Stunden
und blieben vier Tage;
ich hätte sagen müssen,
daß wir nie wieder weggegangen sind.

P. J. Launey

Vorspiel

Kalós orisate – Herzlich willkommen auf Hydra! Der Hafen der einst reichsten griechischen Insel lag nicht mehr voller Kriegsschiffe, die ihre Bewohner vor hundertsiebzig Jahren im Freiheitskampf gegen die Türken ausgerüstet hatten; es waren nur kleine Fischerboote. Die zwei oder drei Segelyachten darunter sahen aus, als hätten sie sich hierher verirrt. Hitze und Stille des Mittags waren längst gewichen, der Nachmittag gab sich warm und freundlich, die Menschen des gleichnamigen Städtchens kamen wieder aus ihren Häusern, und das Leben dieses Tages begann zum zweiten Mal. Die Sonne stand schon nicht mehr im Zenit, am Himmel zeigte sich nicht eine Wolke, er spiegelte sein Blau im nur leicht bewegten Meer. An den Kais, die den von der Natur geschützten Hafen zu drei Seiten umrahmten, schwoll der Lärm langsam, doch zunehmend wieder an, das Reden und Rufen, das Stöhnen der Esel, das Rattern der Lastkarren – Autos gibt es auf der Insel nicht – und die Musik in den Tavernen und Kapheons, vor denen jetzt mehr und mehr alte Männer unter schwarzen Hüten ihre angestammten Sitzplätze wieder einnahmen.

Die drei Männer mit weißen Sonnenkappen saßen auf der Terrasse des Hotels Miramare und schauten eine Zeitlang schweigend dem Treiben da unten zu. Im Sommer fielen sie in dem einzigen Städtchen der Insel, die keine dreitausend eigene Seelen zählte, nicht weiter auf. Da kamen Touristen und Künstler aus aller Welt, und auch ihr Hotel war nur sommers geöffnet. Wer Fremdes käme im Winter schon auf die Idee, eine der Inseln zwischen saronischem und argolischem Golf zu besuchen? Da waren die Einheimischen unter sich, da wurde geheiratet, da wurden Boote gestrichen und Netze geflickt, da gehörte Hydra sich selbst.

Sie hatten es sich schon seit Jahren vorgenommen, einmal wollten sie sich auf Hydra treffen, eigentlich aus einer bestimmten Neugier. Weil sie gelesen hatten, am Hafen der Felseninsel sähe man bei Sonnenuntergang von einer bestimmten Taverne aus über Hafen und Meer die Welt mit anderen Augen. Man vergäße die Zeit, die Aufregungen von daheim versänken hinter dem Horizont, und der Gast, endlich glückselig, wünsche alsbald nichts lieber, als hierzubleiben, den Menschen der Insel gleich. Sie waren nach Athen geflogen und von Piräus aus mit dem Tragflügelboot durch den saronischen Golf in kaum drei Stunden hinüber gerauscht. Noch war im westlichen Europa keine Ferienzeit; so fanden sie den Ort ihrer Träume nicht übervölkert vor. Und wenn gegen Abend das letzte Fährschiff abgelegt hatte, gehörte das weiße Hydra auch ihnen. Nur die geheimnisvolle Taverne, die mußten sie noch herausfinden.

So stiegen sie die kleine Straße, eigentlich einen Weg mit immer wieder überraschend auftauchenden Treppen, hinunter zum Hafen und schritten einmal, zweimal die Kais entlang, immer den Blick auf die Häuser, die Läden, die Kapheons und die Tavernen gerichtet. Von diesen zählten sie drei.

»Gut«, sagte der Erste, »dann kehren wir in diese hier ein, und wenn wir da nicht glücklich werden, dann besuchen wir morgen die nächste.«

»Und übermorgen die dritte«, sprach der Zweite. »Eine von denen muß es ja sein.«

»Dann sehen wir mal zu, ob wir auch Platz finden«, befand der Dritte. »Aber draußen!«

Sie fanden drei nicht allzu bequeme Sitzgelegenheiten, die

mit Strohgeflecht bespannt waren und schon manches Jahr abgedient hatten. Der Kellner erschien und brachte nach einiger Zeit das Gewünschte: retsinierten Landwein, Brot, Tomaten, Oliven und Käse. Den kräftigen Wein und das Brot ließen sie sich im Laufe der Stunden noch mehrmals kommen. Sie blickten in den Hafen und über die Boote und die Mole hinweg auf das Meer, das seine Farbe nach und nach vom Blau ins Gold, vom Gold ins Rot, vom Rot ins Silber wechselte und dann ergraute. Ehe es schwarz und die Stadt dunkel wurde, gingen in den Häusern die Lichter an, und die zirpende Musik der viersaitigen, mandelförmigen Bouzoukis wurde lebendiger und lauter. Die paradiesische Insel nahm sie schon am ersten Abend gefangen.

Die Glocke vom Turm des Klosters der Gottesmutter schlug die letzte Stunde des Tages. Daheim hatten sie gelobt, um Mitternacht im Bett zu sein. Ehe sie nun zum Hotel aufbrachen, meinte der Erste, dessen Name Johannes war, Graphiker und Bildhauer aus der Eifel und noch der alten Schule, daß die Geschichten, die sie sich an diesem Abend gegenseitig erzählt hatten, ermutigten, die Reihe am nächsten Abend fortzusetzen.

»Der Heiner«, rief der Zweite, der Günther hieß, von Beruf und Passion Maler und erfolgreich an der Saar, »der Heiner hat heute mit dem Erzählen angefangen. Morgen bin ich dran.«

Heiner, das war der Dritte von ihnen, schrieb Beiträge für Zeitschriften und Bücher, gab Bücher heraus, hatte es bisher aber nur auf ein eigenes Buch gebracht, einen Kriminalroman. Folglich sollte er auch spannend vortragen können. Er hatte ihre Erwartungen auch nicht enttäuscht.

»Alles erlebt. Fast alles«, fügte er lieber hinzu, ehe ihn die beiden Freunde allzu kritisch betrachteten. »Ein bißchen Dichtung darf schon sein. Sonst wird es langweilig, und ihr hört nicht mehr zu.«

»Nun aber langsam«, widersprach Günther. »Haben wir dich denn gelangweilt?«

»Das waren eure braven Geschichten«, spöttelte Heiner. »Auf eure flotten Stories bin ich gespannt.«

Was mochten sie sich erzählt haben? Jeder hatte der Reihe nach eine und dann noch eine Begegnung zum Besten gegeben. Den Anfang hatte der Schriftsteller gemacht. Da hatten sie gleich gemerkt, daß neben der heiteren Unbefangenheit der bittere Ernst des Lebens wohnte. In der Erinnerung verklärte sich manche der Gestalten, und schließlich sollte es sich herausstellen, daß diese alle – Frauen waren, Mädchen, Mütter, inzwischen einige auch schon Großmütter. Eine war Ballettmeisterin gewesen, und eine andere gar war Klosterschwester. Das schien für die Zuhörer zunächst den Reiz zu erhöhen; doch sie sollten sich täuschen.

Als sie genug auf das Meer und noch keineswegs genug ins Glas gesehen hatten, seufzte Heiner plötzlich:

»Schön! Mein Gott, ist das schön hier! Wie zum Verlieben!« Er überließ es den beiden anderen zu erraten, wenn schon verlieben, dann in was oder wen. Die eher schwermütige, elegische Musik der Griechen, Rembetiko genannt, hätte den Gast an den portugiesischen Fadogesang erinnern können – Lieder der Klage, des Schmerzes, des verletzten Stolzes und der Hoffnung.

Er ließ sich Zeit, ehe er fortfuhr: »Kommt doch mal näher, bitte. Ich kann nicht dafür, aber ich gerate da in eine so wehmütige Stimmung, daß ich vor Glück und Unglück weinen möchte. Denn mir fällt ein Mädchen ein, meine erste Liebe. Wollt Ihr die Geschichte hören?« Da der Bildhauer und der Maler nichts Besseres zu tun hatten, sagten sie, ein wenig skeptisch noch, ja. Und der Schriftsteller begann.

Der erste Tag

A wie Annelies: Sag', daß ich mich töten darf

Es war am Grubenteich, und der hatte einen hohlen Turm, von dem man springen konnte. Wenn man an den Teich gelassen wurde. War aber die Tochter des Betriebsführers dabei, wenigstens eine von seinen fünf, so gab es an der Markenkontrolle kein Problem, und wir drangen über Schienen und hölzerne Stempel für den Verbau unter Tage bis zu dem im Sommer begehrten Wasser vor.

»Du verdammter Mistkerl!« schrie sie schon im Sprung und ließ nur den linken Arm vorgestreckt, mit der rechten Hand hielt sie das obere Teil ihres Badeanzugs fest. Klatsch, war sie drin und konnte die Bänder auf dem Rücken selbst nicht mehr verknoten. So kam sie nach einiger Zeit wie eine halbe Eva aus der dunklen Brühe, der Kohlenruß verdeckte geschämig ihre an den Brüsten weiße Haut.

»Du verdammter Mistkerl!«, damit war ich gemeint, wenn auch in polnischer Sprache, exakt in wasserpolnischer, wenn das eine Sprache ist, doch fluchen konnten wir deutschen Kinder gut in diesem Kauderwelsch. Erstens klang es schlimmer, als es von den Worten her war, und zweitens hatten wir die Kraftworte den Erwachsenen ja abgelauscht.

Also Mistkerl, verdammter auch noch, das saß. Auf dem Rückweg sprachen wir kein Wort miteinander. Seit einiger Zeit erst waren wir Nachbarn und fuhren nun gemeinsam in die Stadt zur Schule, Mädchen und Jungen nach höheren Lehranstalten getrennt. Allerdings gab es da ein Problem, Annelies war vierzehn und damit ein ganzes Jahr älter als ich, und das sollte bei Mädchen in diesem Alter angeblich etwas bedeuten. Was nur? Ich kam erst später dahinter.

Zunächst einmal war wie gesagt Sommer, und da reiften und rochen die Birnen in dem riesengroßen Garten ihres Vaters für uns Jungen unwiderstehlich. Wir befestigten zwei Bohnenstangen hintereinander, der Länge wegen, damit wir wenigstens an die unteren Äste der hohen Bäume herankamen.

Ganz oben an der Stange befestigten wir eine große Konservendose, wie eine Krone eingezackt, scharf und praktisch. Unter die Dose nähten wir mit Draht einen Stoffbeutel, der unsere Ernte aufnehmen sollte. Das gelang an ein paar Abenden, doch das Abreißen der süßen Früchte machte jedes Mal ein nicht zu überhörendes Geräusch. Annelies' Vater war nicht immer auf Schicht, er hatte gute Ohren und dazu ein Jagdgewehr. Annelies hatte uns davon gesprochen. So beschworen wir sie, von ihrem Zimmer aus, im zweiten Stock des Domänenhauses gelegen, uns ein rasches dreifaches Lichtsignal zu geben, wenn ihr Vater im Anmarsch wäre. Allein, er kam erst gar nicht heraus, er schoß aus dem Fenster im Parterre. Mit Schrot. Prreng, es hagelte scharf an der schon beutelschweren Dose und auch in seine verführerischen Birnen an den Ästen. Sein Schaden. Doch vor Schreck ließen wir die Stange samt Aufsatz und Ergebnis fallen; er fand sie sogleich, als er mit einem Handscheinwerfer von der Grube in den Garten gelaufen kam. Hatte er gefürchtet oder etwa gehofft, einen der Birnendiebe zu erwischen? Er schoß noch einmal, wohl zur Warnung in die Luft, doch wieder traf es seine Gruschki-Birnen. Da konnten wir uns ein befreites, weil schadenfrohes Lachen nicht verkneifen, das er hören mußte. Und er schimpfte laut in den Garten meiner Eltern herüber, er werde es der Mutter sagen – mein Vater war schon vor Jahren gefallen.

Mistkerl verdammter? Er und seine Annelies! Jetzt waren wir quitt. Mindestens – wenn nicht mehr als das. Wir hätten ja angeschossen, schwer verletzt, ja tot sein können. Sie aber hatte nicht aufgepaßt, uns dem Zorn ihres rabiaten Vaters überlassen und wäre wahrscheinlich nicht einmal zu unserer Beerdigung erschienen. Massenmord und Massengrab für uns drei schlimmen Diebe! Blöde Kuh, das war noch der harmloseste Titel, den ich für sie übrig hatte. Alte Ziege, ergänzte mein Kumpel. Elende …, wollte der Dritte im Bunde sagen, da verbot ich es ihm. Denn eigentlich war Annelies ganz nett. Und schon am nächsten Nachmittag brachte sie meiner Mutter einen Korb voller Birnen.

»Schönen Gruß vom Vater«, sagte sie scheinheilig und sah mich dabei nicht an. Als sie sich drehte, um zu gehen, flogen ihr die Zöpfe um die Ohren. Wunderbare Zöpfe, mußte ich mir eingestehen. Und ich dachte an den Grubenteich.

Und dann waren Frost und Winter. Eines Abends, als ich vom Turnen heimkam, hatte sie mir draußen aufgelauert, nein, auf mich gewartet. »Komm' einmal her, du Schlimmer!« flötete sie, süßer noch als ihre Birnen. »Komm' näher, ganz nah!« Da küßte sie mich auf den Mund, ganz weich, einmal, zweimal, endlos, unendlich! Himbeere, Brombeere, Kirsche? O Gott, die Welt blieb stehen, und ich starb fast in ihren Armen; anschließend habe ich mir eine Woche lang das Gesicht nicht gewaschen. War das eine Überraschung, eine Wohltat, der Himmel oder so.

»Ach, Annelies«, stammelte ich benommen, »das … das muß jetzt so weitergehen, jeden Abend!« – »Von wegen!« lachte sie mich aus. »Das war nur wegen einer Wette, die ich auf dem Geburtstag meiner Freundin verloren habe. Und jetzt ist Schluß. Geh' ab nach Hause, deine Mutter wartet.«

»Du grausam böses falsches Weibsstück!« fauchte ich in mich hinein. »Nein, so gebe ich nicht auf, morgen ist auch noch ein Tag, will meinen ein Abend, da stelle ich dir schon ein Bein. Ohne mich kannst du nicht glücklich werden, niemals!«

Gesagt, getan. Im Windfang des Domänenhauses schellte ich kurz, duckte mich und wartete ab. Tatsächlich, wer an die Türe kam, war Annelies. Ihre Schwestern, zumeist älter als sie, hätte ich auf keinen Fall küssen mögen, und meine eigenen schon gar nicht. Ich sagte nichts, sondern fiel ihr aus dem Dunkel um den Hals. Sie war so verdutzt, daß sie es geschehen ließ, einmal, zweimal – und dann knallte sie mir eine. Tat das weh? Ich weiß es nicht mehr. Eigentlich war es ja nur ein Backenstreich, da waren wir Jungen anderes gewohnt. Sogar in der Volksschule hatten wir noch Prügel bekommen mit dem Rohrstock auf die Hand und auf den Hintern (Kinder haben noch keinen Allerwertesten). Nein, es tat überhaupt nicht weh, sie hatte doch so liebe Hände. Tapfer wurde diese Niederlage verschmerzt und bald schon in einen Sieg umgewandelt. Schließlich hatte ich sie zweimal auf den warmen, weichen Mund getroffen – ach, Annelies! Nur, daß ich ihr den Streich nicht noch einmal spielen konnte und bis zum nächsten Sommer warten mußte, bis ich glaubte, nochmals eine Chance zu haben. Es sollte unser letzter gemeinsamer Sommer sein.

An einem Sonntagmorgen nach der Messe ging ich unter irgendeinem Vorwand in ihr Haus. Buscha, ihre kleine Schwester, führte mich sogar auf ihr Zimmer, das sie mit ihr teilte. Und da sah ich den Grund für die Ablehnung meiner schmachtenden Werbung: ein, wie mir schien, teuer gerahmtes Foto auf ihrem Nachttisch, das Gesicht eines Kindersoldaten darin, die Uniform der Heimatflak. Da kam Annelies hereingestürmt. »Was machst Du hier?« Und schon drehte sie das Bild um. »Schämst du dich nicht?« zischte ich. »So ein Greis, mindestens sechzehn Jahre, von dem hast du nicht mehr lange was. Nimm doch mich, ich bin zwei Jahre jünger!« Die Aussicht auf seinen nahen Heldentod beeindruckte sie gar nicht. Es war schon lange Krieg und das Sterben auch junger Menschen nichts Besonderes mehr. Ihr geliebter Peter hat den Krieg nicht überlebt – es fielen Bomben auf die Stellung seiner Batterie. Doch an diesem schönen Sonntagmorgen vermochte das liebende Weib nichts zu erschüttern.

Ach, Annelies! So hochmütig, wie du damals zu mir warst, hat dir der Regen in die Nase getropft. Und das bei deinen Sauerkrautstampferbeinen. In jedem Spätherbst stiegst du in die Niederungen eures Holzfasses, um das frisch gehobelte Weißkraut einzustampfen für den Winter, eine Lage Kraut, eine gute Handvoll Salz und so weiter. Dazu mußtest du dir die Füße in Seifenlauge waschen, dann ordentlich wässern und gründlich abreiben, weiße Kniestrümpfe darüberziehen und vor allem den Rock hochbinden. Deshalb haben wir Jungens den Mädchen niemals zuschauen dürfen. Angeblich kamen für diese Dienste nur ehrbare Jungfrauen in Betracht, da waren die oberschlesischen Omas abergläubisch. Weil sonst, so behaupteten sie allen Ernstes, das Sauerkraut schimmelte und mißriete. Na, gut.

So habe ich mir halt vorgestellt, wie du im Faß gestanden und getreten hast, wie schon die römischen Winzer ihren jung gelesenen Wein. Nur, daß deren Füße davon lieblich rochen, deine aber nicht. Und wenn deine Mutter nachher das volle Faß in unzählige Portionen teilte, ich habe keine davon essen mögen, nicht eine Gabel. Pfui Teufel – mit den Füßen, die Strümpfe waren doch nicht dicht. Zu Weihnachten war es dann immer so weit, da wurde die erste Schüssel Kapusta (Kappes) aus dem Keller geholt, mit Quas, dem Saft des Krautes. Da kam der Holzdeckel wieder auf's Faß, gegen die Luft, und dann noch der dicke, schwere Stein. Zum Gänsebraten gab es Rotkohl, der bei uns Blaukraut hieß, doch zum Schweinebraten gehörten polnische Klöße, halb (roh) und halb (gekocht), dazu das Sauerkraut. Eine eigene Welt- und Wertanschauung. Aber deine Füße, Annelies, nicht. Die rochen ja wohl noch wochenlang nach der salzigen Sole, wer wollte sie dir dann küssen? Einer schönen Frau den zarten Fuß, schwärmten ältere Freunde, die es ja (aus dem Kino) wissen mußten; doch einem Mann – niemals. Nie im Leben, nicht einmal die Hand, selbst wenn ein Bischofsring am Finger steckte. Keine Unterwerfung vor einem Mann, doch warum nicht vor einer Frau? Doch nicht vor dir, Annelies! Dazu kam es freilich nicht mehr. Im letzten gemeinsamen Winter mußtest du dein Sauerkraut allein verschlingen, ich war der Russen wegen schon weg. Und es hat dir – pardon – hoffentlich sauer aufgestoßen. Wenn du mich schon verstießest. Ja, Knabenträume, schwül und rachedurstig!

Da kam mir ein Zufall zur Hilfe. Annelies saß eines Nachmittags unter einem hohen Lindenbaum im Garten und las, mit dem Rücken zum Zaun, der unsere Gärten trennte. Sie las auch noch, als ich erschien, mein Fahrrad souverän an den Zaun warf und in den Himmel starrte, als sähe ich dort keine Amibomber sondern eine Botschaft, die mir eingab, wie mein Problem endlich zu lösen wäre. In der Tat, ich holte zwei lange Stricke aus unserer Gartenbude, wo wir Jungen manchmal Schießpulver fabrizierten, das wir den Resten von Zündschnüren aus dem Bergwerk entnahmen – wegen des Teers eine klebrige, umständliche Arbeit. Damit füllten wir Patronenhülsen, in die wir zum Schluß je nach Mut des Werfers kurze oder noch kürzere Zündschnurstücke steckten. Die Hülsen wurden dann am Hals zugezwickt, und bald darauf gab es in unserer Wohngegend einige prächtige Knaller. Die hörten sich wie Gewehrschüsse an und machten als Erstes die Bewacher des englischen Kriegsgefangenenlagers neben unserem Garten verrückt. Ganz ungefährlich war die Sache in verschiedener Hinsicht nicht, doch wie gesagt, es war Krieg, und da war auch uns Kindern fast alles erlaubt.

Doch jetzt kam es darauf an, auf etwas Besonderes. Annelies las und las, unerschütterlich. Was für ein Buch sie vor dem Bauch hielt, konnte ich nicht sehen, falls eines für die Schule, dann war sie ein Streber, falls einen Roman, wohl gar einen Liebesroman, dann durfte ich sie doppelt ablenken, um ihr zu imponieren und mir den Durchbruch zu schaffen. Ich warf den ersten Strick; wie ein Lasso schlang er sich um den Ast, der von ihrem Baum zu uns hinüberhing. Er hielt. Dann den zweiten Strick. Er hielt ebenso. Die beiden unteren Enden wurden um ein Stück Holz geflochten, so daß eine Art Schaukel entstand. Doch Kerle wie ich schaukelten nicht mehr. Ich wollte es machen wie im Turnverein, wo wir mit vierzehn Jahren schon zu den Älteren zählten, von den Jungen über sechzehn war keiner mehr da; die kämpften an irgendeiner Front um ihr Leben. Ich faßte mit den Händen das Holz und schwang in weitem Bogen nahe an Annelies vorbei. Sie saß und las eisern. Ich hüstelte, hustete vernehmlich. Mir schien, sie sah, ohne den Kopf zu wenden, über die Schulter. Da wagte ich einen eleganten Abgang. Der Auftritt eines Schauspielers und sein Abgang seien das Wichtigste im Theater, hatte uns der Deutschlehrer verraten. Also Abschwung. Das dürre Holz brach, und ich landete mit dem Gesicht voran auf dem Kies. Die Erde hatte mich wieder, wenn auch mit arg zerschundener – Fresse pflegte man bei uns drastisch zu sagen. »Entschuldigung!« war alles, was ich in Richtung Annelies noch quaken konnte. Meine Mutter behandelte das Ganze mit Jod und Hansaplast. Die Klasse lachte am nächsten Morgen; doch vom Krieg Verwundete humpelten und stolperten damals mehr als genug herum, was besagte da schon eine gebrochene Nase. Sogar der Musiklehrer, der uns den Takt entweder mit einem Kantholz oder mit seinem Schlüsselbund beibrachte, lachte höhnisch; es verging ihm schon bald – er weinte vor uns, die Memme, weil er den Gestellungsbefehl erhalten hatte. Und ich sagte wochenlang gar nichts mehr, bis die Pflaster verschwanden. Annelies war für mich gestorben.

Was ihr wahres Sterben anging, so stand das noch etliche Jahre in Verzug. Sie durchlitt bald danach unter den Siegern aus dem Osten eine schwere Zeit. Im Westen sahen wir uns ein einziges Mal. Dann heiratete sie etwas hastig, der herzensgute Vater, den sie auf der Grube »Stalin« nannten, warf sie hinaus. Infolge schlechten Gewissens gab er sich aber schon acht Monate später allzu überschwenglich friedlich. Ein Sohn, für ihn sein erster Enkel! Da verzieh er alles und setzte Annelies' Mann beruflich auf ein starkes Pferd. Der arbeitete sich hoch und brachte es bis zum Prokuristen. Dem Sohn folgten drei Töchter. Kaum waren die aus dem Gröbsten, übernahm Annelies ehrenamtlich Aufbau und Leitung einer Pfarrbücherei, nachdem sie die Qualifikation dazu erworben hatte. Ihr Leben reihte sich in bester Ordnung. Doch bald schon kündigte sich bei ihr eine böse Krankheit an, von der sie Freunden erst nach langem sagte, daß es Krebs sei. Der durchwanderte ihren schönen Körper, bis er nach Jahren ins Rückenmark gelangte. Da sahen wir uns doch noch einmal, zum letzten Mal. Sie wußte, wie der Prozeß ihres unaufhaltsamen Sterbens verlaufen würde. Vom Balkon ihrer Wohnung in dem hohen Haus in der Landeshauptstadt winkte sie zum Abschied nach unten, wo ich am Wagen stand und nicht einsteigen wollte. Da rief sie laut ihr altes »Mistkerl, verdammter!« Mir klang es wie »Liebster, verschrammter!« Da fuhr ich los und heulte.

Sie rief mich noch mehrmals an, lag schließlich auf dem Wasserbett, und es war stundenlang niemand da, sie zu wenden. Die Franziskaner unten im Kloster von nebenan kamen zwei- oder dreimal, um sie zu trösten; doch obwohl die Tür ihrer

Wohnung für Besucher und Helfer offenstand, sie in gänzlicher Abhängigkeit allein da lag, trauten sich die frommen Männer nicht mehr zu einem Menschen, dem sie mit Worten und Gebeten nicht mehr zu helfen vermochten. Irgendwann überraschte sie mich während der Arbeit – es standen einige Leute um mich herum – mit einem Anruf und fragte, ob sie sich töten dürfe. Ja, töten, sie halte die Schmerzen nicht länger aus. »Ja, töten«, wimmerte sie. Ich vergaß meine Besucher und fragte zurück: »Wie denn bloß?« – »Ich habe mir heimlich Schlaftabletten aufgespart, die Anzahl reicht«, stöhnte sie. »Annelies, Annelies, ich kann Dir den Freibrief nicht geben«, sagte ich bitter. Das Gespräch brach ab. Ein paar Wochen später war sie wieder am Telefon: »Mein Mann hat die Tabletten gefunden und mir weggenommen. Jetzt bleibt mir nur noch die Telefonschnur. Ich habe sie mir um den Hals geschlungen. Sag' mir, daß ich mich aus dem Bett fallen lassen soll. Dann hab' ich's hinter mir. Bitte, sprich!« O mein Gott, was sollte ich sagen? Annelies, liebe Annelies, dachte ich voller Angst, das darfst du nicht. Ich hatte gut reden. Ich sah Günther, ihren Mann, vor mir und ihre vier halbwüchsigen Kinder. Und ich dachte an Gott. Mein Gott erlaubte das damals nicht, es wäre gegen seine Schöpfung, jedenfalls gegen seine Theologen gewesen. Das wußte sie auch. Aber was ihr um Gottes Willen sagen? Ich nannte sie nur beim Namen und wollte einhängen, da hörte ich einen Schrei. Es war nicht ihre Stimme, und es hatte sie anscheinend jemand im letzten Augenblick gefunden. Wahrscheinlich eines ihrer Kinder. Abrupt wurde der Hörer drüben eingehängt. Es dauerte eine Zeit, bis Günther anrief. Annelies hatte es überstanden. Ich aber meine Gewissensbisse bis heute nicht. Durfte ich ihr diese Sterbehilfe verweigern? Hätte ich ihr nicht doch helfen müssen, sich selbst von dem ungeheuerlichen Schmerz zu erlösen? War ich nur zu feige, ihrem Mann nachher ins Gesicht zu sehen? Hätte ich es ihm denn sagen müssen? Jetzt weiß er's. Leb' wohl, Annelies!

Der Bildhauer und der Maler hatten aufmerksam zugehört. Sie nahmen einen tiefen Schluck und schwiegen, wohl um ihre Rührung zu verarbeiten. Dann meinte der Maler scheinbar leichthin: »Wie schade, daß deine Geschichte nicht weitergeht. Was ist mit dem Mann?« Auch der Bildhauer hätte sich eine Fortsetzung gewünscht. Er malte mit dem Finger auf das weinbefleckte Tischtuch aus Papier kleine Kreuze und räusperte sich umständlich, ehe er fragte: »Bist du inzwischen damit klargekommen? Würdest du ihr heute helfen und sagen: Ja, tu's – du darfst?« Heiner wollte nicht gleich antworten. Nach einer Pause sagte er leise: »Ich weiß es noch immer nicht.« Da meinte der Bildhauer. »Lassen wir's lieber. Der Abend ist so schön.« – Wieder schwiegen die drei, bis der Maler fragte: »Und Geschwister hat Annelies nicht gehabt?« – »Doch«, sagte der Schriftsteller, »hat sie, sogar mehrere. Vor allem eine der jüngeren Schwestern stand ihr nahe, wir nennen sie in unserer Familie immer noch Buscha.« Er ließ die Freunde einen Augenblick warten. »Aber das ist auch so eine Geschichte.« – »Dann erzähl' sie uns, gleich heute Abend«, riefen die beiden erfreut, weil sie hofften, daß die ihnen noch unbekannte Schwester die trüben Gedanken verscheuchen werde. Und tatsächlich, so kam es.

Heiner nahm einen bedächtigen Schluck, ehe er mit seiner zweiten Geschichte anfing.

B wie Barbara: Da kannst du dir gratulier'n

Also, wir nannten sie Buscha, sie selbst sich auch; ich habe damals nie einen anderen Namen von ihr gehört. Buscha war die jüngere Schwester von Annelies, also ebenfalls Nachbarskind. Während des ganzen Sommers lief sie wie die meisten Kinder bei uns barfuß, die Füße meistens voller Gänse- und Entendreck – die Nachbarn hatten wegen des Federviehs für ihre vielen Mäuler immer genug und gut zu essen. Doch wegen eben dieser unbeschuhten Füße bekam sie regelmäßig Schnupfen und empfahl sich dann durch eine unerschöpfliche Schnuppsnase, deren gelblichen Inhalt sie vergeblich bemüht war hochzuziehen. Rotz ist Rotz. Das machte von Zeit zu Zeit Geräusche, die vor allem Struppi, unserem Hund, nicht sehr gefielen. So erbarmte sich das brave Tier denn auch immer wieder und leckte ihr die gelben Lichtlein – wir nannten sie Dauerbrenner – mit treuem Augenaufschlag ab. Flupp, einfach so!

Buscha ließ es geschehen, es war ihr praktisch. Ein Taschentuch – meine drei Schwestern sagten Rotzfahne – hätte sie ohnehin nicht gehabt. Dafür hüllte sie sich in kühleren Jahreszeiten in eine Wolljacke. Die war an Brust und Rücken meistens schwarz. Nur die Ärmel hellten mit der Zeit ihre dunkle Farbe regelmäßig ins Gräuliche auf. Wenn sie dann steif wurden wie gestärkt und anfingen zu glänzen, nahm sich die Mutter der Jacke an, wusch den abgewischten Schmier resolut aus – und damit war die ganze Jacke wieder im schwarzen Urzustand. Fertig, bis zum nächsten Mal. Und das konnte, je nach Wetter, ein paar Wochen oder Tage dauern. Hier übermannt mich die Erinnerung: Unsere Struppi war echt ein feines Tier von Hündin, aus englischem Adel – ein Airedaleterrier –, trotzdem haben die Russen sie später gebraten. Wir zogen ihr einen Badeanzug an, und sie sprang mit uns ins Planschbecken. Auch als »Schwester Ottilie« ließ sie sich verkleiden, mit einem Kopftuch als Haube. Argos dagegen, der Nachbarsrüde, war trotz seines griechischen Namens ein wasserpolnischer Schäferhundverschnitt. Wie zum Dank für Struppis Samariterdienste ließ Buscha den falschen Griechen in unseren Garten sausen. Die Folge war dann ein Wurf ordinärer Promenadenmischungen – es war nicht die feine englische Art.

Buscha war und ist bis heute gläubig; sonntags nimmt sie mit ihrem Mann an der Meßfeier der Gemeinde teil. Damals kam sie auf den unerhörten Einfall, selbst eine Marienandacht zu veranstalten, nämlich im großen Müllkasten aus Beton. Dieser hatte oben eine eiserne Klappe zum Einwerfen des Mülls und unten eine ebensolche Tür, aus der der angesammelte Müll von Zeit zu Zeit herausgeschaufelt wurde. Diese Einrichtung war landesüblich. Nach dem Entleeren dieser Art von Behelfskirche nahm Barbara den Gartenschlauch und säuberte den Kasten von innen, dann stellte sie eine kleine Ritsche als Betbank hinein, lud noch ein paar Nachbarskinder ein, so auch meine jüngeren Geschwister, und bald darauf erscholl aus dem Müllbehälter ein mehrstimmiges Marienlied nach dem anderen. Die Mütter zeigten sich darüber sehr beruhigt. Sie dachten, wenn die Mädchen so bleiben, dann kann schon nichts schiefgehen. Ach ja, immer nur das Eine!

Buscha war damals sechs oder sieben Jahre alt, ging schon zur Schule, das heißt, sie stieg über die Mauer auf den Schulhof und behauptet noch heute, daß sie den Namen der Straße, die zur Schule führte, nie gesehen habe und deshalb diesen auch nicht kenne. Ich glaube es ihr gerne. Mein jüngerer Bruder, der zur gleichen Schule ging, tat so etwas Verbotenes nicht. Er hatte schon damals seine Grundsätze. Zu dieser Zeit war Buscha ein Gripsch, im Westen sagt man dazu Apfelkitsch. Mager, aber immer fröhlich – wer hätte ahnen können, zu welcher beachteten Schönheit sie aufsteigen sollte. Als wir Jahrzehnte später zusammen in Warschau waren, beugten sich vor allem polnische Intellektuelle, die wir dort antrafen, tief über ihre Hand, um sie nach alter Landessitte zu küssen. Dabei warfen sie nach Möglichkeit einen Blick in ihren tiefgewählten Ausschnitt, so lange, bis sie fündig wurden. Die Küsserei wollte schier kein Ende nehmen. Bei einem Gripsch, auch wenn er längst erwachsen war, wäre ihnen das nie eingefallen. Sie hatte einen Familiennamen, den die polnischen Partner hoch schätzten – es war der eines berühmten Historikers des Landes. Welch ein Anknüpfungspunkt für abermals tiefgründige Gespräche!

Getauft war sie als Bergmannstochter auf den klangvollen Namen Barbara. Als sie noch Buscha war, lernte sie – wie gesagt – auch meinen jüngeren Bruder kennen, badete bei uns im schon erwähnten Universalbecken zusammen mit ihm; dennoch nahmen sie noch keine besondere Notiz voneinander. Das sollte sich ändern, als meine und ihre Familie nach Westen kamen. Da sahen sie sich eines Tages in Westfalen wieder. Aus Buscha war Barbara geworden, ein feines Mädchen; und es wäre, hätte, würde, mochte und so weiter vielleicht geschehen sein, daß aus der Kinderfreundschaft eine reifere wurde und womöglich auch noch mehr. Doch es kam anders. Barbara besuchte uns, und in irgendeinem harmlosen Augenblick steckte sie sich eine Zigarette an. Schließlich war sie nicht im Studium wie mein Bruder, sondern als Krankengymnastin bereits berufstätig. Warum hätte sie nicht rauchen sollen? »Eine Frau, die raucht?« entrüstete sich mein Bruder unwiderruflich. »Meine Frau muß die Riesenwelle machen können. Die Buscha« – er sagte plötzlich nicht mehr Barbara – »kann mir gestohlen bleiben!«

Als Buscha hätte sie die harsche Zurückweisung zwar noch verdaut, doch als Barbara war sie verletzt, mehr, als wir alle damals ahnten. Wie konnte er auch ein so schönes Mädchen derart verdammen – und aus welchem lächerlichen Grund! Doch er war in Ausbildung zum Sportlehrer begriffen und verkündete unversöhnlich, daß er nur eine heiraten werde, die ihm besagte Welle vorturnen und somit gleichtun würde. Was seine gutmütige Doris aus der Pfalz dann nie vollbracht hat. War das der Grund, weshalb er sie ein übers andere Mal in Dirndelkleider steckte? Die hätte die sportliche Barbara allenfalls im Urlaub getragen.

Nun, Barbara blieb lange Jahre, Jahrzehnte über unverehelicht. Möglich, daß sie noch an meinem Vorturner hing, so gestand sie mir es einmal so vorwurfsvoll, daß ich es nicht fertigbrachte, meinen Bruder zu verteidigen. Anscheinend war keiner gekommen, der dem Lümmel glich. Barbara lebte ihrem Heilberuf und ihrem Urlaub. Als ihre Schwester Annelies so schwer erkrankte, daß sie zum Liegen kam, fuhr sie nicht zu ihr hin, um sie zu trösten. Sie hatte gerade eine große Liebe hinter sich; der Mann, mit dem sie hatte dauernd leben wollen, war vom gleichen Krebs befallen, und sie hatte ihn in demselben Krankenhaus, in dem sie arbeitete, bis auf den Tod gepflegt. Sie sagte, daß sie einen zweiten Patienten dieser Art nicht mehr ertrage, auch wenn es die eigene Schwester wäre. Als Annelies dann gestorben und Günther, ihr Mann, als Witwer einsam war, kamen sie sich näher und heirateten. Für beide die beste Wahl. Endlich wurde er seines Lebens wieder froh und Barbara glücklich, sie ist es nach wie vor. Sie mag auch die Kinder ihres Mannes und diese sie. Bis dann der Krebs auch an sie kam, eine ihrer Schwestern hatte er auch gepackt, es lag wohl in der Familie. Sie hat gekämpft und ihre Erkrankung überstanden.

Barbara hat eine höchst direkte Art, sieht nicht wenig aus wie Sophia Loren, auch im Gesicht, ist rassig, voll Temperament und Unternehmungslust. Wenn sie von einem Ohr bis zum anderen lacht, ist sie einfach unwiderstehlich. Und da sie gerne und von Herzen lacht, reißt sie auch ihr Gegenüber mit, sofern dieses nur einen Funken Humor in sich trägt.

Einmal, in einem Warschauer Hotel, schliefen Mary und ich in dem einen, sie in einem anderen Zimmer; damals mußte man froh sein, dort überhaupt zwei Zimmer zu ergattern. Wir hatten uns am Nachmittag hingelegt, denn für den Abend war noch eine Konferenz angesetzt. In Vertretung ihrer kranken Schwester war sie mitgefahren, vor allem, um die alte Heimat noch einmal zu sehen, das mächtige Haus und den Garten, die Kirche und das Familiengrab, ja um vielleicht Verwandte und Bekannte anzutreffen; was ihr auch gelang. Dieses Reiseziel war abgehakt, das Übrige war für sie interessant, doch nicht gleichermaßen wichtig. Kurz, ich wollte sie wecken, weil es an der Zeit war, klopfte, hörte nichts, ich trat kurz ein, denn ihre

Zimmertür war nicht verschlossen. Barbara lag unbedeckt auf ihrem Bett und schlief seelenruhig. Wie ein Bild von Courbet. Was sollte ich tun? Wecken oder bewundern? Ich tat beides, eines nach dem andern. Als sie erwachte, schämte ich mich, doch nicht allein für meine Wißbegier, dafür auch anstelle meines Bruders. Sie gewann ihre Fassung rasch, bedeckte sich bedächtig und lachte, ehe sie in ihrem unvergleichlichen Tonfall ausrief: »No, da kannst du dir gratulier'n! Und jetzt verschwinde!« Wir kamen pünktlich zum Termin, und als die Händeküsserei wieder anhob, da wurde ich beinahe eifersüchtig. Oder vielleicht doch?

Dann nahm mein Bruder Frau und Söhne mit, um ihnen seine alte Heimat vorzustellen. Er und sie kamen nicht mehr lebend zurück. Kurz vor dem Ziel fuhr der Schwager sie in einen unbeleuchtet abgestellten Lastwagen. Die Söhne, elf und vier, sahen die Eltern sterben. Zu Hause hörten die kleinen Töchter die schreckliche Nachricht durch Zufall im Radio, mit Nennung des elterlichen Namens. Die Leute im Sender machen sich ja keine Gedanken. Doch ich denke noch immer, daß es zu dem Unfall nicht gekommen wäre, wenn Barbara die Fahrt mitgeplant und durchgeführt haben würde. Sie wäre der Realist unter den Reisenden gewesen, wenn auch wahrscheinlich der einzige. Auf der Beisetzung in Limburgerhof stand sie neben meiner Mutter und weinte mit dieser die ehrlichsten Tränen.

Kürzlich haben wir sie und ihren Mann besucht, das erste Mal seit ihrer Heirat. Wir hatten uns Jahrzehnte nicht gesehen. Stundenlang haben wir von Antek und Franzek und all den Nachbarn und Bekannten von einst gesprochen, haben unseren Landsmann Janosch hochleben lassen und Thomas Gottschalk gleich mit dazu, haben uns vor Lachen die Tränen wischen müssen, haben nach Ausdrücken und Redewendungen im oberschlesischen Jargon gesucht und davon eine Menge wiedergefunden wie Blödok, Klippa, Tuleja, Gupi, Gruchlik, Dupa, Guwno und dergleichen Liebenswertes. Wobei die Ausdrücke, ob wasserpolnische oder deutsche, nicht alle ganz stubenrein waren. Piernika und Pierronje! Und kamen zu dem Schluß, daß so ein Schuß mitgebrachter gottesfürchtiger, robuster und lebensbejahender Art (wie auch Unart, zugegeben) den Menschen auch in unserer gar nicht mehr so neuen Heimat gut anstünden.

Kochen kann Barbara wie ihre Mutter selig: Zupa Krupnik – Graupensuppe, Zur – saure Suppe, Bigos – Sauerkraut mit allerlei Fleisch dabei, Gensch – Gans mit polnischen Klößen und Blaukraut, Karp – Karpfen in Biersoße, Mohbabe – Mohnkuchen zum Nachtisch und zum Kaffee schlesischen Streuselkuchen, zapperlot. Ja, Günther, dir hat das Leben trotz allen Schmerzes doppelt zugeteilt, erst die Annelies und dann die Barbara. No, da kannst du dir gratulier'n!

Während Heiner erzählte, hatten die beiden andern ein Lachen nicht unterdrücken können. Und das geschah öfter. Als die Stelle mit Warschau kam, im Hotel, schauten sie einen Moment lang ungläubig, um dann mitleidig den Kopf zu schütteln. Ob sie ihren keuschen Freund bedauerten oder gar sich selbst, nämlich nicht auch dabeigewesen zu sein, darüber überkam Heiner ein gelinder Zweifel. Auf alle Fälle lachte er sie einmal aus: »Ihr seid mir schöne Kosaken. Wißt ihr, wie ihr mir vorkommt? Wie die beiden Alten bei Susanna im Bade. Nun rückt einmal selbst mit der Sprache heraus. Günther, wie wär's! Als Maler kannst du uns die dritte Geschichte ja mühelos ausmalen, weil wir sie nicht nachprüfen können.« – »Richtig, Günther. Du bist dran. Laß dich nicht zweimal bitten. Auch Maler haben doch immer Modelle, na, da wird auch irgend etwas vorgekommen sein?!« Johannes hatte gut reden. So verschaffte er sich noch einen Aufschub, wenngleich er wußte, daß auch er an diesem Abend wenigstens eine Geschichte beisteuern mußte.

Günther setzte sich ein wenig in Positur, schielte noch kurz zum benachbarten Tisch hinüber, wo eben eine schwarzhaarige Griechin in männlicher Begleitung Platz genommen hatte, und begann dann mit seiner Geschichte.

C wie Cäcilia: So ist Schwimmen viel schöner

Sie war Fahrschülerin wie viele von uns, damals, als es noch nicht in jeder kleinen Stadt ein Gymnasium gab. Sie fiel auf durch ihre Keckheit. Hübsch war sie auch. Wenn ich als Freund ihres älteren Bruders in der Küche ihrer Eltern bescheiden auf dem Stuhle saß und auf ihren Bruder warten mußte, da blies sie mir nicht nur einmal Pfeffer in die Nase oder spritzte mir Maggi in die Ohren. Wenn sie die Küche wischte und ich stand ihr gerade so im Wege, fegte sie den nassen Lappen nur zu gerne auch über meine Schuhe. Einmal stieß sie den Eimer so gezielt um, daß das Wasser bis auf meine Hosen spritzte. Was nicht weiter schlimm war, weil ich wochentags nur eine englische Fliegerhose trug, richtige Schuhe hatte ich auch noch keine. Tat sie dann höchst erstaunt ob ihrer Schusseligkeit, mochte sie ihr schadenfrohes Grinsen nicht einmal verbergen. Um die Tiefe ihres Ausschnitts in den von ihres Vaters Schneiderei genähten Kleider rang sie zentimeterweise. Das Liebenswürdigste an ihr war jedoch ein klitzekleiner Sprachfehler, sie lispelte, ganz leicht nur, doch das erhöhte ihre Lieblichkeit. Von Zeit zu Zeit baten wir sie, in irgendeinem Zusammenhang das Wort Linsensuppe auszusprechen. Bis sie dahinterkam und die fiese Absicht merkte. Da aß sie keine Linsssensssuppe mehr und hat ihrem späteren Mann wohl auch nie eine gekocht. Hübsch, keck und flott, in der Schule angesehen vor allem in der Mathematik, da konnte sie sich so manches erlauben, was ihre Klassenkameradinnen gar nicht erst versuchten. Cäcilia war nicht weniger streng erzogen worden als ihre Geschwister, doch die elterlichen Lehrmeinungen ließ sie aus dem anderen Ohr schon hinaus, ehe diese ins eine Ohr hätten dringen können. Was sie den Eltern einzig übelnahm, war ihr Name. Nennen wir sie fortan Cilly, worauf sie sehr viel lieber hörte – wenn sie hörte.

Zwei Erlebnisse sind es, die in mir haften geblieben sind, ein lustiges und ein recht ernstes. Das lustige trug sich so zu, daß sie mit mir zum Schwimmen fuhr, auf der Stange meines Rades, denn sie besaß keines. Als wir zum Kanal kamen, in dem noch keine Schiffe wieder fuhren, weil die Fliegerbomben seine Spundwände an verschiedenen Stellen durchbrochen hatten, genügend Wasser zum Baden sich aber an anderen Stellen sammelte, führte sie mir ihren neuen, aus dem Gewebe eines Zuckersackes mühevoll gewirkten Badeanzug vor. Selbstverständlich war es ein Zweiteiler, obwohl der Begriff Bikini noch nicht geboren war. Sie war somit dessen Erfinderin. Sie hatte ihn gestrickt, ohne zu ahnen, wie dieses Material sich im Wasser verhalten würde. Es verhielt sich entsprechend, das heißt, es verhielt sich eigentlich nicht. Zunächst gab es die junge Dame meinen Blicken frei, so, wie sie ihn an der Luft hätte tragen können. Schwimmen, das ließ der dunkelbraune Zweiteiler nicht lange zu. Da stand Cilly nun vor mir im Wasser und war sprachlos. Das Oberteil hing ihr bis auf die Gürtellinie, und die Hose war ihr bis an die Knie gerutscht. Au wei! Als sie begriff, was da geschehen war, wurde ihr Gesicht nicht etwa länger als das ungetreue Prunkstück, nein, Cilly fing an zu lachen, streifte sich das unbrauchbare Erzeugnis ihrer Hausfrauenkunst rasch entschlossen vom Körper, lachte noch immer schallend, drückte mir das doppelte Dingsda in die Hände, verschwand mit einem Aufsprung im Wasser und hatte einen Heidenspaß. »So ist Schwimmen noch viel schöner«, prustete sie, als sie endlich genug davon hatte. Dagegen war nichts einzuwenden. »An der Nordsee soll es ganze Strände geben, wo man oben ›ohne‹ baden kann und unten auch mit nichts. Da möchte ich mal hin«, stellte sie, noch im Wasser, fröhlich fest. Inzwischen hatten sich andere Schwimmer in freudiger Erwartung angesammelt, und nun kam es für Cäcilia auf den geordneten Rückzug an. Ich warf ihr ein Handtuch zu, doch sie schlang es nicht um ihre Hüften sondern um den Kopf. »Gib mir mal deine«, forderte sie und meinte meine Badehose. Die trug ich aber selber. Als ich ihr meine Unterhose andienen wollte, protestierte sie heftig. »Die ist nicht sauber!« Woher sie das wissen konnte, war mir schleierhaft. Sie selbst hatte keine angehabt, nur den verstrickten Zuckersack, und so war ihr ungezuckertes Unterteil jetzt naß. Ich überließ ihr denn die gewünschte Fliegerhose, die sie unter Wasser nach langem Mühen anbekam. »Zu groß!« erklärte sie nüchtern. »Die muß ich mit einer Hand festhalten, und für oben bleibt mir nur die andere.« Die interessierten Beobachter rückten andachtsvoll näher, doch ehrlich gestanden auch ich hatte auf diesen Augenblick gewartet. – »Gib mir mein Kleid!« befahl sie. Sie drehte sich um und zog es sich über Kopf und Körper, bis es von der Hüfte an ins Wasser tauchte. So schritt sie seelenruhig ans steile Ufer und kletterte auf den Leinpfad des hier unzerstörten Dammes. Dort lag mein Fahrrad. Sie saß auf und ward von mir bald nicht mehr gesehen! »Das war dein Lehrgeld«, beschied sie mich, als ich eine Stunde später bei ihr zu Hause ankam. »Du kannst dein Rad wiederhaben.« Nein, wie großmütig! Doch was die mit meinem Rad anstellte, davon später.

So also war Cäcilia, vielmehr Cilly, und so blieb sie bis zu ihrer Ehe. Als sie ihren Mann noch nicht kannte, ihre Schwester Elisabeth, die meine Frau geworden war, aber über ein Jahr lang in der Klinik lag, wo zwischendurch unsere erste Tochter geboren wurde, da hat Cilly mir zur Seite gestanden, so selbstverständlich und selbstlos, daß ich es ihr niemals vergessen kann.

Elisabeth war schwer krank, sie hatte sich ein paar Jahre vorher im Bunker angesteckt, wenn nachts die Bomben barsten und zu Ende des Krieges die Jäger aus der Luft gezielt auf zivile Fußgänger, auch Frauen und Kinder, schossen. Da blieb nur der Sprung in den halbwegs sicheren Hauseingang, von Tür zu Tür bis endlich zum Bunker. Dort saß man dann verängstigt stundenlang bis zur Entwarnung, und das geschah im Westen des zerschlagenen Reiches fast Nacht für Nacht. Kein Wunder, wenn da auf den Strohlagern Ungeziefer und Krankheiten übertragen wurden. Antibiotika gab es noch längst nicht, darum mußten zwar altbewährte, doch leistungsschwache Hausmittel für die ersten Jahre genügen. Da half auch Elisabeth nur die Operation, die eine große und dann, zu unserer Bestürzung, noch eine weitere. Beide Male zündeten die Ordensschwestern in der Klinik eine Kerze an, nachdem der Priester die Todeskandidatin schon gesalbt hatte. Wir waren auf alles vorbereitet, konnten den eventuellen Ernstfall jedoch nicht fassen. Dafür waren wir noch viel zu jung. Und was sollte aus dem Kinde werden? Zärtlich hatten wir es vor der Geburt Murkel genannt, unser Murkel. Es wurde ein Mädchen und heißt Barbara. Getauft, jedoch nicht abgeholt. Und dann auf viele Monate ins Heim.

In dieser Lage erklärte Cilly sich bereit, uns zu helfen. Sie werde alle vierzehn Tage mit dem Zug herüber kommen, um mir die Wohnung zu putzen, die Wäsche zu waschen, die Hemden und die Hosen zu bügeln. Im Atelier werde sie nichts anfassen, und malen lasse sie sich auch nicht. Das reiche aber, daß ich mich ein bißchen tröste. Nichts sonst, doch das sagte sie nicht. Sie kam regelmäßig, Monat für Monat. Inzwischen war es daheim finanziell auch für sie schwierig geworden, sie trat dort ihren Verdienst ab und sah auch für sich keine Zukunft. Jedenfalls keine rosige. Denn was sie sah, war Ausweglosigkeit. Bei Elisabeth und mir sah es zwar auch ziemlich trübe aus, aber wir gaben die Hoffnung auf ihr Weiterleben nicht auf und machten uns immer neuen Mut, schon wegen unseres Kindes – das Cilly freilich nicht auch noch nehmen konnte und das wir, wie gesagt, in ein caritatives Heim außerhalb der Stadt geben mußten.

Was tun und nicht weinen? Cilly weinte sich bei mir aus. Wir kamen uns näher. Zu nahe kamen wir uns nicht, es wäre angesichts des Ausgeliefertseins ihrer Schwester an Krankheit und die Ärzte schändlich gewesen. Es wäre, wußten wir, ohne darüber zu sprechen, noch viel schlimmer gewesen als Leichenfledderei. Cilly schlief im anderen Zimmer, ich ließ sie dort und ging nicht zu ihr. Ganz leicht fiel uns der Verzicht nicht. Meine Ehe war storniert, und sie hatte noch keinen Mann. Doch Elisabeth mußte uns vertrauen können, und sie konnte es auch. Sie bedurfte des seelischen Auftriebs wie sonst nie mehr im Leben. Doch was, was nur wäre gewesen, wenn? Wenn der bittere Ernstfall eingetreten wäre? Und das Kind? Cilly war schließlich die Patin ...? Nun, wenn doch, so hätten wir uns nachher nicht mehr in die Augen sehen können. Wie Adam und Eva bei der Vertreibung aus dem Paradies. Wir hätten uns die Ehe im voraus verdorben, weil keiner dem anderen mehr getraut haben würde.

Der Fall trat nicht ein, Gott und dem Operateur sei es gedankt. Mutter und Tochter kehrten heim, der ersten folgten die zweite Tochter und dieser ein Sohn. Die böse Krankheit ist fast vergessen, nicht aber meine stille Liebe, sagen wir bescheidener: Verehrung für Cäcilia. Eine herrliche Aquatintagraphik von Hans Körnig, einem Schüler der Dresdener Akademie noch aus der Vorkriegszeit, ziert heute ein Zimmer in der Wohnung ihrer Familie: »London 1965, Blick auf Tower Bridge«. Die Brücke ist hochgezogen, Schiffe fahren hindurch. Leben verkehrt hindurch. Ein herrliches, ehrliches Leben. Für das ich beiden, Elisabeth und Cäcilia, zu danken habe!

Wieder schwiegen die Zuhörer eine Zeitlang und bedachten die Erzählung ihres Freundes. Der hing selbst seinen Gedanken nach, an Elisabeth und an Cäcilia. Letztere war in ihrer Ehe nicht glücklich geworden. Immerhin hatte sie zwei liebevolle Söhne und eine Schwiegertochter, die ihr eine Enkelin gebracht hatte. – Keiner der Freunde sprach, jeder schaute still versunken in sein Glas, bis sie der eifrige Kellner aus den Gedanken riß.

»Kennt Ihr eigentlich das Gemälde ›L'Embarquement pour l'Isle de Cythère‹?« fragte Günther. »Watteau hat es gemalt, andere Maler haben das Thema immer wieder aufgegriffen. Es trägt den deutschen Tite ›Die Einschiffung von Kythera‹ und suggeriert die Reise von Liebespaaren zu jener griechischen Insel, die als Heiligtum der Aphrodite galt. Ursprünglich hieß das Werk ›nach‹ Kythera.« – »Und was soll uns das?« fragte Heiner verwundert. – »Die Liebenden haben sich gefunden, sie bewegen sich auf den festlich geschmückten Nachen zu, ihr Tag geht zur Neige, und sie werden abreisen.« – »Aber wohin wollen die Traumtänzer in der Dunkelheit?«, wollte Johannes wissen. – »Sie sind von sich erfüllt, sie haben sich und damit alles gehabt. In ihrer Glückseligkeit bedenken sie nicht, wohin sie fahren wollen: in die Illusion einer unbekannten Zukunft – oder zurück in die Wirklichkeit.« – »Watteau läßt das also offen?« fragte Heiner wieder. – Günther ließ ihn warten. »Was sollte er sonst?« meinte er schließlich. »Auch auf diesem Bild wohnen Heiterkeit und Melancholie dicht beieinander. Denn auch Watteau weiß, das irdische Glück währt nicht ewig.« – »Und warum suchen wir es dann hier?« – »Weil die Sehnsucht nach dem verlorenen Paradies in uns steckt. Wohin gerieten wir denn ohne sie? – Auch geographisch liegt Kithira, wie es neugriechisch heißt, nicht weit südlich von uns, nur zweimal soviel Meilen wie nach Piräus. Übrigens, Watteau ist niemals da gewesen.«

So gerieten sie aus ihrer Heiterkeit in einige Melancholie, bis Johannes dann anfing, ohne Vorrede zu erzählen.

D wie Dorothe: Ich will es nicht sein, die aufgibt

Ja, ja – die Liebe! Mir sind mehrere Dorotheen begegnet, abgesehen davon, daß eine Kusine von mir ebenso heißt. Da wäre zum Beispiel die wunderbare alte Dame in Rom, Witwe eines Schriftstellers von Rang, sie selbst seine getreue Gefährtin, heute Nachlaßverwalterin in vieler Hinsicht. Er hatte es in der Emigration schwer, mit ihr und den Töchtern, am Ende ohne Honorare aus Deutschland durch die Zeit der Nazis und Faschisten zu kommen. Sie stand ihm bei von der Stunde der ersten Begegnung in der Mensa der Jenenser Universität an bis zu der seines Todes. Begegnungen mit ihr gab es für mich hier und in Rom manche in den bald dreißig zurückliegenden Jahren. Gegenwärtig schreibt sie selbst, nämlich über ihr Leben mit dem Dichter, über die italienische Kindheit der Töchter und über sich. Dagegen würden meine Auslassungen allzu dürftig erscheinen. Nur den einen miterlebten Moment will ich schildern, da sie anläßlich einer Feier zu Ehren ihres allzu früh heimgegangenen Mannes, von zahlreichen älteren Frauen und Männern jenes süditalienischen Fischerdorfes – in dem die deutsche Familie auf viele Jahre hin Zuflucht gefunden hatte – ob des Wiedersehens freudig umringt, an das Grab ihrer ältesten Tochter trat. Diese war dort elfjährig verstorben, weil die Eltern ihr in ihrer bedrängten Situation nicht hatten helfen können. »Die Gottesmutter unten in der Kirche, das Altarbild müssen Sie sehen«, sagte sie leise. »Die hat auch ihr Kind verloren. Sie steht mir bei und gibt mir Kraft, jedes Mal, wenn ich herkomme.« Sie ist jetzt neunzig Jahre alt.

Eine dritte Dorothe – »mit nur einem *e*, bitte«– arbeitete mit mir für eine nicht immer sehr dankbare Künstlerschar, für die wir überregional Ausstellungen organisierten und eine Preisverleihung finanzierten. Sie war Kunststudentin und half mir ohne Salär. Für sie war diese Tätigkeit interessant, auf ihre Zukunft hin gesehen – man kann ja nicht wissen, was man an Wissen noch brauchen wird. Sie ist hoch gewachsen und trug damals eine goldene Mähne; vor allem hatte sie tiefgründige Augen, die sie am liebsten verstecken würde. Doch wenn sie einen wie mich treuherzig ansah, ansieht, dann geraten meine eigenen Pupillen möglicherweise ins Flattern.

Dorothe! Der Standesbeamte war schuld, immer noch. Er hatte ihren Namen mit dem Accent nicht schreiben können und darum gemeint, daß er sie mit nur einem *e* auf keinen Fall falsch eingetragen werde. Die Kleine war ja ein deutsches Kind und kein französisches. Niemand bemerkte den Fehler, bis es zu spät war. Dann aber empfand Dorothe ihren amputierten Namen als Rarität und wurde mehr und mehr stolz darauf. Wer außer ihr wagte es schon, den Namen mit dem unsichtbaren zweiten *e*, das man nicht einmal hören konnte, falsch zu schreiben – das heißt für sie richtig?

Gleich beim ersten Treffen, einer gemeinsamen Fahrt zu einem Künstlertreffen, kam es zu folgendem, hier aus der Erinnerung wiedergegebenen Dialog:

»Warum studieren Sie eigentlich Kunstgeschichte?«

»Gegenfrage: Warum haben denn Sie das Fach studiert?«

»So, habe ich? – Bei mir war es ein Nebenfach.«

»Bei mir ist es einfach Neigung, und was ich werden soll, das weiß ich heute noch nicht.«

»Museumsleiterin? Lektorin in einem Kunstverlag? Professorin an einer Uni oder FH?«

»Professorin! Nun lassen Sie mal die Kirche schön im Dorf. Nein, ich weiß es einfach noch nicht.«

»Oder heiraten?«

»Steht das im Wege? Frauen, die in sich Job und Ehe vereinen, müssen sich irgendwann entscheiden, mit wem sie mehr verheiratet sind, mit dem Mann oder dem Beruf.«

»Also bleiben Sie am besten unverheiratet. Früher sagte man zu so jemandem Fräulein.«

»Fräulein war ich, aber nicht zu lange. Jetzt bin ich Frau. Daß Männer immer auf solchen Nebensächlichkeiten herumhacken müssen!«

»Ich gebe Ihnen zu, daß ich da sehr altmodisch bin. Ich sage ja nicht, daß man Frau erst durch die Ehe wird. Das wäre stur und dumm. Aber da gibt es etwas, das heute unterzugehen droht und für den Bestand der Ehe sehr oft wichtig ist.«

»Was soll das sein? Fangen Sie jetzt nur nicht mit der ... na, Sie wissen schon ... an und predigen Sie mir Enthaltsamkeit. Das muß jedes Mädchen mit sich selbst ausmachen. Wir lassen uns da nicht mehr in den Beichtstuhl stecken. Ihr habt das sowieso nicht allzu ernst genommen. Und eure Pfaffen sind auch nur Männer.« Sie holte hörbar Luft. Dann sprach sie weiter: »Zu jeder Liebe gehören auch morgen noch zwei – Mann und Frau meine ich. Aber ich habe auch Verständnis für ...«

»... Homos und Lesben, wollen Sie doch sagen.« Ich nahm ihr das Wort aus dem Munde. Und fuhr fort: »Ich bemühe mich da auch um Verständnis, so schwer mir das fällt.«

»Dann geben Sie's auf. Meine Männer such' ich mir aus, ich bin da sehr wählerisch. Viele sind es bisher nicht gewesen. Einer erst. Doch mit dem ist gerade Schluß.« Sie öffnete ihre Frisur, und der goldene Strahlenkranz umgab sie wunderschön. Ach, Dorothe ..., dachte ich bewundernd.

»Ist was?« fragte sie prompt. »War ich zu offen? Geht Sie mein Liebesleben eigentlich etwas an?«

»Bestimmt nicht. Aber ich meine als Mann immer noch, wenn ich ein Mädchen liebe, dann schlafe ich auch mit ihr. Wenn ich aber mit ihr schlafe, dann übernehme ich auch die Verantwortung für sie und werde sie heiraten. Alles andere halte ich im seltensten Fall für Irrtum und zumeist für Ausbeutung.«

»Da bin ich aber anderer Ansicht.«

»Und welcher, wenn ich fragen darf?«

»Auch ein Mädchen, wie Sie sagen, eine Frau hat das Recht zu lieben. Und sich einen Mann zu nehmen. Oder einen anderen. Wenn sie ihn liebt oder wenn sie ihn braucht.«

»Braucht. Gebraucht. Verbraucht!« entgegnete ich leicht aufgebracht. »Eure Generation verbraucht sich früh, zu früh, als daß die Batterie eurer Seele sich rechtzeitig wieder aufladen könnte. Oder sich überhaupt nicht mehr auflädt. Falls ihr wirklich investiert habt. Dem Körper macht das Lieben nichts aus. Aber wenn ich durch die Stadt gehe und in die Gesichter der Mädchen, pardon: Frauen blicke, sehe ich für meine Begriffe allzu oft leere Fassaden, tote Augen, wo lebendige Brunnen sein sollten. Ausgemergelt, ausgeleiert, ausgebeutet, ohne Hoffnung. Haben ihre Neugier mit sich selbst bezahlt und ...«

»Und jetzt machen Sie, bitte, einen Punkt. Das ist ja schrecklich. Wie im Mittelalter ist das. Zu jeder Enttäuschung einer Frau gehört in der Regel ein Mann dazu. Wer bringt uns denn dahin, daß wir euch nicht mehr glauben können?!« Jetzt erregte sie sich: »Wer macht uns denn das Kind und schickt uns nachher zur Abtreibung, egal wie wir später damit fertigwerden? Auch die Bischöfe sind nur Männer, eine Krähe hackt der andern nicht die Augen aus. Haben Sie schon einen einzigen Ober- oder von mir aus den römischen Überhirten gehört, der in dieser Hinsicht seine verehrten Geschlechtsgenossen an der Krawatte gepackt hätte? Oder der wenigstens die Adoption empfohlen hätte, als Ausweg aus unserem Elend?«

Ich mußte ihr Recht geben und sagte es ihr auch. Doch ich brachte das Gespräch auf den alten Punkt zurück: »Kein Glaube – keine Hoffnung, keine Hoffnung – keine Liebe. Das habe ich so oder ähnlich vor Zeiten einmal gehört. Man kann den Spruch aber auch umdrehen; zuerst die Liebe, aus dieser wächst die Hoffnung und durch sie das Glauben. Glaubenkönnen, Vertrauenwollen. Finden Sie nicht?«

Dorothe ist ein kluges Mädchen, eine kluge Frau. Sie begreift sehr schnell. Doch sie ist bedachter als ich. »Ich finde auch, daß Ihr Kanon stimmt. Sie haben ihn andersherum aus dem Religionsunterricht. Ich übrigens auch, lang ist's her. Deshalb muß ich den Mann, in dem ich mich trotz aller Vorsicht getäuscht habe, aber nicht halten und schon gar nicht heiraten.« Sie setzt sich aufrecht, sieht mich an und läßt mich nicht aus den Augen. Ich muß auf die Straße achten, kann ihrem Blick nur kurz standhalten. »Haben Sie Ihre Frau geheiratet«, fragt sie, »nur weil sie vorher mit ihr geschlafen haben?«

»Ich habe mit ihr nur geschlafen, weil ich fest vorhatte, sie zu heiraten. Das ging aber früher während des Studiums nicht.« Ich merke, wie mir der Schweiß auf die Stirn tritt. Und fahre kleinlaut fort: »Wir früher haben viel zu viel Angst vor einer Katastrophe gehabt. Insofern war die Situation sowohl ehrlich als auch unehrlich. Das Problem habt ihr heute nicht.«

»Dafür haben wir andere.« Sie streicht sich das lange Haar aus dem Gesicht, als zögere sie, weiterzusprechen. Und sagt dann: »Fast jeden Tag neue Gesichter, neue Freunde, neue Chancen, neue Entscheidungen. Fast jeden Tag muß ich ein neues Ja sagen zu meiner Wahl von gestern oder vorgestern. Und weiß doch, daß ich noch suche. Mag sein, daß ich ihn finde, den relativ Besten. Ich bin ja auch nur eine relativ Beste.«

»Relativ Beste«, wiederholte ich zweifelnd. »Wir alle sind so gut, wie wir sein können. Oder wir sollten es sein. Also relativ. Kommt es nicht vielmehr darauf an, daß wir das geben, was wir haben? Und daß wir möglichst viel ansammeln und warten, um zum richtigen Zeitpunkt möglichst viel geben zu können – uns selbst, ohne Vorbehalt?«

Sie sieht jetzt angestrengt durch das Fenster. »Wir sind gleich da«, lenkt sie ab. Doch nach einer Pause sagt sie vorsichtig: »Zum richtigen Zeitpunkt, wenn ich den wüßte. Ich will das immer wieder versuchen. Das mit dem Sammeln und das mit dem Vorbehalt. Zum zweiten Mal und – falls nötig – auch zum dritten und vierten Mal.« Sie macht eine Pause. Dann folgt ein entschiedenes »Ich will es nicht sein, die aufgibt! Und die jemanden aufgibt, wenn es nicht sein muß.« Und sie sagt, nach abermals einer Pause: »Weil es sinnvoller ist, weiterzulieben.«

Wir sind am Ziel. Dorothe hat ein weiches Herz und einen stolzen Gang. Sie ist sehr schön. Vor allem ist sie treu. Von jeder Reise schickt sie einen Kartengruß, meiner Frau und mir. Wir können uns kaum revanchieren. Gestern schrieb sie aus Andalusien.

Wir nennen sie längst »Töchterchen«. Sie mag es.

»Töchterchen«, echote Günther, der Maler, »ausgerechnet. Na, mein Lieber, wenn das keine Ausrede für dich ist? Aber lassen wir's gut sein: Sie mag es.«

Johannes ärgerte sich ein wenig über die Frozzelei. Günther konnte pingelig sein, und so malte er auch. Johannes gab's ihm zurück: »Jetzt ziere dich nicht und fang du an, alter Saarfranzose.«

Das war ein dummes Schimpfwort aus vergangenen Zeiten, doch Günther zuckte nur die Schulter, er wehrte sich nicht. »Na, gut«, ließ er sich gutmütig herbei. Meine heute nicht mehr ganz so junge nächste Dame will ich euch nicht vorenthalten. Im vorigen Jahr haben wir sie besucht. Sie und ihren Mann!«

Diese Geschichte kam also von Günther, von dem die Freunde wußten, daß er seine Ausbildung auch in Paris genommen hatte. Doch davon ließ er heute Abend nichts verlauten. Seine Begegnung mit Edith war eine sehr persönliche, und die Freundschaft zwischen ihnen hielt immer noch an. Um ein Mißverständnis auszuschließen, mußte er ausholen:

E wie Edith: Jetzt ist es zu spät

Auch Edith gibt es in drei Exemplaren. Eine, die für die Rolle einer mütterlichen Freundin noch zu jung ist, eine, die meine Kollegin war – ein Goldtröpfchen an Aufrichtigkeit und Mut, und eine, die ich seit 1951 kenne, schätze, liebe.

Somit Edith Albanhac aus Suresnes bei Paris, rue Kellog, das weiß ich noch – zwei Jahre jünger als ich. Die erste Begegnung fand im Rahmen eines Studentenbesuches statt, eine Einladung an die Sorbonne, von der wir übrigens nur die Außenmauern zu sehen bekamen. Doch am sechsten Tag war ich schon bei ihren Eltern eingeladen, am Sonntag und zum Mittagessen. Mon Dieu, das war ein Tempo, das ich nicht erwartet hatte. Dabei wollten ihre Eltern nur von einem jungen Nachkriegsdeutschen erfahren, wie der jetzt denkt, insbesondere, wie er über die Franzosen redet. Mein Schulfranzösisch machte meinem Lehrer keine Ehren, Ediths Deutsch war an der Uni in der Literatur steckengeblieben. Also sprachen wir Englisch, so gut es eben ging.

Das Essen war vorzüglich, zumal für einen Studenten, der jeden Groschen zweimal umdrehen mußte. Es war zudem köstlich, weil es sich, in einzelne Gänge geteilt, über vier Stunden hinzog. Der Abschied von der Familie war herzlich, von Edith zugleich schmerzlich. Denn der Bus rollte zurück an den Rhein, schon am nächsten Morgen. Es wurden Briefe gewechselt, bis heute. Ein einziges Mal kam sie zu uns herüber. Da fuhren wir mit ihr zur Mosel und nahmen den Weg zur Burg Eltz. Edith feixte, auf so einer deutschen Ritterburg säße todsicher ein Sänger, nun, was würde der schon singen? »Höchstwahrscheinlich ›Ich weiß nicht, was soll es bedeuten‹, haha.« Genauso kam es, wie bestellt. Sie wollte mir nicht glauben, daß ich den Barden nicht bestochen hätte für unbedingt dieses Lied.

Wir besuchen Edith im zeitlichen Abstand von einigen Jahren. Wobei ich leider sagen muß, daß sie uns jetzt, nach einem halben Jahrhundert, ihren zweiten Gegenbesuch für dieses Jahr angekündigt hat. Den Nachwuchs haben wir in den Ferien getauscht, vor allem unsere Kinder drängte es ins Nachbarland, ihre kamen bis auf Ausnahmen nicht. Spanien, ja – Deutschland, nur ungern. Zwischen Edith und mir hatte es wohl gefunkt, doch gezündet hatte es nicht; konnte es nicht, weil sie sich damals schon ihrem Jean versprochen hatte und ich mich meiner Elisabeth. Trotzdem ist es eine echte Freundschaft geworden und geblieben, selbst nach einem halben Jahrhundert noch!

Vor Jahren bereits sahen wir uns an der Côte d'Azur wieder. Edith hatte eigentlich nach Korsika mitsegeln wollen. Doch da erwarb sich ihre jüngste Tochter verspätet ihren Bac *(baccalauréat = Abitur)*, das heißt, die Abschlußfeier verzögerte sich, und weder konnte das Boot umgebucht werden, noch hätten die vier Mitsegler den Termin verschieben können. So trafen wir Edith erst bei der Rückkehr. Wir waren den Abend und die Nacht hindurch gesegelt und hatten alle zwei Stunden den Kurs gepeilt. In der Dämmerung hatten Delphine vor unserem Bug getollt, war einer aus einer Gruppe Wale direkt unter unserem Kiel durchgetaucht und zog ein Hai sein furchteinflößendes Dreieck nicht allzu weit von uns durch die flachen Wellen. In der Morgenfrühe erkannten wir die Einfahrtslichter des verabredeten kleinen Hafens »El Trayas«. Angekommen, legten wir uns zunächst schlafen. Gegen Mittag erschien Edith, in einem einfachen Kleid, abgezehrt, deprimiert – ich habe sie erst nicht erkannt. Sie sagte, nun seien ihre Fünf aus dem Haus, und sie habe sich gerade von Jean getrennt. Man sah ihr das Ende ihrer langen Ehe an. Um ihr eine Freude zu machen, fuhren wir mit ihr eine Strecke hinaus zu einer Insel, wo wir uns bis auf eine Ankerwache, die zurückbleiben mußte, mit Schwimmen vergnügten. Auf dem Inselchen gab es einen Teich, dessen Wasser warm war wie in der Badewanne. Edith lief über das steinige Ufer wie ein Fakir, der über Metallspitzen schwebt. Sie ließ sich von niemandem ansprechen, und bald ging es wieder zurück. Ich verschwand unter Deck, um den Smutje zu machen und dem Gast zuliebe etwas Feines zu bereiten. Immerhin

Fischsuppe, wenn auch aus der großen Dose. Leider geriet zuviel an Knoblauch in das an sich köstliche Mahl, und nachdem Edith fünf Löffel davon gegessen hatte, kippte sie wie ohnmächtig auf die Bank und kam erst im Hafen wieder zu sich. Schon bald strebte sie an die frische Luft, und ich begleitete sie zum Wagen. Auch wir zwei hatten bis dahin kaum ein Wort miteinander gewechselt, es waren ja immer welche um uns herum. Im Wagen begann sie zu weinen. Sie tat mir unendlich leid. Sollte ich mitfahren – nach Cannes, wo sie bei einer Freundin ein Zimmer hatte, war es nicht weit? Sie dachte an Elisabeth und sprach es aus. Auch ich dachte an Elisabeth. Aber Ediths zweifache Schwäche jetzt auszunutzen, die körperliche und die seelische, das wäre keine gute Sache und wohl das Ende unserer Freundschaft gewesen. Ich hielt sie lange im Arm, enger noch als damals in Paris, und dann fuhr sie los. Viel später, beim Wiedersehen in der Bretagne, war Claude bei ihr, und sie trug seinen Namen.

Wir zwei haben uns zumeist mehr mit Politik, mit der Aussöhnung zwischen unseren beiden Ländern und mit dem neuen Europa beschäftigt als mit uns selbst. Von Liebe war nur in der Anrede und in der Grußformel zu lesen. Edith war und ist eine glühende Patriotin und kam mir vor wie weiland Jeanne d'Arc. Einst war De Gaulle ihr vaterländisches Ideal. Wer es heute an dessen Stelle ist, weiß ich noch nicht, nächstens aber kommen sie hierher. Sie wohnt auch nicht mehr in oder bei Paris, sondern auf dem Land, in einem Landhaus, in einem winzigen Nest bei Angers nahe der Loire.

Ja, Edith. Unsere erste Begegnung fand im Restaurant des Mineurs auf dem Boulevard St. Michel statt. Dorthin hatte man für uns französische Studenten und deutsche Exilanten geladen, die die deutsche Besatzung überdauert und die sich anschließend an der Sorbonne einen Lehrstuhl erobert hatten, Paul Lenz-Medoc, Joseph Rovan, Alfred Grosser und andere. Als die Referate und Aussprachen an diesem Nachmittag im November geendet hatten, dämmerte es bereits, und die Lichterstadt rechtfertigte ihren schönen Titel. Da sagten unsere

PARIS

Gastgeber, wir Deutschen sollten uns jetzt einen französischen Freund oder Freundin aussuchen und die Franzosen umgekehrt. Alle gingen fort, bis auf sie und auf mich. Sie sah über den langen Tisch herüber, lachte und meinte: »Nun, dann gehen wir auch.« – »Ja, bitte, wohin denn?« – »Geradeaus und dann rechts und dann links und immer weiter oder mit der Metro, egal.«

Als wir losgingen, hakte sie sich bei mir unter. »Wie heißt du, Prussien?« – Ich sagte ihr meinen Namen. »Und du?« – »Edith. Eigentlich kein französischer Name, aber mir gefällt er«, meinte sie leichthin. »Mir auch«, antwortete ich verlegen. Dann sagten wir eine Weile gar nichts, bis wir irgendwann auf den Champs-Élysées ankamen. Wir erreichten den Étoile und gelangten dort oder nahebei in einen Park. Auf einer Bank sahen wir uns an. Es war kühl, und wir trugen den Mantelkragen hochgeschlagen. Dann erzählten wir uns eine ganze Menge – auf Englisch, Französisch und Deutsch. So war es, und so ist es übrigens geblieben bis auf den Tag. Es wurde noch dunkler und die Lichter hinter uns heller, und dann sagte sie Goethes »Erlkönig« auf und dann auch noch Schillers »Lied an die Freude«, – wer kennt es nicht? Viel mehr jedoch brachte sie auf Deutsch nicht zustande, und ich stotterte ihr Titel und Verfasser einer Kurzgeschichte vor, um mich zu revanchieren – »La Parure«, tat ich mich wichtig, von Guy de Maupassant, haben wir in der Schule übersetzt. Sie nickte anerkennend, sie kannte ihre Dichter, ihre. Aber kannte sie, die französische Studentin der Germanistik, auch unsere? Außer Goethe, Schiller und Heine, das war ja kein Kunststück, hm.

Es wurde kühler, und wir merkten es nicht. Als wir es irgendwann doch merkten, umarmten wir uns. Ob wir uns geküßt haben, weiß ich nicht mehr. Wahrscheinlich. Ich durfte meinen Kopf an ihre ummantelte Brust legen und höre mich noch heute stammeln: »Your heart is so … so knocking.« Sie meinte leise, das könne wohl sein, und mir klopfte das Herz mindestens ebenso fest wie ihr das ihre. Das Wort coeur war mir zwar rechtzeitig eingefallen, doch, schon wieder, nicht der dazugehörige Artikel *le* oder *la*. »Le«, half sie mir neckend aus der Verlegenheit.

Dann mußte sie gehen; ich brachte sie noch zur Metro. »Sehen wir uns wieder?« fragte ich beklommen. »Oui«, sagte sie, und auf Deutsch: Morgen Abend, wenn du willst. Im Chatelet. Erwarte mich an der Kasse.« – »Wann?« rief ich ihr noch zu, aber da war sie schon weg, nach unten. Am nächsten Tag machte unser Programm mittags eine Pause, und ich fuhr zur Station Chatelet, um den Beginn der Abendvorstellung zu erkunden.

Das Chatelet war damals ein Revuetheater, und sie gaben irgendeine Komödie, natürlich; doch welche, das war mir gleich, ich hätte sie sowieso nicht gekannt. Wenn ich nur Edith wiedersähe. Die Vorstellung würde um 20 Uhr beginnen, und ich wollte rechtzeitig zur Stelle sein. Sie kam, tatsächlich, und besorgte die Karten, wir fanden einen guten Platz. Dann ging der Vorhang auf. Der Ehemann erschien. Ich sehe noch immer die zwei Burschen aus dem Kleiderschrank stürzen, der Hauptdarstellerin unters Bett. Zwei Stunden lang immer neue Verwechslungen, Verwirrungen, nun ja, das übliche Hindernisrennen bis zum Happyend, aber auf Französisch und darum besonders amüsant angerichtet, verpackt und vor allem kompliziert. Verstanden habe ich so gut wie nichts, sie redeten alle so aufgeregt und für mich viel zu schnell. Doch fasziniert haben mich die 16 Springbrunnen auf der Bühne, es kam wirklich Wasser heraus und floß in Strömen irgendwohin. Zum Schluß fuhr das Pärchen im Auto über die Bühne, und das Ding knatterte echt. Wäre es ein richtiges Flugzeug oder sagen wir eine echte Montgolfiere gewesen, ich hätte mich nicht mehr gewundert. Junge, Junge, das hatte es bei uns zuhause im Landestheater nicht gegeben und in meiner Universitätsstadt auch nicht. Ich kam wohl sehr aus der Provinz. Aber da gab es noch ein anderes Stück: Immer wieder hatte ich versucht, Edith um eine kleine Übersetzung zu bitten, damit ich den Sinn der turbulenten Handlung erfaßte. Allein, sie war von dem wilden Geschehen auf der Bühne so hingerissen, daß sie meine Anwesenheit fast vergaß.

So merkte sie bis zur großen Pause auch nicht, daß ich den ganzen zweiten Akt über ihr Knie umfaßt hielt. Schließlich meinte sie nur, ich solle lieber auf die Bühne schauen. Da war aber der Vorhang geschlossen.

Am nächsten Tag trafen wir uns im Louvre und am übernächsten, dem vorletzten meines Aufenthalts, im Jardin du Luxembourg. Es war wie beim ersten Mal: In unserer Dreisprachigkeit hatten wir uns noch immer viel zu erzählen, bald fing es an zu regnen. In einem Café war es zu laut, um sich zu unterhalten, wir schauten uns bedeutungsvoll in die Augen, doch eigentlich war es da langweilig. Aluminium, Kunststoff und Glas. Da setzten wir uns in die Metro und fuhren und fuhren. Wir saßen dicht beieinander und sagten gar nichts mehr. Den Rest ihres Weges fuhr sie mit dem Bus, allein.

Am Sonntag schien die Sonne, die anderen Leute konnten sie nicht sehen, doch sie leuchtete golden für mich. Von den letzen Francs kaufte ich einen Strauß Blumen, die machen sich immer gut zur Begrüßung, wenn man eingeladen ist. Madame Albanhac nahm sie huldvoll entgegen, Monsieur betrachtete mich nachdenklich, wenn auch nicht unfreundlich, Grandmère war da und Grandpère auch, eine Menge Jungen und Mädchen starrten mich an und grinsten, wie mir schien, verstohlen und – wo nur blieb Edith? Nach einer Ewigkeit kam sie, mit Schürze vom Kochen, strahlend, zufrieden. Anscheinend hatte sie ihrer Familie nicht zuviel von mir versprochen und, so hoffte ich, auch nicht zu wenig.

Das Essen, ich habe es schon berichtet, zog sich unmerklich über vier Stunden hin, noch niemals hatte ich so herrlich gespeist. In den langen Pausen zwischen den einzelnen Gängen wurden mir viele Fragen gestellt. Mit Ediths Hilfe konnte ich die meisten beantworten. Lief eine Antwort nicht, setzte es schon die nächste Frage, die vier Erwachsenen wechselten sich darin ab. Ihr Großvater und mein Vater hatten Verdun überlebt. Mein Vater haßte die Franzosen nicht, warum auch nur? Doch er war im Tiefsten empört über »Versailles«, Gebietsabtretungen, Demütigungen, Reparationen. Zu Beginn des deutschen

Einmarsches in Frankreich trat er unweit der Grenze auf eine französische Mine.

Im zweiten Krieg hatte es die Familie schwer getroffen. Der Père hat für die deutsche Kriegsmarine arbeiten müssen, der Grandpère war inhaftiert worden, Grandmère hatte um ihn gezittert. »Das war kein Krieg«, sagte er, »das war ein einziges Verbrechen. Stimmt das, die Verbrecher laufen bei euch frei herum?« Was konnte ich ihm antworten? Ich mußte mich selbst fragen, ob er da nicht recht hätte. Edith war bemüht, die Pause, die eingetreten war, zu überspielen. Sie fragte nach den Zerstörungen und dem Wiederaufbau in Deutschland. Da konnte ich Einiges berichten.

Die drei Brüder hatten sich schon nach einiger Zeit verkrümelt; sie tauchten nur zum jeweils nächsten Gang wieder auf und verschwanden, sobald sie das Besteck ablegen konnten. Von ihnen hatte ich den Eindruck, ich sei abgehakt. Nicht so von Maude, ihrer jüngeren Schwester. Edith hielt sich die ganze Zeit über zurück, so daß Madame die meisten Fragen stellte. Bei ihr war mir, als bekäme ich das nächste Gericht immer neu als Belohnung für gute Antworten. Ich mochte sie bald. Doch ihre Tochter mochte ich noch viel mehr.

Edith brachte mich zum Bus. Wir standen und verabschiedeten uns immer wieder. »Jean«, sagte sie ernst.

»Jean?« fragte ich zur Sicherheit. »Oui, lui.« Und ich sagte : »Mary. Depuis trois ans. Nous voulons fiancer nous l'été prochain.« – »Oui«, antwortete sie, »Mary. Et Jean sera mon mari. En trois ans.«

Da kam der Bus.

In Saarbrücken verließ ich meine Reisegruppe. In der Stadt gibt es einen großen Friedhof und darin einen kleinen. Für die Gefallenen von 1940. Ich stand nach elf Jahren erstmals am Grabe meines Vaters und sprach zu ihm: Was würdest du jetzt sagen, wenn ich mit einer Französin zu dir gekommen wäre, um dich um deinen Segen zu bitten? Wärest du einverstanden gewesen? – Und ich bin sicher, daß er mir geantwortet haben würde: Werdet ihr glücklicher miteinander, als es in meiner Generation Deutsche und Franzosen gewesen sind. Habe ich dir die alte Feindschaft vererbt? Dann verzeihe mir!«

Ein paar Jahre später kam ich mit dem Zug über Paris, zurück von der Semaine Sociale in Rennes. In der Rue Kellog wohnten die Albanhacs nicht mehr. Irgendwie fragte ich mich zu einer Adresse durch, Nachbarn hatten mir bedeutet, daß Maude dort wohne. Richtig, und sie war sehr freundlich zu mir. Doch Edith, beschied sie mich, sei in Kanada – nicht zum Urlaub. Kürzlich traf ich eine fröhliche Maude wieder, zu sechst, mit Elisabeth, Edith und ihren Ehemännern. Ein schöner Abend, nicht ohne Erinnerung an alte Zeiten. Edith war in den drei Tagen unseres Besuches streng gewesen, mit sich und mit mir. Herb, fast schroff. Sie und ihr Mann hatten uns die großartigen romanischen Dorfkirchen am linken Ufer der Loire gezeigt. Sie hatten uns nach Angers gefahren und hatten uns ins Schloß geführt, wo wir die 70 restaurierten Teile des Wandteppichs von 1382 würdigten, »Die Apokalypse«. In dem Dunkel der Ausstellungshallen vergaß ich vor Staunen, mit Edith zu reden.

Am späten Abend sagte sie im Vorbeigehen: »Maintenant il est trop tard – Jetzt ist es zu spät.« Was nur hat sie damit gemeint? Unser verpaßtes gemeinsames Leben? Das war nie eine Absicht gewesen. Ihr eigenes Leben? Sie kam mir verändert vor, nicht nur äußerlich. Hat die späte Scheidung ihr frohes Selbstbewußtsein gebrochen? Lebt sie ahnungsvoll unter dem Eindruck ihrer vielleicht doch nicht ausgeheilten Hepatitis C? Oder war es ganz einfach die späte Stunde? Ich weiß es nicht, will es auch nicht wissen und werde sie nicht fragen. Weit, fast zu weit weg gibt es die andere Edith, die charmante, lächelnde, strahlende Edith auf den Fotos von einst. Die Edith, die als überzeugte Französin nicht gelten ließ, daß 40 Prozent ihrer Käseproduktion, wie die Allgäuer behaupten, nach Frankreich verkauft werden: »Non, impossible, absolument!« Allein der Gedanke an diese Unmöglichkeit ließ sie erstarren. Patriotismus in Käseschachteln? – Edith war für mich über all die Jahre hin Frankreich. Ist es noch!

»Bravo, bravo!« spendeten die Zuhörer Beifall. »Das ist aber eine besonders schöne Geschichte. Bis auf den Käse. Und es hat dir nie leid getan?« – »Leid getan«, protestierte Günther etwas zu heftig. »Was nicht war, kann nicht mehr werden. Punkt. Beruhigt euch. Ich will Edith und Elisabeth auch nicht vergleichen. Es wäre unfair, beiden gegenüber!« – Sprach's und blickte zur Griechin hinüber. – Die anderen warteten einige Zeit, dann räusperte sich Heiner und forderte die letzte Geschichte des Abends ein. »Wer von uns ist dran? Wer hat noch eine Beichte parat?«

Das Los fiel auf Johannes. »Erzähl' doch mal etwas von deinen Modellen. War da all die Jahre gar nichts?«

»Nicht schon wieder«, bat er genervt. »Laßt mich wenigstens heute Abend in Frieden mit euren Modellen. Mir fällt da jemand viel Wichtigeres ein. Von Ost und West, 1990 und danach. Eine scheinbar kleine, in Wahrheit große Begegnung. Ein ganz besonderer Mensch, von dem ich immer noch eingenommen, ja ergriffen bin!«

»Dann sprich!«

Der Bildhauer kam ihrer Bitte nach.

F wie Friederike: Erlöst euch erst einmal selber

Wir saßen im Erfurter Augustinerkloster beim Frühstück, ein paar Wessis zu Gast bei Ossis. Es war erst kurz nach der bekannten Wende, und mittags sollte eine politische Tagung beginnen. Da blieb zur allerersten Besichtigung der schönen Stadt wenig Zeit. Man hatte sich bei Tisch nur flüchtig vorgestellt, und keiner wußte vom andern, was er denn nun so sei und mache. Bis auf den Kaffee war alles unverbindlich, so auch das Gespräch bei Tisch. Da sagte eine junge Dame plötzlich laut, daß wir aus dem Westen in ihren Augen ganz schön voreingenommen seien, fast alles wüßten wir besser als die Leute hier und ließen diese nicht zu Wort kommen. So hätte sie sich die Wiedervereinigung nicht vorgestellt. Das traf uns, und es wurde still.

»Nu, dann eßt doch weiter. Damit ihr Kraft habt, bei uns etwas kennenzulernen, was noch neu für euch ist, wenn ihr wollt.«

Wir wollten ja gerne, doch sie war der erste Mensch, der mir in der aufgelösten DDR näher begegnete. Zwar war ich bereits am Vorabend aus Mainz angereist und dann gleich mit der Leiterin der kirchlichen Bildungsstätte, die das Kloster inzwischen geworden war, einer Pfarrerin, Soljanka essen gegangen – eine ukrainische Art Gulaschsuppe, die wir im Westen noch nicht kannten. An diesem Morgen aber wollte ich Erfurt im Hellen sehen, den Dom, die Severikirche, die Krämerbrücke, das Lutherdenkmal, das Rathaus und einiges Schöne mehr. Für einen Bildhauer ein Hochgenuß!

»Wenn Sie mir beim Spülen helfen, zeige ich Ihnen dafür die Stadt.« Es war die, die vorhin zu uns gesprochen hatte. Ich trocknete also ab, und sie führte mich durch das alte Gerafurt. Von einer Stadterneuerung war damals noch nicht allzu viel zu sehen. Sie verstand sich auf ihre Stadt und sprach ein weiches Thüringisch. Sie mußte wohl Mitte der Zwanzig sein und war von Beruf, wie sie mir auf meine Frage sagte, Klavierlehrerin. Mehr und mehr gewann sie meine Sympathie. Vorher hatte sie eher forsch gewirkt als gefühlig musikalisch. Forsch blieb sie, doch anders als wir im Westen. Am Abend fiel ein Vortrag aus, sie hatte mir ihre und ihrer Mutter Telefonnummer gelassen und nahm dann die Einladung zum Essen ohne Umstände an. Als sie kam, war sie unbefangen, doch als wir zu viert zu Tische saßen und einer von uns sie mit seiner Besserwisserei verletzte, kamen ihr Tränen.

»Wie soll das eine Vereinigung geben, wenn wir uns so mißverstehen? Laßt uns doch Zeit und nehmt euch für uns selber welche, um unser Denken zu begreifen.« Wie recht sie hatte.

Da lud ich sie ein, meine Familie zu besuchen – sie war in den »alten« Bundesländern noch nicht sehr weit herumgekommen. Wenige Monate später kam sie mit ihrer Mutter. Es wurde ein versöhnliches Wochenende.

Wieder ergab sich eine Gelegenheit, in die »neuen« Länder zu reisen, diesmal nach Weimar. Auf der Rückfahrt also Station in Erfurt. Sie holte mich am Bahnhof ab, und wir nahmen die Straßenbahn zur Wohnung ihrer Mutter. Als sie von der Haltestelle neben mir her schritt, rührte mich das zu meiner Überraschung an. Und als sie ausglitt, es war Winter, berührten wir uns unwillkürlich. Sie strömte eine fast vertraute Wärme aus. Ihre Mutter, bereits Witwe, war noch jung, ihr fröhliches Lachen war auf die Tochter übergegangen. Über Nacht blieb ich wieder im Augustinerkloster.

Doch es kamen neue Termine in Thüringen. Friederike holte mich wieder vom Erfurter Bahnhof ab. Diesmal teilte sie mir mit, daß in Luthers Kloster – hier war er Mönch geworden – kein Zimmer frei sei. Ich hatte sie angerufen und gebeten, mir ein Zimmer zu reservieren. Was nun? »Wir gehen zu mir«, erklärte sie einfachhin. »Das Abendbrot habe ich schon vorbereitet.«

Sie hatte zwei Zimmer, Küche und Bad. Das war für die Verhältnisse »drüben« damals schon viel. Ehe wir aßen, betete sie. Das hatte ich nicht erwartet, doch ich betete selbstverständlich mit ihr. »Ich bin getauft, evangelisch, wenn dir das nichts ausmacht«, erklärte sie. »Ihr aus dem Rheinland seid doch alle katholisch, etwa nicht?« – »Aber gewiß nicht alle«, entgegnete ich ihr. »Den Preußen hat es auch bei uns gefallen.« Sie lachte, wurde dann aber ernst und beendete ihre Erklärung: »Als Erwachsene habe ich mich taufen lassen, aus eigener Entscheidung.«

»War das für dich nicht zu gefährlich, während des Studiums? Die konnten dich doch schassen.« Ich merkte bald, wie dümmlich meine Frage gewesen war.

»Rauswerfen, meinst du? Können schon, aber das war nicht üblich. Es war für Musikstudenten nicht gefährlich, und wie es bei anderen Studienrichtungen aussah, weiß ich nicht. Aber die Musiker hatten da schon immer etwas mehr Freiheit.« Ich hörte zu und mußte lernen.

Friederike sträubte sich nicht, mit mir an einem katholischen Gottesdienst in Sankt Severii teilzunehmen. Sie sang aus Herzensgrunde mit. Sie hat eine ebenso schöne wie geschulte Stimme. Ihre Mutter hatten wir mitgenommen; für sie war es wohl die erste Begegnung mit Kirche in ihrem Leben.

»Sag' bitte mal, wie kommst du zum Christentum?« wollte ich wissen. »Wer hat dich dahin geführt, wenn schon nicht deine Eltern? Ein Pfarrer? Die Pfarrerin vom Augustinerkloster?«

»Du hast wohl gar keine Vorstellung, daß du mich das fragst!« Sie lachte mich aus. »Eine studierte Musikerin, die Bach spielt? Weißt du denn nicht, daß Bach nicht nur Noten geschrieben, sondern auch Texte vertont hat? Diese Texte aus der Bibel sagten mir etwas ganz Neues, etwas Anderes, das ich noch nicht kannte. Durch ihn und auch noch andere religiöse Komponisten bin ich zum Christentum gekommen. So einfach war das!«

Ich bin noch immer beeindruckt, wie konsequent sie das sagte. Und wie glaubensstark sie ist. Für mich ist sie ein Glied der Kirche, einer jungen, neuen Kirche, die auch ohne hierarchische Instanzen und deren Verordnungen glaubt. Glied einer Kirche von morgen, weil sie sich gestern ohne Amtshilfe und Tradition bewährt hat. Weil ihre Seele offen war und sie das Wagnis des Glaubens bewußt auf sich genommen hat ohne die Leitschienen und Sicherheiten einer Institution. So gewann ich Respekt vor Friederike, einer jungen Frau, deren anhaltende Freundschaft mir etwas bedeutet.

In dieser und den noch folgenden Nächten, die ich in ihrer Wohnung verbringen durfte, haben wir in getrennten Zimmern geschlafen – was ich der Vollständigkeit wegen erwähne. Sie achtete meine Ehe und ich ihre entschiedene Persönlichkeit. Natürlich gewann ich sie lieb. In Friederike fokussiert sich für mich eine Landschaft, ein Volksstamm, eine Lebensart und Denkweise – eben Thüringen. Ein sympathisches Bundesland, das doch so neu gar nicht ist – es war im 5. Jahrhundert schon eigenständiges Königreich, wurde bereits 1920 – und nicht erst nach der Wende – aus sieben oder acht Herrschaften als Freistaat neu gegründet. Die meisten westdeutschen Länder sind jüngeren Datums. Friederike ist Thüringerin von Gemüt und Temperament, ist friedfertig bis zu dem Punkt, wo die soziale Frage hier und heute unterdrückt wird, war Schülerin des berühmten Musikgymnasiums Belvedere bei Weimar und hat aus Liebe geheiratet – keinen Musiker und keinen Lehrer.

Beim nächsten Mal führte sie mich vom Bahnhof weg direkt zu einem Adventssingen. Das fand oben in einem großen Hause unweit des Domplatzes statt. Wir kamen kurz vor Beginn, und viele der Anwesenden, die Friederike kannten, sahen lange zu uns herüber. Dachten sie, ich sei ihr Vater oder ihr Mann? Für den Vater hätte es ja gereicht, für den Mann ganz sicher nicht. Doch wir beide hatten unseren Spaß daran, falsch eingeschätzt zu werden. Es hätte ja können sein? Nein, es hätte nicht.

Ein anderes Mal lud ich sie ein, vor Teilnehmern einer Soirée zu musizieren. Ich muß ergänzen, daß sie Pianistin ist. Sie spielte frei und überzeugend, mir kam es ein wenig schulmäßig vor. Sie ist doch sonst im Auftreten ungezwungen und gewandt. Sie habe großes Lampenfieber gehabt, gestand sie nachher, hier im Westen gäbe es doch viele gute Musiker. Doch war es wirklich das? Hatte meine Gegenwart sie verunsichert? Sie wollte es nicht sagen und ich mir nichts vormachen. Jahre später gab sie es zu. Es hatte doch an mir gelegen. Liebe? Liebe.

Reden kann sie wie ein Wasserfall, stundenlang und dabei klar, immer logisch in der Argumentation. Ihre fröhliche Stimme, ihr Optimismus trotz aller Skepsis gegenüber denen, die Macht über sie hatten, und nicht anders zu denen, die heute Macht über sie haben. »Es war nicht alles schlecht bei uns, und es ist nicht alles gut mit euch«, stellt sie nüchtern fest. »Sozialismus und Kapitalismus – ich weiß nicht, welcher schlimmer ist. Im Grunde sind die oben immer dieselben.«

Als ich an dieser Stelle widersprach, sah sie mich stumm und schelmisch an und fuhr freundlich fort: »Das sagst du ja nur wegen deines Freundes in Erfurt. Zugegeben, der Mann von euch drüben ist ja ganz passabel und der hinter ihm auch, obwohl der aus dem Eichsfeld stammt.«

»Na, hör' mal, jetzt denkst du aber gar nicht ökumenisch«, wandte ich ein.

»Tut mir leid. Erst wird er mich als Mensch überzeugen müssen. Ein Parteibuch besaß ich nie und werde ich auch nie haben.«

»Wenn die Politik falsch läuft, weil du dich um die Politiker nicht kümmerst, mußt du dich nachher nicht beklagen. Dein Vorurteil steht dir im Wege.« Ich hätte sie gerne moderater erlebt. Doch ich weiß von mir selber, wie Künstler zu Politikern stehen – wir schimpfen und wir buhlen um sie. Aufträge, bitte!

Einen Augenblick lang sah sie mich mitleidig an. Dann wurde sie noch einmal sehr ernst: »Bildet euch nur nicht ein, ihr könntet uns erlösen. Erlöst euch erst einmal selber. Und vergeßt nicht, daß wir alle schon seit langem erlöst sind.«

Was Friederike darauf antworten? Da sie keine Widerrede erwartete, sprach sie gleich weiter: »Was ich will, ist Gerechtigkeit. Ich weiß selbst, daß das zuviel verlangt ist, eben fast zuviel«, schränkte sie ein. Das ist der Punkt, um den sich ihr Weltverständnis dreht. Ich finde, dieses ist aufrichtig und ehrenwert. Immer wieder klingt ihr unbeschwertes Lachen auf, sie ist keine Ideologin, aber sie ist aus Erfahrung wach. Sie erhebt keinen Vorwurf, sie ist nicht aggressiv, ihr Glaube läßt sie über vergänglichen Dingen stehen. Zur Not hat sie ihre Musik. Mag sie reden, immer weiter, denke ich bei jedem Wiedersehen, und höre ihr gerne zu.

Nach der deutsch-deutschen Wende ging Friederike – wie übrigens ihre Mutter auch – auf Reisen. Die Mutter reiste viel, besah sich aber Land und Leute, wo sie vorher nicht hingekommen war: Norwegen, Italien, Griechenland. Friederike und Andreas sattelten ihren Trabbi, es zog sie nach Portugal, Frankreich, Norwegen, sie flogen nach Kreta und Kalifornien. Sie wollten ganz einfach nachholen und mitreden können mit den zu oft gedankenlos bestimmenden und arroganten Leuten aus dem Westen, die doch alles schon kannten und immer und immer besser wußten. Ging es nicht auf große Fahrt, so zog es sie allein zu geistlicher Einkehr in irgendeinem der Klöster, die es auch in Thüringen gibt.

Friederike geht ihren Weg. An der Musikschule des Bezirks hat sie, weil der Bezirk abgeschafft ist und die Schule nunmehr Städtische Musikschule heißt, ihre Stelle vor allem deshalb gekündigt, weil ihr die Entwicklung nicht gefallen hat. Es ging, sagte sie, nur noch um's Geld. So und so viel Hunderttausende müßten jedes Jahr gebracht werden, das hieße zum Beispiel Gruppenunterricht, und der geht nach ihrer Meinung zu Lasten der Qualität, zumindest, wenn man jeweils nur 45 Minuten habe. Außerdem sei die Zahl der Wochenstunden auf 30 erhöht, und die Prüfungs- und Vorspielzeiten hätten früher eine Menge an Überstunden gebracht. »Denn Unterricht darf nicht ausfallen«, belehrte sie mich. »Mir blieben die Schüler dabei zu sehr auf der Strecke.« Kein Zeichen verletzten Stolzes, statt dessen bewies sie Verantwortung sogar entgegen ihren eigenen Interessen!

Inzwischen sucht sie sich und findet Schüler, die sie privat unterrichtet. Nach Irrwegen und Umwegen hat sie geheiratet und lebt nun mit ihrem Mann und zwei Söhnen im wahrscheinlich kleinsten Dorf von Thüringen. Zunächst kamen ihre Schüler über den Berg von »drüben«, jetzt fährt sie zu ihnen hinüber und unterrichtet dort in der einzig nahen Stadt, wo auch ihr Mann arbeitet – wenn er Arbeit hat. Im erzkatholischen Eichsfeld wohnen sie im katholischen Pfarrhaus, ausgerechnet, in dem sich der Pfarrer nur selten zu Konferenzen mit dem Pfarrgemeinderat trifft. Ihr Evangelischsein muß sie dort gegen Widerstände verteidigen; sie lebt es bewußt als eine andere, als ihre Konfession des Christentums. Sie hat ihr Getauftsein nie an die große Glocke gehängt, auch nach der Wende nicht, doch ihren Eltern und ihren Freunden hat sie es schon damals gesagt. Wieder ist sie in einer Diaspora, innerhalb eines konservierten und daher konservativen, zuerst braun, dann rot umstellten, im Eichsfeld vor allem schwarzen Ghettos, das sich im Innersten noch nicht selbst befreit hat.

Am Telefon ist Friederike immer tapfer, auch wenn es ihr nicht fröhlich zumute ist. Als ihr Mann auf lange Zeit und nun wieder arbeitslos wird, ist ihr Gottvertrauen nicht nur ein Wort. »Ach«, sagt sie einfach,«jetzt hat er mehr Zeit für mich und die Kinder.«Ich bewundere sie, wir besuchen sie einmal im Jahr. Wir möchten ihr helles, frohes Lachen hören und ihre Nachsicht auch uns gegenüber erleben. Denn von Friederike lernen wir noch immer.

So war der Abend des ersten Tages auf Hydra für die Freunde warm, schön und harmonisch, doch nicht ohne Melancholie verlaufen. War das schon der Zustand der von ihnen erhofften Glückseligkeit?

Der zweite Tag

Sie hatten tagsüber die Insel durchstöbert. Sie waren die engen Gassen und plötzlich auftauchenden Treppen bis auf den Kraterrand emporgestiegen. Schon nach einer Stunde waren sie zum 500 Meter hoch gelegenen Kloster Prophitis Ilias aus dem 15. Jahrhundert gelangt, nach weiteren beschwerlichen Stunden zum Kloster Suvras aus dem 16. Jahrhundert. Das sind nur zwei der 143 Gotteshäuser auf der Insel. Auf dem ganzen Hin- und Rückweg hatten sie keine Bäume entdeckt, Hydra ist keine grüne Insel. Aus den Bäumen waren immer wieder Planken geschlagen und aus diesen Schiffe gebaut worden. Sie hatten über die Abhänge hin bis auf die südliche Küste des Peloponnes geblickt und sich vorgestellt, daß die strategisch wichtige Meerenge zwischen der Insel und dem Festland lange Zeiten bewacht gewesen sein mußte.

Die Hitze des Mittags hatte ihnen zugesetzt, denn wo keine Bäume sind, ist auch kein Schatten. Endlich fanden sie auf halbem Wege ein Bauernhaus, wo man ihnen auf ihr Bitten Wasser reichte, Brot und erfrischenden Tzatziki. Die einfachen Leute waren überaus gastfrei zu ihnen, was wohl nicht nur für die Bewohner dieser Insel gesagt werden konnte. Zufrieden zogen sie auf dem Eselspfad weiter und redeten über den Unterschied zwischen orthodoxen und westeuropäischen Kirchenräumen. Den einen oder anderen Popen hatten sie in Rußland, der europäischen Türkei und jetzt auf Hydra zwar schon gesehen, doch griechische Nonnen erstmals hier. Das brachte Heiner, den Schriftsteller, auf den Gedanken, den Freunden am Abend von einer Nonne zu erzählen, die im Kloster einen männlichen Vornamen erhalten hatte – und damit nicht die einzige derart umgetaufte Ordensfrau war.

Am Abend gingen sie wieder zum Hafen und suchten nach der zweiten Taverne. Als sie an der Hauptkirche Kimises Theotóku vorbeikamen, erinnerte Günther an Heiners Angebot, ihnen von der Nonne mit dem unglaublichen Namen zu berichten. »Die heißt wirklich wie ein Mann?« Auch Johannes mochte es kaum glauben. – »Doch, Gabriel. Aber gedulde dich bis gleich. Ihr schaut mich zweifelnd an?« Sie waren stehengeblieben. »Nichts sollte mehr an ihr früheres Dasein erinnern, denn nun war sie Braut Christi, mit einer Art Ring versehen und von der sündigen Welt getrennt.« –

»Nun mach' aber einen Punkt«, forderte Günther. »Hätte ihr die Taufe nicht genügt? Also wurde sie auch noch verlobt?« – »Man könnte es so nennen. Aber seid nicht so neugierig. Ihr erfahrt die Geschichte ja noch.« Heiner drängte zum Weitergehen, denn sie waren vor Staunen stehengeblieben. – »Schwester Gabriel«, murrte Johannes, »das klingt doch verrückt!« – »Wenn du sie gekannt hättest, würdest du dich nicht an ihrem Namen stoßen. Schließlich hat sie sich den auch nicht selbst gegeben. Leider lebt sie nicht mehr. Sie war eine großartige, patente Frau. Verheiratet, hätte sie sicher sieben Kinder gehabt.« – »Ein Erzengel mit sieben Kindern! Von einem Kind weiß ich, das kennt jeder.« – Johannes wollte das so nicht gelten lassen, doch er widersprach nicht. – Als sie die Taverne gefunden, davor Platz genommen und den Retsina vor sich stehen hatten, löste Heiner sein Versprechen ein.

G wie Gabriel: Kein Stein und keine Inschrift

»Sie können mir ruhig vertrauen, wir haben keine Ressentiments mehr. Die Nazis sind lange fort. Wir vergessen nicht, das sind wir den Opfern schuldig – nicht nur denen aus unserem Land. Aber wir haben verziehen, schon bald danach.«

Die das sagte, war die Oberin eines Krankenhauses in der Stadt – in der Stadt deshalb, weil es in dem kleinen Großherzogtum keine zweite Stadt gibt, die so viel an Bedeutung für das Land und für Europa hat. Die Clinique St. Joseph stand am Alten Fischmarkt, dort, wo schon die Römer ein Castellum hatten und wo Graf Siegfried von den Ardennen eine Burg errichtete – auf dem Bockfelsen über der Alzette. Das Haus steht noch, das Nationalmuseum hat es erworben, die Patienten und die Schwestern sind verschwunden. In den letzten Jahren gab es darin nur noch Alzheimer-Kranke. Es fuhr einem ganz nachhaltig in Mark und Bein, ja durchs Gemüt und in die Seele, durch die Zimmer zu gehen und Menschen anzusehen, durch die man hindurchblickte, einfach hindurch, wie sie selbst auch ihren Betreuer oder Besucher mit toten Augen ansahen und ihn doch nicht mehr erkannten. Es war die absolute Abwesenheit.

Sie, die Bauerntochter aus dem Ösling, trug ihren Ordensnamen gleichmütig, es gab Wichtigeres im Leben einer Klosterfrau im ordenseigenen Krankenhaus. Nun war sie aus Luxemburg nach Deutschland zu einem Seminar herübergekommen, in welchem künftige Stationsschwestern lernen wollten, wie man weltliche Schwestern führt.

Schwester Gabriel war eine Frau außer der Reihe. Auf dem Hof der Eltern von früh auf an praktisches Arbeiten im Stall und auf dem Feld gewöhnt, entschied sie sich aus natürlich gelebter Frömmigkeit zur Mitgliedschaft in einem tätigen Orden. Sie erlernte die Krankenpflege. Die Oberin, als welche ich ihr begegnete, hatte keine Scheu vor Mikrophon und Kamera, im Unterschied zu der Angst mancher ihrer Mitschwestern. Denn in den Trainings des dreimal zweiwöchigen Seminars sollten die in fast absolutem Gehorsam eingebundenen Ordensfrauen erfahren, wie ihre Unbeholfenheit, ihre Stimme, ihr Wort auf andere wirkt, was ihr Gesicht dem Zuschauer sagt, welche äußere und innere Haltung ihre Körpersprache ausdrückt und welche Erscheinung sie ausnahmsweise nicht vor ihresgleichen, sondern vor Ärzten, inzwischen auch weltlichen Schwestern sowie Patienten und deren Besuchern machen. Dabei flossen viele Tränen, und einige ertranken in Minderwertigkeitskomplexen; einige Schwestern erklärten, auf die Führung einer Kranken- oder Altenstation verzichten zu wollen, und die unerwartete Selbsterkenntnis beim Abspielen von Bändern und Kassetten erwies sich als überaus problematisch. »Das bin ich?« Jedesmal war es Schwester Gabriel, die den äußeren Frieden der Gruppe und den inneren Frieden der einzelnen Teilnehmerinnen wieder herstellte. In Maßen, doch mutig kritisierte und korrigierte sie die unzeitgemäße Art der Heranbildung der Novizinnen zur Schwester und deren einseitige Fortbildung. Ich war ihr überaus dankbar.

So kam das Gespräch auch auf die Kriegszeit, die für die Menschen im Großherzogtum eine wahre Leidenszeit der Unterdrückung und Verfolgung gewesen war, wovon die wenigsten Deutschen bisher wissen. Dazu gehört auch, daß in Luxemburger Bauernhäusern immer wieder amerikanische und englische Bombenflieger versteckt wurden, die wußten, daß sie eine Chance hatten, der Gefangenschaft zu entgehen, indem sie über den Kanal zurückgelotst wurden, wenn sie über dem Gebiet des Großherzogtums aus ihren angeschossenen Maschinen absprangen. Für die hilfreichen Luxemburger war dies eine höchst gefährliche Sache. Wurde der Flieger bei ihnen entdeckt, kam der Vater ins Konzentrationslager und die Familie nach Schlesien ins Verbannungslager. Zwanzigtausend Alte, Frauen und Kinder wurden aus der Heimat verbannt, achttausend Männer, doch auch Frauen ins KZ geworfen, zehntausend junge Männer in die Wehrmacht gepreßt. Insgesamt 42 000 persönlich Betroffene. Und das alles bei damals nur 300 000

Einwohnern des Landes, jeder Siebente demnach – und kaum eine Familie ohne ein Opfer.

Auch die Familie von Schwester Gabriel war betroffen – ein Grund mehr für sie, »ins Kloster« zu gehen. Zwei Brüder von ihr wurden in die Wehrmacht zwangsrekrutiert, einer von ihnen kehrte aus Rußland nicht mehr heim, der zweite erst aus Gefangenschaft. Ein dritter Bruder wurde zur Arbeit ins Rheinland »versetzt« und entging dort mit knapper Not der Inhaftierung. Sie selbst aber blieb frei von deutsch-feindlichen Gedanken und Gefühlen und wollte unbedingt verhindern, daß ich in mir ein Schuldbekenntnis trug, eine Kollektivhaftung nach außen übernahm. So machte sie mich mit den ersten Freunden in ihrem friedfertigen Land bekannt, von denen ein nicht geringer Teil durch die Jahre der Inhaftierung gezeichnet war. Mein Chef hatte mir den Auftrag gegeben, nach Kräften auf die Versöhnung zwischen Deutschen und Luxemburgern hinzuwirken.

Es war Schwester Gabriel, die mir das Tor zu den Menschen ihres Landes öffnete. So lernte ich Politiker, Künstler, Professoren, Journalisten, den Verwaltungschef von RTL und den Dirigenten der Hof- und Militärmusikkapelle und den Bischof kennen. Sie alle verfeinerten mein Bild ihres kleinen, feinen Landes, es erwuchsen Freundschaften auf Dauer. Als mich der Premier empfing, war Schwester Gabriel dabei. Einmal hatte ich ihr eine deutsche Oberschülerin für eine Mitarbeit über die Weihnachtsferien empfohlen; die schleuste, während die frommen Schwestern zur Jahresschlußandacht in der Hauskapelle beteten, ihren Freund auf ihr Zimmer in der Klausur. Am Neujahrsmorgen wollte der junge Mann freundlich und verlegen grüßend an ihr vorbei das Weite suchen, führte aber sichtbar einen Einkaufsbeutel mit sich, der ihn als Deutschen verriet. Da stellte sie die Schwesternhelferin aus Deutschland zur Rede, die auch nicht log. Als mehr die weltlichen Krankenschwestern denn ihre franziskanischen Mitschwestern sich über die Frechheit der landesfremden Schülerin erbosten, kam Schwester Oberin Gabriel zu mir herüber.

»Ich verdächtige niemanden. Aber der Kerl, das ist kein guter Freund von Ihrem Schützling. Würde er sie wirklich lieben, so würde er sie vor der Peinlichkeit beschützt und sich selbst frühmorgens an einem Bettlaken davongemacht haben. Aber er hat sich auch noch das Frühstück bringen lassen!« Vorurteile kannte die resolute, mütterliche Frau nicht. Sie dachte praktisch – oder richtiger, wie die meisten ihrer Landsleute, pragmatisch.

Einmal bewirtete sie eine größere Schar von Religiösen aus Dänemark, die ich ihr ins Refektorium des Krankenhauses geschleppt hatte. Dänen können essen, Däninnen auch. Aber vor den hier aufgetragenen Schüsseln und Platten mußten selbst sie kapitulieren. Und ein anderes Mal fanden sich auf meine Bitte der ehemalige Außenminister und ein Literaturprofessor mit Damen an ihrer Festtafel ein, dazu eine Mitarbeiterin von mir aus Westfalen, für die das »Ländchen« neu war, meine Frau und ich. Das Gelage, muß ich schon sagen, dauerte von zwölf Uhr mittags bis um sieben Uhr am Abend. Uns wurde das ohnehin französisch erlesene, holländisch portionierte Menü reichlich aufgetragen – eine luxemburgische Sitte. »Wir haben ein paar Magenkranke mehr als sonst«, bemerkte Schwester Gabriel schlicht. »Da hatten wir heute für Sie etwas mehr übrig.« Beim Hinausgehen grübelten wir, ob es mit der Einlage in einer klösterlichen Bouillon etwas wie eine Art Zeichensprache auf sich habe: Nach der Begrüßung – nach dem obligaten Champagner – waren Sternchen darin gewesen, dann Buchstaben und schließlich Zahlen. Die Zeit war uns wie im Fluge vergangen, so angeregt waren die Gespräche. Und Schwester Oberin Gabriel hatte mitgespeist.

Sie machte mich auch mit dem Hofmarschall bekannt, dem allerersten Europabeamten, als die Montan-Union als Mutter von EWG, EG und EU ihren Sitz an der Place d'Armes in der Hauptstadt aufnahm. Christian Calmes war ein imponierender Mann, Jurist und Historiker. An meinem Schreibtisch erzählte der würdige Grandseigneur mir unter Tränen, wie er im KZ Hinzert bei Trier gefoltert worden sei; der SS-Mann habe eine glühende Zigarette nach der anderen auf seinem gefesselten Leib, seiner nackten Haut ausgedrückt und sich gleichzeitig am Telefon mit seiner Freundin unterhalten – die die entsetzlichen Schreie mithörte und unbeeindruckt weitersprach. War es Musik in ihrer beider Ohren?

Als Schwester Gabriel die Prinzessin ihres Herrscherhauses zum Abschluß ihrer Ausbildung zur Krankenschwester prüfte, bestand die junge Dame das Examen in allen Pflegefächern bestens, erzählte sie mir gelegentlich. Lächelnd fügte sie hinzu, daß die allseits beliebte Prinzessin im Fach Staatsbürgerkunde nicht unbedingt geglänzt habe, somit im Wissen um die Geschichte des Staates und – ausgerechnet – seiner Dynastie. Später sei sie von ihr zur Hochzeitsmesse eingeladen worden und habe gern teilgenommen, obwohl sie sonst wenig Respekt vor »Hochgestellten« in sich spüre. Sie sei gesund, sie komme vom Lande. Immerhin sei die Großmutter der Prinzessin während des Zweiten Weltkrieges als geflüchtete Großherzogin der »Engel des Vaterlandes« gewesen, der erreicht habe, daß keine Bomben alliierter Flieger auf Wohnbezirke der besetzten Heimat abgeworfen worden seien. Darauf war die sonst so schlichte Schwester wie alle ihre Landsleute von Herzen stolz und von dankbarem Respekt.

Und dann versiegte die freudenreiche Gaumenquelle, denn Sr. Gabriels wiederholte Wahlzeit als Oberin endete. Sie trat ins Glied zurück und übernahm das Personalwesen eines großen Krankenhauses. Dann erkrankte sie selbst. Alzheimer. Anfangs war sie sehr bestürzt und tief traurig. Dann setzte bei ihr die erlösende Dämmerung ein. Schließlich erkannte sie uns nicht mehr, lächelte lieb und kindlich und hatte ein langes Sterben. Als ihre Mitschwester anrief, sie sei tot und in einer Stunde die Beisetzung, vermochten wir nicht, uns freizumachen und hinzufahren. Tage später wollten wir sie auf dem städtischen Hauptfriedhof besuchen, auf dem nicht allzu weit von ihr entfernt der berühmte Schuhmacher Wilhelm Voigt alias Hauptmann von Köpenick liegt. Diesem haben die Luxemburger ein würdiges Grab, mit Titel und Pickelhaube im Relief, »für immer und ewig« hergerichtet, gilt er ihnen doch als Warner vor dem zweifach erlittenen »preissischen« Militarismus. Doch an Schwester Gabriel und ihre verstorbenen Mitschwestern erinnert bisher nichts und niemand. Kein Stein, keine Inschrift. Wir konnten noch nicht ergründen, ob diese Kargheit bei den Franziskanerinnen üblich ist, vielleicht auch nur in Luxemburg? Dafür ist sie nun ganz gewiß im Himmel. Wer, wenn nicht sie, sollte dort sonst noch Einlaß gefunden haben?

Wenn es einen Himmel oder so etwas gibt, dann ist sie dort«, meinte Johannes anerkennend. »Ich habe gar nicht gewußt, daß die Deutschen mit den Luxemburgern derart umgesprungen sind. Warum bloß?« Die Frage war an Heiner gerichtet. – »Weil die sich gegen die neuerliche deutsche Besetzung wehrten«, antwortete dieser. »Der kleine Staat war neutral. Schon im ersten Weltkrieg war Luxemburg überfallen und vier Jahre lang völkerrechtswidrig besetzt worden. Von 1940 bis 1945 wieder.« – »Wir Deutsche«, warf Günther ein, »sind vierhundert Jahre lang zum Gehorsam vor der Obrigkeit gedrillt worden. Jawoll, Jawoll, von früh bis abends Jawoll. Und die Hacken zusammenschlagen und die Pustebacken zusammenkneifen, jawoll. Ob im Staat oder in beiden Kirchen, auch im Betrieb: Jawoll. Wir lernen erst langsam wieder den aufrechten Gang.« – »Puh, das sind ja Aussichten«, schnaubte Johannes. »Aber es stimmt: Ein gewisser Saulus, der zum Paulus mutierte, hat gelehrt, alle Obrigkeit sei von Gott und jeder Widerstand gegen sie zugleich Widerstand gegen Gott! Heil und so weiter!« – »Römer, 13!« sekundierte ihm Günther. – »Und dann bemängeln die Luxemburger noch heute, daß der Protest unseres großes Volkes gegen die Nazis so viel geringer gewesen ist als der ihres kleinen Volkes«, suchte Johannes diesen Teil des Gesprächs zu beenden. Was ihm aber nicht ganz gelang. Denn Heiner, einmal in Fahrt gekommen, war nicht zu bremsen: Leute, da muß ich euch aber noch eine Story erzählen, die gehört noch dazu.«

H wie Hannah: Noch ein paar richtige Menschen

Wir saßen vor einem Café an einer Talsperre der Eifel, an der Staumauer, die den Krieg – schon wieder der Krieg, aber das ist nun einmal meine Generation – unzerstört überstanden hatte im Gegensatz zu den Mauern der nahen Kaiserstadt. Die weißen Segel der Boote hoben sich festlich gegen das doppelte Blau des Wassers und des Himmels ab. Es war Sonntagnachmittag, wir ließen uns den Kaffee schmecken und warteten auf Mary und auf ihren Mann, die auf dem Deich spazieren gegangen waren. Hannah mochte heute nicht spazieren gehen. Der Grund hierfür war ein höchst erfreulicher.

»Laß mich, bitte, einmal streicheln«, sagte ich. »Dein Bauch ist so schön rund. Vielleicht tritt er mich.«

»Dich doch nicht. Und wieso ein Er?«

»Frauen wie du bekommen Söhne.« Früher oder später, setzte ich in Gedanken nach.

»Also erst einmal einen. Und wenn es wieder ein Mädchen wird?«

»Du kannst es ja vorher auf dem Monitor bewundern ...«

»Kann ich gern drauf verzichten. Wir lassen uns überraschen«, stellte Hannah fest. »Sieh lieber mal selbst zu, daß deine nächste Tochter ein Sohn wird.« Sie setzte sich aufrecht und funkelte mich mit ihren grünen Augen spöttisch an.

Seit Adam und Eva dasselbe Spiel. Hannah war Mutter und sah der Geburt ihres zweiten Kindes wohlgemut entgegen.

»Streicheln darfst du, wenn du lieb bist«, sagte sie versöhnlich.

»Ich war zu dir immer lieb. Hast du vergessen?« fragte ich.

»Nein. Aber bilde dir bloß nichts ein. Zu so etwas gehören vorläufig noch immer zwei, und du kamst dafür niemals in Betracht. Und wenn ich kinderlos geblieben wäre oder Nonne!«

»Das wäre ja zu schade für die Menschheit«, klagte ich. Solche Mädchen wie dich gibt es in der Eifel nicht allzu viele. Klöster, da habt ihr mehr davon.«

»Na, na«, spottete sie wieder. »Wetten, daß ich hier nicht die einzige Dorfschönheit bin? Wenn ihr von der Eifel sprecht, denkt ihr meist nur an Maria Laach oder den Nürburgring. Und wenn's hoch kommt, guckt ihr auch noch in die Maare. Ganz schön hochnäsig, ihr Westfalen. Diese Landschaft ist ewig arm gewesen und schwermütig dazu. Aber stell' dir vor, hier gibt es auch noch ein paar richtige Menschen!«

»Was du nicht sagst! Aber woher willst du wissen, wer du bist? Deinen Vater hast du nie gekannt, der war wahrscheinlich schon tot, als du geboren wurdest. Kriegsehe.«

»Mein Vater war von hier, doch mein Großvater ist es nicht«, belehrte mich Hannah. »Er ist von Ostpreußen gekommen, auf Arbeitssuche. Mit Oma.«

»Aber deine Mutter wurde hier geboren? Nicht mehr drüben?«

»Ja, sicher hier. Warum fragst du?« Ja, was ging mich das eigentlich an!

»Ich weiß es nicht«, gestand ich ein. Doch aus irgend einem Grund bohrte ich weiter. »Irgendwie bist du anders. Ein anderer Typ. Nicht so wie die Leute hier. Ich kann es mir und dir nicht näher erklären. Aber – warum hast du so einen alten Namen, aus der Bibel – und das damals?«

»Josef – mein Großvater – hat das so gewollt. Und mein Vater galt als vermißt. Solche kamen meist nicht mehr wieder.« Sie machte eine Pause und trank von ihrem Kaffee. »Ich bin von's Land«, bemerkte sie selbstbewußt, wie um die Befragung abzuschließen. »Aus der rauhen Eifel. Merkst du's nicht?« Hannah lachte hell und hämisch. Und sah auch noch hübsch dabei aus.

»Doch, ich merke. Aber was heißt das schon.« Ich stimmte ihr zu: »Bin ja auch von drüben, auch von weit her.« Bei uns war es auch gemischt – Deutsche, Tschechen, Polen, Katholiken und Juden –, eben Industriegebiet. Und deshalb hatte ich irgend so eine Ahnung. Ein Gefühl nur, mehr war es ja nicht.

»Du hast eine ganz eigene Art, irgendwie bist du anders. Hier sind sie nicht so flott wie du«, bohrte ich weiter. »Und in Ostpreußen schon gar nicht.« Als ich die Empörung in ihren Augen sah, fügte ich schnell hinzu: »Ist ja nur so eine dumme Idee.«

»Dann laß sie bleiben. – Herr Ober, zahlen!« Die Eifel ist rauh, wie gesagt.

Die Spaziergänger kehrten zurück, und das Gespräch, vor allem seine letzten Sätze, waren bald vergessen. Dennoch, Hannah war und ist ein besonderer Mensch. Jahre später, als ihre Großmutter in dem ausgebauten Kotten ans Sterben kam und Hannah selbst schon Mutter war, erfuhr sie, daß Josef – er ließ sich von allen beim Vornamen nennen – nicht ihr Großvater und ihre Mutter statt seiner einen polnischen Juden zum Vater gehabt habe. Der habe in heißen Sommernächten an der Ostsee ihre Großmutter genommen, als die im Kurhaus von Zoppot in Stellung war; und als sie schwanger wurde, habe der gute Mann sich nicht mehr um sie gekümmert. Da habe sich ihr Freund ein Herz gefaßt und sei mit ihr nicht nur zum Standesamt, sondern von Ostpreußen gleich bis Köln gefahren, um dort in einem nahen Eisenwerk Arbeit aufzunehmen.

Anna, Hannahs Mutter und also Judenkind, hatte bisher nicht gewußt, wer ihr natürlicher Vater gewesen war. Dessen Spur hat sich im Krieg wohl in Auschwitz verloren – was leider glaubhaft ist. Und ebenso muß angenommen werden, daß Hannah – als ihre Mutter Anna die Nachricht erhielt, ihr Mann, der künftige Vater von Hannah, sei in Rußland vermißt – sie mit ihrem bald danach geborenen Kind, demnach Hannah, nicht vor Auschwitz oder Treblinka oder Sobibor oder Majdanek oder oder oder verschont geblieben wäre. Halbjuden und Vierteljuden gab es für die Nazis nicht, für sie waren sie alle Juden und hatten kein Recht, auf dieser Erde zu existieren.

»Aber Mama«, heulte Hannahs Mutter, »was redest du da. Bete lieber, solange du noch bei Verstand bist!«

Die Großmutter aus Gumbinnen lag in der Eifel auf dem Sterbebett. Josef, ihr getreuer Mann, stand an der Wand, er sah still vor sich hin und hörte zu. Als seine Frau die neue Geschichte von jener Maria und dem anderen Josef unter Stöhnen noch ein weiteres Mal von sich gegeben hatte, nickte er und sagte schlicht: »Ja, so war es. Aber ihr zwei lebt.«

Die Alten hatten ein Leben lang zu niemandem darüber gesprochen, aus Scham vor Schande wegen der allzu frühen Geburt. So hatten sie unbeabsichtigt das Leben zweier absolut unschuldiger Menschen bewahrt.

Dann starb die Großmutter wirklich, und es wurde über die einst hochnotpeinlich gewesene Sache auch von Hannah und ihrem Mann unbefangen gesprochen. Ich habe nie gefragt, ob ihre Töchter im Bilde sind – Achteljüdinnen, um der irrsinnigen Redeweise von einst zu folgen; doch nach dem Lesen dieses Manuskripts schreibt Hannah mir kurz angebunden: »Und ob!« Biblische Vornamen tragen heutzutage viele. Hannah war noch im Krieg geboren, da mußte sie Johanna heißen, den wahren Namen hätte kein Standesbeamter und damals auch kein Pfarrer akzeptiert.

Hannah und ihr Mann hatten Mary und mich zu ihrer Hochzeit eingeladen. Den Kontakt haben wir nie verloren. In späteren Jahren fuhren wir gemeinsam zum Segeln auf dem Ijsselmeer, zu viert in einem Boot. Hannah fotografierte fleißig. Da es auf dem Wasser auch im Sommer feucht und kalt sein kann, gelang ihr ein Schnappschuß besonderer Güte. Der Skipper stand gerade in langer Unterhose herum – klick, da! Aus Schadenfreude ließ sie ihr silberhelles Lachen erklingen – so wie jedes Jahr, wenn sie auf Neujahr, ausgelassen fröhlich, um vier Uhr morgens anruft. Doch auch wenn sie sich jetzt verschläft, habe ich den Silberklang noch immer im Ohr. Darum war es mir auch die Blamage wert.

Hannah hatte auch Theologie studiert, für die Schule, und wurde im zweiten Fach Religionslehrerin. Nach vielen Jahren ließ sie diesen Unterricht bleiben. »Ich kann das nicht mehr«, erklärte sie in ihrer großen Offenheit. »Was ich da erzählen soll, kann ich selbst nicht mehr glauben.« Judentum und Christentum haben sie gleichermaßen interessiert und – enttäuscht. Statt des Faches Religion gibt sie jetzt Biologie. So ist sie auf ihre Art am Fach Leben drangeblieben.

Ihr Haar trägt Hannah noch immer wie ein junges Mädchen – verlängerter Pagenkopf. Inzwischen reitet sie und hat sich ein Pferd zugelegt. Das Hobby teilt sie mit einer ihrer beiden Töchter. Es bindet an das väterliche Erbe, an das Grundstück mit Wiesen und Weiden, die nun wieder selbst genutzt werden. Die Pferde, einige Bienenvölker, Hund und Katze, mittlerweile auch Enkelkinder und nicht zuletzt ihr Beruf – all das ist für Hannah ein Leben in Fülle. Die Bindung an die Heimat des Vaters ist ihr Vermächtnis und Bedürfnis zugleich – und auch die junge Reiterin fühlt sich dem allen ähnlich verbunden.

Wie gesagt, es war immer etwas Besonderes um Hannah. Sie war eben anders als die meisten Eifelanerinnen, die gleich ihr aus den Oberklassen verschiedener Gymnasien zur großen Stadt kamen, um ihren Blick aus der Enge ihrer heimischen Täler zu erweitern. Damals nähte Hannah ihre schönen Kleider selbst, sie hatte einen anderen, leichteren Gang als ihre Klassenkameradinnen, und sie lachte ihr befreiendes Lachen. Die Ansichten, die sie in Diskussionen äußerte, erschienen mir durchdachter als die der meisten Mitschülerinnen. Sie konnte noch lange nicht wissen, wen sie zum Großvater gehabt hatte. Hannah fiel nicht aus der Reihe, sie war kameradschaftlich. Aber sie fiel auf. Nicht nur mir, erst recht meinem Freund, ihrem späteren Mann. Der brauchte bei ihr einige Aufwärmzeit. Das Semester in Wien sah sie dann schon vereint.

Ihre Töchter heißen Ruth und Esther. Die eine ist städtische Frauenbeauftragte geworden, die andere Ingenieurin. Bei Esther durfte ich Pate werden. Mit ihr ritt Hannah um die Wette, bis ein versäumter Zeckenstich sie in der Hüfte lähmte. Eine solche Behinderung paßt nicht zu ihrem Temperament. Mit Homöopathie und der ihr eigenen Zähigkeit wird sie den Stich ins Leben, wie sie sagt, überwinden.

Ach, Hannah! Als ich irgendwann wieder Geburtstag hatte, mir der Chef sechs Schlehenschnäpse – sonst war er nicht so freigebig – und ich mir anschließend selbst ein paar Bitburger hinter die Binde geschüttet hatte, warteten in Marys Abwesenheit meine Schwiegermutter mit Hannah und Gisela, ihrer Freundin, in der Wohnung noch auf mich. Es war bereits spät am Abend, um nicht zu sagen Mitternacht. Da war ich mit dem

Kopf in den Sternen, mit den Beinen stand ich noch halbwegs auf der Erde, doch meine Füße, die sah ich nicht, soviel ich mir auch Mühe gab. Die Schwiegermutter war resolut – was sollte sie um diese Zeit auch sonst sein? – und befahl den jungen Damen schlicht: »Seht zu, wie ihr den heil ins Bett kriegt!« Die ließen sich das nicht zweimal sagen und sahen bei ihrem fürsorglichen Tun tatsächlich ziemlich genau zu. Hatte ich den Eindruck, denn mir wurde mit einem Male kühl. Vielleicht ist ihnen da einiges doch noch neu gewesen. Aber an die Füße ließ ich sie nicht heran. Ich behielt die Socken an, wenigstens die. Wer konnte denn wissen, ob meine Füße um diese späte Stunde noch rein und sauber waren? Ich jedenfalls nicht. Da war ich trotz aller Inhalationen kleinlich korrekt. Am Ende der Vorstellung warf Hannah die Bettdecke über mich. »Im Wesentlichen nichts Neues. Alles schon mal dagewesen!«, griente sie vielsagend und ließ ein spöttisches Silberlachen klingen. Doch mir, soweit ich das noch mitbekam, war das um diese Zeit egal.

Na, endlich einmal etwas zum Lachen, so ernst die Sache auch angefangen hat.« Johannes hätte gerne weiter geschmunzelt. Doch da meldete sich Günther, er müsse vom Krieg etwas loswerden. Er sei innerlich noch immer daran, diese Begegnung zu verarbeiten. »Auch sie hat mein Leben geprägt.« – »Dann rede und mache es dir leichter. Aber erst trinken wir einen, ja?« befanden die Anderen.

»Ja, der griechische Wein«, sinnierte Johannes. »In Liedern besungen, auch zu Hause beim Griechen erhältlich. Erst hat er mir überhaupt nicht geschmeckt. Er kam mir vor wie eine Mischung aus Zahnpasta und Coca Cola. Das war in Olympia, wo ich ihn in einer Taverne an der Straße kennenlernte. Ein riesiges Holzfaß steht dort über dem Gehweg, man kann es nicht übersehen. Als ich aus dem ersten bunten Becher aus einfachem Aluminium trank, da war's mir, als zöge der Wein mir wirklich die Schuhe aus und die Strümpfe dazu. Aber man gewöhnt sich an den Geschmack. Inzwischen mag ich den domestizierten Griechenwein nicht mehr. Bei dem fehlt mir der Charakter.«

»War auch dort«, pflichtete Günther bei. »Wie sollten die Leute ihren Wein konservieren? Keller gab es nicht, überall Felsen. Da stellten sie die Amphore mit der langen Spitze so tief in den Boden wie möglich. Doch auf Dauer half nur der Harz – Retsinatawein eben.« Heiner mochte auch etwas dazu sagen. »In Europa wurde der Wein erstmals gar nicht so weit von hier gezogen. Auf dem Peloponnes. Seine Wurzeln reichen so tief, daß er Wasser findet, bis zu 25 Metern. Darin ist ihm der Ölbaum verwandt. Es sind also nicht immer nur die alten Römer, bei denen wir unsere Kultur anfangen lassen. Die verdanken wir den Griechen seit einem Jahrtausend vor Christus, den Kretern noch ein Jahrtausend länger. Den Wein empfingen die Kreter über Kleinasien von den Ägyptern, die ihn ihrerseits dreieinhalbtausend Jahre früher anbauten als sie. Von den Römern bekamen wir die Zivilisation. Was nicht dasselbe ist wie Kultur. Ein Irrtum also auch das mit der römischen Herkunft des Weines. Den hat Udo Jürgens wenigstens halbwegs korrigiert, immerhin. Hoch soll er leben!.« Sie tranken sich zu und auf den schönen Abend. »Und jetzt vom Wein hinüber zum Krieg. Was für ein Sprung!« bemerkte Johannes.

I wie Ingrid: Allein hat sie keine Chance

Diese Geschichte ist traurig, ich sage es gleich. Es soll aber an Ingrid erinnert werden. Wahrscheinlich ist sie tot, 1946 im Schnee einer eiskalten schlesischen Winternacht erfroren. Sie wollte ihre Großmutter retten, als wir im Viehwaggon vertrieben wurden und das deutsche Schlesierland ausblutete.

Diese Geschichte beginnt ein Jahr früher. Dresden brannte. In Dresden verbrannte nicht nur eine Kultur, die man inzwischen wieder aufbauen konnte. Der Phosphor brachte eine Viertelmillion Menschen um, davon soundsoviele registrierte Dresdener – der riesige Rest waren Menschen aus Ostdeutschland auf ihrer Flucht vor der Roten Armee. Als ich die Stadt, an deren Rand ich überlebt hatte, Mitte April fünfundvierzig verließ, kam ich noch einmal durch das entsetzliche Trümmerfeld in ihrer Mitte. Doch schlimmer als die Trümmer waren die Scheiterhaufen, die deutsche Soldaten errichteten, um die mumifizierten Menschenleiber noch einmal und endgültig zu verbrennen. Es war ein warmes Frühjahr, und man befürchtete eine Pest. Da bäumten sich die kleinen verkohlten Wesen unter dem Feuerstrahl der Flammenwerfer noch einmal auf, als wollten sie ins Leben zurück. Ihre erloschenen Augen glommen für eine schreckliche Sekunde auf, als bäten sie noch um Gnade. Doch wen auf dieser wahnsinnig gewordenen Welt? Es roch fürchterlich.

Die Fahrt auf wechselnden Gefährten – wer fuhr denn noch, wer konnte, durfte fahren? – über Aussig und Tetschen-Bodenbach die Elbe hinauf ins einstige Sudetenland, bis Reichenberg. Dort ließen mich die flämischen SS-Männer absteigen, nachdem sie mich mehrfach aufgefordert hatten: »Komm zu uns, bleib dabei, in der SS!« Sie sprachen es aus wie »Ass Ass«. Wo wollten sie noch hin, wenn schon nicht nach Sibirien? Im Bahnhof dachte ich, noch einen Zug zu erwischen, der mich über das Riesengebirge an dessen nördlichem Hang entlang bis nach Glatz – heute Klozko – bringen würde. Ich hatte gehört, daß dieser Gebirgsstreifen noch nicht besetzt sei. Die Front hatte einige letzte Winkel Deutschlands vergessen und war nach Westen weiter gestürmt. Schwester, Tante und Kusinen hatten dort Zuflucht gefunden, und in Dresden hatte Onkel Paul den ungebetenen Gast in solcher Zeit nicht gern noch länger bei sich gesehen. Zu ihnen in Schlesien wollte ich hin.

Nachts im Wartesaal pfiffen uns angespülten Reisenden die Kugeln der tschechischen Partisanen über die Köpfe, während wir uns verängstigt platt auf den Boden preßten. Am Morgen war kein Schuß zu hören. Die Vögel sangen, es war Frühling. Und es fuhr tatsächlich ein Zug nach Schlesien, nach Osten. Die Bahnleute taten damals bis zum letzten Augenblick ihren Dienst! Ein D-Zug, elektrisch betrieben auf dieser Strecke, mit Speisewagen wie in unvorstellbar schöner Vorkriegszeit. Für den Zugführer schien es diesen 17. April 1945 nicht zu geben, wichtigtuerisch stolzierte er vor der Abfahrt auf dem Bahnsteig herum, weiße Handschuhe und die rote Lackschärpe angetan, die ihn auswies; nur den obligaten Säbel hatte er wohl im Dienstabteil abgelegt. Doch die Angewohnheit, Fahrkarten zu kontrollieren, behielt er bei, obwohl er wußte, daß niemand mehr eine hatte. Er erschien mir wie aus einer anderen Welt. Denn der Zug war voller Verletzter und Amputierter; nicht alle in den Waggons mußten liegen, man verpflegte sie aus dem Speisewagen. Die Mütze des Kochs, der aus seiner Kombüse lugte, paßte farblich zu den Kopf-, Arm- und sonstigen Verbänden der Soldaten, die aus den geöffneten Fenstern guckten und ungeduldig auf die Weiterfahrt warteten. Sie kamen aus Jugoslawien, Ungarn, Österreich. Zur Genesung sollten sie in die Bäder des Glatzer Kessels. Dort hofften sie vom Rest der Schlachten verschont zu bleiben, respektiert und nicht in Gefangenschaft geführt zu werden, auf Todesmärschen.

Kaum war der denkwürdigste aller Züge losgefahren, da wurden die maroden Krieger und ihre jungen Betreuerinnen – in Uniform wie sie – laut und munter. Es herrschte eine ganz unwirkliche, scheinbar übermütige Stimmung, und es ging ein loses Wort durch den Zug: »Kameraden, genießt den Krieg, der

Friede wird schrecklich sein!« Für die meisten von ihnen war er es dann auch. Denn es half ihnen nichts, verwundet zu sein. Schonung konnten sie eigentlich nicht erwarten – und die jungen Frauen, Mädchen ebenfalls nicht. Doch noch lachte man schrill, tat unbekümmert fröhlich, sang und machte wilde Scherze. Reichte Fotos herum, von daheim und von der Front oder aus dem Lazarett, von Frau und Kindern, Müttern, Schwestern, Bräuten. Die Krankenschwestern schmiegten sich ungeniert an fremde Väter und Verlobte, ahnungsvoll suchten sie irgendwelche Beschützer. Die letzten Konserven wurden geöffnet, es gab überreichlich zu essen und noch mehr Alkohol. Man küßte, kreischte und krakelte, man kostete das Ende der bösen Jahre aus und verdrängte, daß diesen nicht weniger böse folgen konnten. Man wollte um jeden Preis leben, nicht noch in den letzten Tagen oder Stunden sterben müssen für – ja wofür?

Da bemerkte ich sie. Auch sie Zivilist, wie ich. Man hatte sie einsteigen lassen, der Zugführer hatte bei ihr wohl weggesehen, mich hatte er strafend angeblickt. »Was machst du hier? Wo willst du hin?« fragte ich sie. »Ich muß meine Großmutter herausholen, vielleicht schaffe ich es. Die andern von uns sind alle schon im Westen. Oder in Gefangenschaft.« – »Wie heißt du?« wollte ich wissen. – »Ingrid.« – Ich nannte ihr meinen Namen. »Und wenn du es nicht mehr schaffst?« – »Dann bleibe ich bei ihr. Allein hat sie keine Chance. Herauszukommen nicht und dazubleiben auch nicht.« Sie wußte, was sie da sagte. Ich war beeindruckt. »Wie alt bist du?« – »Vierzehn.« – »Wie ich. Sag', hast du keine Angst?« – »Doch, sehr. Aber Oma war immer so lieb zu mir.« – Eine Zeitlang hingen wir unseren Gedanken nach. Was wir bei dem Lärm um uns herum noch sprachen, weiß ich nicht mehr. Der Zug fuhr immer weiter nach Osten, unglaublich, und solange er fuhr, gab es kein Zurück. Als wir uns der Stadt näherten, kritzelte sie rasch etwas auf einen Zettel, den sie mir reichte. »Straße und Hausnummer von meiner Oma. Du kannst ja reinschauen, wenn du Zeit hast.« Wir sagten uns ein hastiges Lebewohl, zwei allzu jung erwachsen gewordene Kinder. Dann verloren wir uns aus den Augen. Sie war am Ziel, und ich brauchte noch zwölf Kilometer auf irgendeinem Militärfahrzeug – ein anderes Transportmittel gab es nicht mehr.

Die Russen kamen am 8. Mai, und schon bald überließen sie das Land den Polen. Dieses Volk hatte unter den Deutschen ganz unbeschreiblich zu leiden gehabt, es war dezimiert und bis ins Mark entwürdigt worden. Es sollte sich herausstellen, daß es für das Dreiviertel, das von den vierundzwanzig Millionen überlebt hatte, keine Alternative gab. Volk, Staat und Gebiet wurden nach Westen verschoben, ohne Rücksicht auf deutsche und auf polnische Verluste an Menschen. Erst arbeitete ich als Knecht auf dem Felde, doch als ein ostpolnischer heimatvertriebener Bauer den Hof und die Herrschaft meines deutschen Bauern übernahm und dieser mir androhte, er würde mich totschlagen, wenn ich für den Nachfolger arbeiten würde, schlich ich mich weg. Die guten Leute am langen Hang der Sudeten hatten von Otto von Habsburg geträumt, daß er sein altes Schlesien wieder für Österreich übernehmen würde ... Nach drei Tagen hatte ich Hunger, ich brauchte Arbeit und etwas zu essen. Ich fand es ausgerechnet bei der polnischen Miliz, die in jenen nicht rachefreien Tagen der SS nicht ganz nachstand. Ich wurde Kalfaktor und Bursche für alles.

Vor allem hatte ich das Haus eines geflüchteten Adeligen zu heizen. Und dann bekam ich im Keller von oben her jenes Klatschen einer Peitsche, verstümmelte Worte der Angst und die Schreie eines und ein paar Tage später noch eines anderen und dann eines dritten Mannes und vielleicht auch eines vierten mit, dessen ganzes Verbrechen es gewesen war, noch gar eine Waffe, ein Radio, einen Fotoapparat oder sonst etwas zu besitzen, das schon unter den Russen bei Todesstrafe abzuliefern gewesen war. »Mein Jesus!« schrie und würgte einer zwischen den Schlägen, bis sein Schreien in Röcheln überging und endlich, endlich verstummte. Am Morgen durfte ihn sein schlesisches Muttel dann mit der Handkarre abholen – oder das, was von ihrem Mann an blutigen Fetzen übriggeblieben war. Ich aber, der dies gesehen hat, stand fünfzehnjährig neben dem

Heizkessel und hatte die Axt in Händen, bereit, den erstbesten polnischen Milizianten – ganz gleich, was dann aus mir würde – zu erschlagen, der zu mir herunterkäme, womöglich, um auch mich einzufangen.

Ich empfinde seit damals kein Bedürfnis nach Rache im Herzen, keinen Haß. Diese in die Seele schneidenden Eindrücke machen mich noch heute traurig, nur traurig, denn so unmittelbar hatte ich die Folter bisher nicht erlebt. Doch ich sagte mir, so haben es die Unseren mit jenen noch und noch gemacht, abertausendfach. Der Kommandant der Milizstation gab mir Tabak für den aus dem Berliner Zuchthaus Plötzensee mit einem Antifa-Ausweis auf einem Kohlezug gekommenen Onkel – er hatte nur einen Satz »zuviel« gesagt: »Wir Deutschen können nur noch beten, daß wir diesen Krieg verlieren.« Der Kommandant war Anhänger der Londoner Exilregierung und Mitglied der Demokratischen Partei Polens. Er hatte jahrelang die Verbrennungsöfen im KZ Stutthof bei Danzig bedient, und man hatte ihm mit dem Gewehrkolben alle Zähne ausgeschlagen. Jetzt hatte er nur goldüberzogene Stummel im Mund. Doch alle seine und seiner Frau und Tochter bitterste Leiden halfen ihm nicht, im Januar sechsundvierzig wurde er verhaftet und in die Festung Glatz gestoßen.

Im Februar wurden die Deutschen ausgewiesen. Repatriiert hieß das verlogene Wort, das man in Jalta und Postdam erfunden hatte. Wir wurden nachts mit vorgehaltener Maschinenpistole aus dem Schlaf gerissen. Innerhalb von dreißig Minuten hatten wir uns auf dem Schloßplatz einzufinden, zwanzig Kilo Gepäck waren erlaubt. Wer hatte schon eine Waage? In ihrer Aufregung vergaßen viele wichtigste Dinge. Wir mußten über verschneite Straßen in die Stadt marschieren und wurden dort in die Kasernen der Maria Theresia gesperrt, die die Preußen kaum erneuert hatten. Plötzlich stand sie neben mir, ich hatte ihr Kommen gar nicht bemerkt. »Wo, woher kommst du denn jetzt und was machst du hier noch?« Es war Ingrid. Ich hatte sie längst im Westen gewähnt. Aber sie war mit ihrer Großmutter genau wie meine Familie und ich in die Kaserne gesteckt worden, die überfüllt war von Menschen, die den Abschied noch nicht begriffen und den nächsten Tagen in Angst entgegensahen. »Wollen wir zusammen etwas unternehmen?« schlug ich Ingrid unschlüssig vor. »Ja doch«, sagte sie tapfer, »hier sind lauter Kontrollen, wir werden nach letzten Uhren und Ringen gefilzt, auch die Frauen und Mädchen.«

Wir stahlen uns hinaus, niemand rief oder lief uns nach. Von meinem polnischen Geld kaufte ich zweimal je zwei kleine Flaschen Wodka und vier Packungen Zigaretten. »Wofür das?« fragte sie kopfschüttelnd. »Wir gehen in die Festung. Ich muß dort noch jemand besuchen. Vielleicht ist er noch da. Wir beide brauchen je eine Flasche und eine Packung, um von den Wachen hereingelassen zu werden.« – Und die zweite Flasche?« – »Um wieder herauszukommen«, erklärte ich ihr, wobei ich bemüht war, meine Unsicherheit zu verbergen. Sie spürte diese gewiß, sagte aber nichts und ging mit.

Wir hatten großes Glück, daß sie uns durchgehen ließen. Und noch größeres Glück, daß sie uns nicht dabehielten. Die kleinen Geschenke taten ihre Wirkung. Drinnen fanden wir den Gesuchten; seine Frau und Tochter waren bei ihm im Licht einer Kerze. Der Kommandant, der nun keiner mehr war, sondern wieder ein politischer Gefangener, umarmte uns heftig. Die Frauen taten es zum Abschied ebenso. »Ihr habt es gut, ihr seid Deutsche. Ihr dürft nach Westen; und wir gehen hier kaputt!« sagte der Mann eher traurig als verbittert. »Was meine Leute gemacht haben, konnte ich nicht verhindern. Aber ich weiß, daß es Unrecht war«, entschuldigte er sich. »Wenn du so lange im KZ gewesen wärest« – er vollendete den Satz nicht. Er weinte, und die Frauen weinten ebenfalls. Da weinten wir beide auch. Es war nur ein kurzes Wiedersehen, doch sie hatten die Geste verstanden. Da zog Ingrid die zweite Flasche heraus und die Schachtel mit den Zigaretten. Ich wollte sie noch warnen, doch sie überreichte die Mittel der Bestechung als echte Liebesgaben unter der Gefahr für ihre eigene Sicherheit. Die Geschenke bewegten sie sehr. Wir standen da und schwiegen noch ein paar Minuten, dann umarmten wir uns, und wir gingen. Wie schon gesagt, die Wachen ließen uns ziehen. Es war Sonntag.

Der Zug fuhr am Dienstag. Wir wurden auf sechzig Güterwaggons verteilt, zu je 60 Personen. Jeder erhielt noch ein Brot. Man hatte einen Blechofen in den Waggon gestellt, es gab etwas Holz zum Heizen, doch das reichte kaum für zwei Tage. Wir waren sieben Tage unterwegs. Es war sehr kalt – einige erfroren unterwegs. Ihre steifen Körper suchten wir, wenn der Zug irgendwo auf der Strecke unberechenbar hielt, mit Schnee zu bedecken, wegen der Tiere. An den Frühling dachte keiner.

Bei einem solchen Halt passierte es. Um ihre Notdurft zu verrichten, ließen sich stets etliche ältere verängstigte Leutchen hinabhelfen und suchten dann das nächste Buschwerk. Das aber gab es nirgends ausreichend für 60 Waggons. Wir riefen, sie sollten unter die Waggons gehen, doch die meisten hatten Angst, daß sie überfahren würden. So entfernten sie sich in ihrer Scham oft weiter, als für ihre rasche Rückkehr gut war. Der Lokführer pfiff stets nur ganz kurz, dann setzte er den Zug in Bewegung. Nicht alle schafften es mehr, rechtzeitig in die rettenden Arme zu flüchten, die sich ihnen von oben her aus dem Waggon entgegenstreckten. Sie standen da mit erhobenen Händen, jammerten zum Gotterbarmen und brachen zusammen. Nur der Schnee war ihnen gnädig, doch lange konnte auch er sie nicht wärmen. Häuser, Orte, Hilfe gab es an der Strecke nur selten. Und so erging es der Großmutter von Ingrid. Als der Zug anfuhr, sprang Ingrid aus dem Waggon, um ihr noch hinaufzuhelfen. Die alte Frau stürzte. Bis Ingrid sie aufgerichtet hatte, war der Zug schon in Fahrt. Als der letzte Waggon an ihnen vorbeiratterte und sich ihnen die letzten Hände zeigten, war es für ihre Rettung zu spät. »Ingrid!« rief ich ihr verzweifelt zu. »Ingrid, laß sie, komm Du!« Vielleicht hätte ich sie noch hinaufziehen können, die alte Frau nicht mehr. Sie schüttelte nur den Kopf. »Ingrid!« rief ich verzweifelt. Da winkte sie mir kläglich nach. Neben ihr brach ein Körper zusammen. Es dunkelte bald und ich weinte ohne Tränen, um jemand, den ich kaum gekannt hatte und nie mehr wiedersah. – – »Ingrid!!«

Günther schämte sich nicht der Tränen, die ihm herabliefen. Doch auch Heiner und Johannes waren ergriffen Eine Zeitlang war es still an ihrem Tisch. Es fiel ihnen ein, daß man doch aus einer Taverne den besonderen Anblick des Meeres haben sollte, der den Betrachter in einen Glückszustand versetze. Angestrengt sahen sie sich um und über den Hafen hinaus. Der Kellner hier ließ sie nicht dürsten. Wären die Erzählungen nicht so schwermütig gewesen, hätte sich der Glückszustand bei ihnen vielleicht schon an diesem Abend eingestellt. Glückseligkeit hatten doch schon die alten Griechen gesucht – Euphemismus – die Schönfärberei, Eurhythmie – die schöne Bewegung, Euphorie – die schöne Hochgestimmtheit, Euthanasie – der schöne Tod, und Eudämonie – die Glückseligkeit eben. Doch diese wollte sich heute Abend nicht einstellen, so gern sie an Heiteres gedacht hätten. Da nahm Heiner das Wort und mahnte: »Glück kann man nicht erzwingen, Leute. Ich habe da noch eine Geschichte aus der Jugend in petto, wollt ihr sie nicht lieber noch heute hören?«

J wie Joanna: In der Pose einer antiken Seherin

Diese Geschichte ist sehr persönlich, und sie endet tragisch. Meine Mutter hat am meisten unter Joanna gelitten. Wir fünf Kinder nannten sie Jona. Sie kam ins Haus, als sich unsere Schar vermehrte und die Eltern zunehmend berufliche und gesellschaftliche Verpflichtungen zu erfüllen hatten. Umso weniger Zeit blieb ihnen für ihre Kinder. Sie war ein starker slawischer Typ und behauptete von sich uns gegenüber immer, daß sie achtzehneinhalb Jahre alt sei. Als Kind war sie elternlos und darum in einem Waisenhaus aufgewachsen. Sie war unverheiratet geblieben. Dieser zweifache Umstand erklärt vielleicht, warum sie sich uns Jungen zuwandte, weniger den drei Schwestern, mit deren ältester sie in bleibende Fehde geriet. Uns Jungen steckte sie alles Mögliche zu, nahm uns, so oft sie konnte, auch gegen den Willen der Mutter zu sich in die Küche, verteidigte uns um jede Kleinigkeit vor der Mutter, duldete unsere Freunde, die der Mädchen dagegen nicht, und sammelte – ich erinnere mich gut – jedes Seidenpapierchen, damit wir uns auf der Toilette den zarten Hintersten am groben Zeitungspapier nicht schinden sollten. Fürchterliche Affenliebe!

Mehr und mehr entfremdete Jona meinen Bruder und mich unserer Mutter. Das ging so weit, daß ich auch später als Mann meine Mutter nicht in den Arm zu nehmen vermochte – was sie ab und an doch gebraucht hätte, denn sie wurde bereits mit vierzig Jahren Witwe. Enteignung, Vertreibung, das Beinahe-Dasein einer besseren Magd im Westen und dann ihr aufopferungsvolles Sorgen für uns, die wir in Ausbildung begriffen waren, zehrten an ihren Kräften. Seelischen Trost und Ermutigung fand sie in ihrem starken Glauben. Aber Jona hatte ihr einen Teil ihres Lebens verdorben. Gegen deren Willen war Mutter wehrlos. Maikäfer flieg, der Vater blieb im Krieg.

Jona hatte immer erwartet, daß ich sie einmal »im Auto« führe, sie rechts neben mir, so daß alle Leute in unserer Gemeinde und darüber hinaus es sehen könnten. Sie hatte davon geträumt, bei mir – »wenn du groß bist« – Haushälterin zu werden. Sie hatte diese als Belohnung empfundene Anstellung auch noch erhofft, als das Ende des Krieges uns alle getrennt hatte, ich studierte und sie die Koffer schon im Geiste packte. Es war klar, daß sich das Elend meiner Mutter dann bei meiner Frau fortgesetzt haben würde, das heißt, Mary hätte sich das nicht bieten lassen, und unsere Ehe wäre gescheitert.

Jona war von altpolnischer Frömmigkeit, was nicht ausschloß daß sie sich vor Gewitter oder Sonnenfinsternis mehr fürchtete als vor dem Satan und eher an die Existenz des Teufels glaubte als an die des Erlösers. Da sie fast regelmäßig träumte und sich morgens an den Inhalt ihres jeweiligen Traumes sehr genau zu erinnern vermochte, vertraute sie eher ihrem Ägyptischen Traumbuch als der Bibel. Dieses erklärte ihr fast jeden Traum. Zumeist waren es keine erfreulichen Dinge, die sie da beim aufgeregten Nachschlagen fand und uns Jungen vorlas. So hat sie die Verwundung meines Vetters Werner an der Front zur gleichen Stunde miterlebt – von der wir amtlich erst eine Woche später erfuhren. Seinen Eltern hatten wir es nicht zu sagen gewagt. Eines Morgens kam sie kreidebleich aus ihrem Zimmer herunter in unsere Küche. Erst nach langem Schweigen tat sie den Mund auf und verkündete in der Pose einer antiken Seherin: »Russische Soldaten, mit Gewehren. Drei Mann. Hier, am Eingang. Sie drangen überall in die Häuser ein und plünderten. Ich werde sie zurückweisen. Euch Kindern wird nichts passieren!« Jona hatte schon viel dummes Zeug geträumt. Dieser Traum aber ängstigte uns. Er stand gegen alle Nazipropaganda vom glorreichen Endsieg, die Deutschen waren im Osten bereits auf dem Rück- zug, und wenn es so weiterging, standen sie irgendwann in Berlin. Unausdenkbar! Wir aber wohnten 500 km östlich der Reichshauptstadt, da würden die Rotarmisten schon frühen erscheinen.

Es kam exakt, wie Jona es anderthalb Jahre vorher im Traum geschaut hatte. Ende Januar 1945 trat Jona, die als Einzige im Haus polnisch sprach, den fremden Soldaten mutig entgegen. Sie belästigten meine Großmutter und meine Mutter nicht, meine daheim gebliebene Schwester war noch zu klein. Es geschah ihnen auch in den folgenden Tagen nichts. Da war Jona zum Schutzengel der restlichen Familie geworden und meine feine Mutter zur Magd.

Die Zeit verging, und endlich fuhr ich mit Mary in die alte Heimat, um nach 29 Jahren der Abwesenheit nachzusehen, was ich damals überstürzt hatte verlassen müssen. Wir trafen Jona an, sie lebte in jammervoller Armut. Wir halfen, soviel wir konnten. Die Fahrt mit dem Auto am hellen Tage bereitete ich ihr gerne. Der wortlose Abschied fiel ihr unendlich schwer, nun waren ihre Träume zerstoben. Denn wir waren nicht gekommen, sie mitzunehmen.

Die Fahrt war nicht ungefährlich gewesen, denn damals durfte man dortzulande nicht im Dunkeln unterwegs sein, nicht einmal auf großen Straßen oder auf dem, was einmal Autobahn gewesen war. Unbeleuchtet vorn und hinten, so fuhren hölzerne Panjewagen durch die Nacht. Der Kutscher hatte getrunken und schlief im Gefährt, das Pferdchen wußte, wo der Stall war, zu dem es zu traben hatte. Ein Unfall für einen, der ahnungslos aus dem Westen einreiste, ergab sich fast unvermeidlich.

Das berichtete ich meinem Bruder, der, als er von meiner Reise gehört hatte, selbst zu einer solchen rüstete. »Fahr mit«, lud er mich ein. Seine Frau, seine beiden Söhne sollten dabeisein und sein Schwager – ein Junggeselle – ebenfalls teilnehmen. Das aber war der Grund, nicht mitzufahren. Es kam zu dem einzigen Streit, den ich je mit meinem Bruder geführt habe. Sie fuhren also und machten den Fehler, aus dem östlichen Grenzgebiet der Bundesrepublik zu spät nach Oberschlesien aufgebrochen zu sein. Die DDR-Grenzer ließen sie drei Stunden stehen, ehe sie weiter durften. So kamen sie in die Nacht. Und es geschah genau das, was Mary und ich erlebt und wovor wir sie eindringlich gewarnt hatten. Doch sie wollten ja noch zum Ziel, und das hieß Jona.

Mein Bruder und seine Frau kamen dort nicht mehr lebend an. Der Schwager war verletzt, und den Kindern war nichts geschehen – sie waren bei dem Zusammenprall mit einem unbeleuchtet auf der Autobahn abgestellten Laster in einer Nebelbank zusammengestoßen. Mein Bruder konnte der Polizei noch Namen und Adresse sagen, wen sie hatten besuchen wollen – Joanna. Die Kinder sahen ihre Eltern sterben. Joanna / Jona war benachrichtigt worden, sie telegrafierte am nächsten Tag an mich.

Als eine meiner Schwestern und ich drei Tage später endlich zu Hause angelangt waren, wo wir nicht mehr zu Hause waren, da gingen wir zuerst zu Jona, um uns zu informieren. Sie lag zusammengebrochen auf ihrem Bett und konnte kaum sprechen. Ihre Selbstvorwürfe waren zu groß. Wir konnten uns aber nicht viel um sie kümmern, die Polizei erwartete ungeduldig das Erscheinen von Angehörigen, in der Autopsie der Uniklinik sollten wir die Leichen endlich identifizieren und bei einer Firma deren Rücktransport in den Westen in Auftrag geben.

Jona hatte die Jungen aus der Klinik geholt, sie waren bei dem Aufprall hinter die Rücksitze gefallen. Nur Prellungen. Sie hatte sie zu Bekannten gebracht, von wo aus wir sie am dritten Tag nach unserer Ankunft mit heimnehmen konnten. Da kam der zweite Abschied nach wenigen Wochen. Sie und wir wußten, daß es der endgültige sein würde. Daß nun auch ihre Hoffnung auf meinen Bruder verloren sei, er würde sie zu sich holen, wenn schon ich es nicht täte. Es war eine bittere Wende für sie eingetreten. Sie hatte ja vielleicht nur noch mit einem Gnadenbrot gerechnet. Doch nun hatten wir andere Not – das andere Leben der beiden Jungen und ihrer zwei Schwestern, die daheimgeblieben waren, neu zu ordnen.

Frühmorgens am Flughafen Kattowitz lagen der Vorplatz und die Gebäude noch geschlossen da, obwohl die Maschine in die Hauptstadt in kaum einer Stunde starten sollte. Unser Taxi war bereits weg, wir standen ratlos da mit unseren Kindern. Nach einiger Zeit machten wir uns an der Tür der Holzbaracke, die noch aus dem Krieg dastand, laut bemerkbar. Endlich öffnete jemand, vom Lärm genervt, und gab nur kurz Auskunft: »Heute nix fliegen. Schlecht Wetter.« Aus, wir waren gestrandet, und am Himmel stand eine strahlende Sonne. Da kam plötzlich ein alter Fiat mit Warschauer Kennzeichen. Wir machten dem Fahrer klar, daß wir dringendst nach Warschau müßten. Nach einiger Zeit war er einverstanden, der Wagen schlich los, und wir hatten Sorge, die einzige Maschine der Lufthansa an diesem Tage zu verpassen.

Als wir am internationalen Flughafen eintrafen, war dort die Hölle los. Alle möglichen Menschen, darunter viele Uniformierte, schrien durch die Gänge, Absperrungen wurden errichtet, man wollte uns aus dem Empfangsgebäude vertreiben. Dann wurde meine Schwester mit den Kindern verhaftet, weil wir für diese keine Legitimation mehr hatten. Wir hatten den Paß des Bruders zuvor abgeben müssen, damit die Leichen überführt werden konnten. Wäre nicht der beherzte Standortvertreter der Lufthansa aufgetaucht, der uns erwartet hatte, so hätte es mit dem Heimflug schlecht für uns ausgesehen. Der Herr versicherte uns, daß er der bereits auf dem Rollfeld befindlichen Maschine keine Starterlaubnis erteilen werde, wenn wir nicht mitfliegen dürften.

Was nur war los? Des Rätsels Lösung: In einer halben Stunde sollte Leonid Breschnew landen, der oberste Genosse der KPdSU, Staatschef der Sowjetunion und – man kann es nicht übertreiben – der liebe Gott persönlich. Flugverbot über ganz Polen, schon seit dem frühen Morgen. Und da stand noch ein westliches Flugzeug herum, eine unerhörte Provokation! Der Kommandant des Flughafens, ein Oberst, bangte um seine Freiheit, zumindest um diese. Auf Sabotage stand gegebenenfalls mehr als eine Gefängnisstrafe. Er kam schweißgebadet und aufgelöst auf mich zu und schrie mich mit heiserer Stimme an: »Wie viele Kinder wollen Sie? Zehn? Hundert? Tausend? Nehmen Sie so viele, wie sie wollen, aber hauen Sie ab, verschwinden Sie!« Ich meine noch heute, daß er der Ohnmacht nahe war. Wir wurden unbehelligt zum Flugzeug gefahren. Wir hatten wenig Gepäck, aber die Polizei hatte uns außer den Pässen die Ringe, die Uhren und das Geld der lieben Toten übergeben. Alles Übrige hatten wir an Ort und Stelle verschenkt. In der Aufregung hatten wir nicht einmal Kleidung für die Toten zurückbehalten. Dem Anatom kauften wir seinen und seines Kollegen Ärztekittel ab. Wir glauben auch nicht, daß Bruder und Schwägerin nackt nach Hause gebracht und so begraben worden sind. Der Schwager, der den Unglückswagen gefahren hatte, lag da unten noch in der Klinik und war bald wieder hergestellt. Er hatte keine Kinder.

Als wir endlich abgehoben hatten, ohne daß man uns wieder herausgeholt hatte, nahm die Stewardess Nicky, den Kleinen, mit ins Cockpit. Da vergaß er rasch seinen Schrecken. Ich ließ mir einen Whisky geben, einen doppelten. Da fragte Cornelius, der ältere der Jungen: »Wo ist die Mama? – Und der Papa auch?« O mein Gott, das war ein Flug! Und ich dachte an Jona.

Wieder bei der Familie, telegrafierten wir Jona unsere Ankunft. Sie hat uns noch einmal geschrieben und wir ihr die Beerdigung geschildert. Warum hätten wir es nicht tun sollen? Nicht lange danach hörten wir über ihre Schwester, daß sie verstorben sei. Sie war schon mit meinem Bruder aus einem Leben gegangen, das sich für sie nicht erfüllt hatte. Ihre besten Jahre hatte sie in unserer Familie gehabt, doch um welchen Preis! Beim Empfang der Nachricht, daß ihr Sohn samt Frau in Polen zu Tode gekommen sei, die der Rundfunk unbedacht mit Herkunftsort sendete, hatte meine Mutter einen leichten Schlag erlitten. Wir bemerkten es erst Tage danach.

Heiner hatte geendet, und alle drei Freunde hingen ihren Gedanken nach. Die Sonne des Abends sank tiefer, es wurde kühler vom Meer her, eine leichte Brise verscheuchte die Gerüche des Tages, und jetzt hörten sie wieder die einmal schwerblütige und bald wieder leichtfüßige Musik der Griechen durch die geöffneten Türen und Fenster der Tavernen. Diese Musik empfand die Geschichte dieses Volkes nach, die jahrhundertelange Unterdrückung, die Selbstbefreiung, die neue Besetzung in der Mitte des vergangenen Jahrhunderts und die unwiderstehliche Lebensfreude in nunmehr friedvollen Zeiten. Diesen Klängen konnte man sich öffnen und hingeben, und allmählich stellte sich bei Günther, Heiner und Johannes eine heitere Stimmung ein. Der von ihnen geschätzte Retsinawein tat ein Übriges an Wohlbefinden. »Nun, Leute, habt ihr nichts Fröhlicheres anzubieten?« ermunterte sie Heiner. »Einer von euch beiden wird doch wohl noch etwas erlebt haben, das uns den Abend tröstlicher beenden läßt?!« – Nein, es wollte ihnen keine solche Geschichte einfallen. »Soll ich denn noch eine dritte verraten, nur damit ihr euch faul räkeln und mich einen guten Mann sein lassen könnt?« Doch sie halfen ihm nicht, und wieder war er es, der von Neuem begann.

K wie Katja: In Bardolino oder ganz anderswo

Diesmal geht die Sache fröhlich aus. Also, es stand in der Zeitung, die damals freilich nur dreimal in der Woche erschien. In Hamburg werde der erste Nachkriegsfilm in der Britischen Zone gedreht. Er solle »In jenen Tagen« heißen, die Geschichte eines Autos. Regisseur sei Helmut Käutner. Viel mehr stand nicht zu lesen. Ich war Siebzehn, war noch nie an der Alster gewesen – und fuhr also hin. Denn im Gepäck hatte ich, wie ich glaubte, ein Drehbuch. Zu einem ungeheuer wichtigen Film. Heimkehrerschicksal. Wahrscheinlich hatte ich Wolfgang Borcherts im Jahr zuvor gesendetes Hörspiel »Draußen vor der Tür« im Hinterkopf gehabt. Und wie es sich zeigte, war mein Elaborat nur ein Treatment, ein ausführlicherer Entwurf, wenn auch mit Dialogen.
Naja. Ich fuhr also in die zerstörte Stadt, die teils noch eine Steinwüste war, und fand das Team – damals hieß es noch Gruppe – bei der Arbeit. Es war an der Binnenalster, und sie waren beim Vorspann. Die Texte hatten sie mit weißer Farbe auf blaue Schilder gemalt, das sollte den Eindruck von Autobahn – damals noch Reichsautobahn – vermitteln. Paßte ja auch zu einem Autofilm. Dabei war das Auto nur der Rote Faden, der die einzelnen Partien der Handlung verband. Ein alter kleiner Opel, der es sogar durch Rußland schaffte, während die Darsteller, nein, die von ihnen dargestellten Personen, verhaftet wurden, auswanderten oder wegstarben. Den fertigen Film sah ich natürlich erst später. Mich selbst habe ich nicht wiedergesehen. Obwohl sie mir zuriefen, ich solle da mal über die Straße zur Alster gehen. Ging ich. Doch vielleicht stand ich ihnen nur im Wege.

Wie immer, da war eine Photographin, noch mit *ph* zu schreiben, die machte die Standfotos für die Presse und die ganze Reklame. Die nahm sich meiner an, vielmehr, sie nahm mich ernst. Sie ließ sich das »Drehbuch« geben und versprach, es zu lesen und mir zu antworten. Was sie auch tat. Ihren Brief halte ich noch immer verwahrt. Sie lebt, immer noch sprühend vor Temperament, bebend vor Interesse an der Literatur, an der darstellenden Kunst und am öffentlichen Geschehen. Sie wohnt mit Sohn und dessen Familie bei Bardolino am Gardasee, wo ihr zu Filmruhm und Geld gekommener Mann sich irgendwann ein Ferienhaus leistete. Das war seinerzeit in Mode. Inzwischen war er selbst nicht mehr Regie-Assistent von Käutner, sondern selbst Filmregisseur und brachte Talente wie Maria Schell und Otto Wilhelm Fischer, Nadja Tiller und Walter Giller, Hildegard Knef und Horst Janson auf die Leinwand. Auch ältere Kollegen engagierte er, so Erich Ponto und Ida Ehre. Und er drehte nicht mehr in Hamburg, sondern in München. Tagelang ließ er mich zusehen, und ich habe es ihm mit einem zweiten Entwurf gedankt. Der Film aus dem Ruhrgebiet sollte »Kumpels« heißen, er fand dafür aber keinen Produzenten. Nach den schmalzigen Heimatfilmen war jetzt schnulzige Unterhaltung gefragt, die westdeutsche Nachkriegsgesellschaft richtete sich neu ein, das meiste wurde wiederaufgebaut, wenn auch nicht das Gewissen. An Problemen aus dem Kino bestand kein Bedarf. Wir waren halt »noch einmal davongekommen«, wie das nun auch bei uns vielgespielte Bühnenstück eines Amerikaners so treffend hieß.

Kürzlich haben meine Frau und ich Frau Katja dort unten besucht. Sohn Frank, ehemals Manager einer großen deutschen Industriefirma für Italien, ist ausgegestiegen und hat sich aus Mailand in das Haus in Bardolino zurückgezogen. Jetzt baut er Wein und Oliven an, ist erfolgreich wie vorher und hat schon Preise bekommen. Frau Katja geht nun auf die Neunzig zu, wir haben ausgetauscht, was in diesem halben Jahrhundert und schon ein paar Jahre mehr an für uns Wichtigem und an der Erinnerung Wertem geschehen ist. Das waren auch die bösen Jahre vor dem Kriege. Denn Frau Katja hatte einen Vater christlichen Glaubens und jüdischen Namens: Julius, den die Nazis alsbald als von Jehowa abgeleitet erkannten. So hatte auch sie geheißen, Julius, als sie noch als Ballettmeisterin an der Leipziger Oper tanzte. Ganz plötzlich hatte sie keine »arischen« Beine mehr und wurde gefeuert. Sie wurde Photographin wie ihr Vater und verließ Deutschland. Die vom Kabarettisten Werner Finck so genannte »Reichskristallnacht« (weil unter Schlimmerem auch die Schaufensterscheiben so vieler Geschäfte von jüdischen Mitbürgern eingeschlagen wurden) erfuhr sie in Lateinamerika nur durch die Presse. Vor Kriegsbeginn – doch wer hatte wirklich mit dem Krieg gerechnet? – kehrte sie zurück. Sie hatte noch in Leipzig ihren späteren Mann kennengelernt, Rudolf Jugert, als sie ihn, einen Mediziner, engagierte, und zwar dazu, ihren Mädchen Anatomie beizubringen, soweit diese es für das bessere Verständnis ihres Körpers brauchten, um gut zu tanzen. Er verließ die Medizin und wurde erst Dramaturg, dann Regisseur am Leipziger Schauspielhaus.

Bald darauf entzog er sich dem »neuen« Deutschland, indem er ein Studium an der Akademie Studio experimentale in der Cinecittà, der römischen Filmstadt, aufnahm. Frau Katja wollte zu ihm und nahm den Zug über die Schweiz. Italien war nun auch für sie sicherer als die braun eingefärbte Heimat. Der Schweizer Zöllner in Basel wollte sie schon als Jüdin zurückweisen, er verfügte über eine Liste mit den jüdischen Namen, in der auch der ihre stand. So wäre sie direkt in die Arme der SS getrieben worden, denn der deutsche Zoll war dieser unterstellt. Ihr Ende im KZ wäre besiegelt gewesen. Da kam ihr ein Zufall zu Hilfe, wie er ganz selten ist und vielleicht in einer ganz anderen Liste steht. Ein mitreisender Herr, wohl auch ein Schweizer, wies den Zöllner mit großer Autorität zurecht, Julius – ob er denn noch nichts von Gaius Julius Caesar gehört habe und daß die Deutschen mit den Italienern verbündet seien – mit den Römern von heute demnach. Endlich zog der Zöllner einen Stempel aus der Jackentasche, hauchte ihn an und drückte ihn auf den Paß der Deutschen. Mit diesem lächerlichen Stück Gummi auf Holz befand er über Leben und Tod. Denn im Paß der Deutschen Katja Julius stand nun gestempelt »Kein Jude«. Sie hatte es also schweizerisch amtlich.

Die italienische Freiheit währte nicht lange. Als Italien mitten im Krieg sich den siegreichen Alliierten zuwandte, was übrigens sehr vernünftig war, wurden die Italiener zu Feinden erklärt, zivile Deutsche mußten das Land schnellstens verlassen. Ihr Mann wurde an die Front befohlen, während sie, inzwischen mit Kind, schutzlos allein dastand. Abermals kam ihr eine Art Zufall zu Hilfe. Sie bewarb sich bei der Berliner Rex Film als Farbphotographin (damals immer noch mit *ph*), unverhofft erfolgreich, obwohl oder weil sie eine politische »Macke« hatte. Die vordergründig private Rex Film unterhielt eine geheimnisvolle Zweite Abteilung, die Heeresbildstelle, der durch einen Kameramann namens Finnen laufend Filmmaterial selbst aus dem Führerhauptquartier zur Bearbeitung überbracht wurde. Ihr fiel auf, daß da immer wieder mal ein Herr Bour (oder ähnlich) aus Saarbrücken zu Besuch kam, sich mit ihrem Chef einen Tag lang einschloß und danach verschwand. Nach dem Kriege, anläßlich einer Theateraufführung, sah sie Herrn Finnen wieder. Der berichtete ihr, daß jener Herr Bour wohl Kopien abgeholt habe, die trotz, nein eben wegen des Krieges über Frankreich bis nach England weitergereicht wurden ... Übrigens, genannte Bildstelle saß in Oranienburg, so daß ein Transport von Frau Katja ins Frauen-KZ Ravensbrück sehr kurzwegig gewesen wäre.

Ein höchst bewegtes Leben, auf jeden Fall. Der Mann für den »Endsieg« noch an der Front, sie gewissermaßen lebend auf Abruf und der kleine Frank im Versteck! Nirgendwo habe sie ihn zur Welt bringen dürfen – überall wurde der Ausweis verlangt und sie dann abgewiesen, außer in Wernigerode. Doch auch hier hätte für sie und für das Kind alles verloren sein können, das Leben.

Und dann die Befreiung, von der allzu viele Deutsche noch immer als Niederlage reden. Schon bald regten sich viele Kräfte, nicht nur positive. In Babelsberg begann unter sowjetischer Aufsicht die DEFA als Nachfolgerin der braunen UFA mit neuen Filmen – der erste mit Hildegard Knef: »Die Mörder sind unter uns«. Im Westen unter der Regie von Rudolf Jugert spielte sie in dessen erstem Film ebenfalls mit: »Film ohne Titel«. Frau Katja Jugert schoß wie immer die Standfotos. So hieß sie endlich, seitdem ihrer Eheschließung kein tödliches Hindernis mehr im Wege stand.

Wir saßen auf der Terrasse, blickten hinunter zum See und dachten zurück an uralte Zeiten. An die Filme ihres Mannes, an die zappeligen Mädchen, die privat bei ihm vorsprechen wollten und noch mehr, denn sie dachten, auf diese Weise kämen sie am ehesten »zum Film«, nur mal ein bißchen dafür schlafen … Und an einen der zuverlässigsten Produzenten wie Eric Pommer. Wenn Frau Katja erzählt, dann kann man zuhören, stundenlang. Bis zum Tode ihres Mannes war sie bei seiner Arbeit immer dabei. Wie viele Kämpfe hat sie nicht mit und für ihn ausgefochten, wie viele Enttäuschungen nicht mit ihm geteilt. Geistig immer hoch interessiert und um ihre kranke Schwester in Norddeutschland immer besorgt, macht sie sich ein Gewissen daraus, ihr jetzt kaum noch persönlich beistehen zu können. So ist Frau Katja und wird sich auch nicht mehr ändern.

Sie hat mich begleitet seit Hamburg, und sie kam mit ihrem Mann nach Münster, wo ich Abiturient glaubte, eine kirchliche Filmgesellschaft gründen helfen zu können. Auch diesen Spleen von mir nahm sie ernst, weil sie mich ermutigen wollte. In München durfte ich bei den Jugerts immer anrufen, auch wenn ich sicherlich störte, und erneut um ein paar Tage Zuschauen in Geiselgasteig bitten. Am See kam sie mit ihrem Mann ins Hotel in M., weil ich wieder einmal eine Filmidee verwirklichen lassen wollte – über »Hinzert – Nur ein kleines KZ?« Dieses Lager bestand im Hochwald zwischen Trier und Hermeskeil und wurde vielen Luxemburgern und Lothringern zum Inbegriff des Schreckens. Zum Schluß war es eines der Außenlager von Buchenwald. (Frage: Hat es überhaupt ein großes oder auch nur ein kleines KZ gegeben, das kein KZ war – wobei es in den kleinen Lagern sogar schlimmer zuging als in den großen?) Ihr Mann hat den Film nicht drehen können, wohl aber hat dann der Südwestfunk Mainz diese und zwei weitere Ideen aufgenommen und in je 45 dokumentarische Minuten umgesetzt. Frau Katja hat mir zugeredet, damit nicht locker zu lassen. Sie war es, die als Erste mit mir über das Fernsehen sprach, noch ehe mein Philosophieprofessor späterer Intendant des ZDF wurde. Damit brachte sie mich schließlich auf den Weg, dem Telekolleg das abzuschauen, was von da an bis jetzt Bildung im Medienverbund genannt wird und in meiner Jugend als Schulfilm und nach dem Kriege als Schulfunk erfolgreich angefangen hatte: Hörbild respektive Film, Lesebuch zum Film und Aussprache in Begleitzirkeln über beides, das hat ab den achtziger Jahren in der deutschsprachigen Erwachsenenbildung Schule gemacht.

Wie kann ich Frau Katja danken? Wie oft werde ich sie noch wiedersehen? Sie wird mir fehlen. Nie hat sie mich gefragt: Wie alt waren Sie, als der Krieg zu Ende ging? Waren Sie in der Hitlerjugend? Sind Sie als Hitlerjunge noch Soldat gewesen? Wie denken Sie über den Nazismus? Ich hätte verneinen müssen, aber doch sagen, daß man uns mit 14 Jahren zum Ostwallschanzen einzog und wenige Monate später für den »Werwolf« abrichtete. Daß ich den Nazismus bis in den Grund verabscheue, damals wie heute, und daß ich Goebbels' Reichsregisseur Veit Harlan (»Jud Süß«) die Hand verweigert und ihn später in der Presse eines Wortbruchs wegen persönlich angegriffen habe. Das und mehr konnte ich ihr schreiben. Da lächelte sie beim Wiedersehen jedes Mal fein und nickte, sprach aber nichts. Da gab es auch nichts mehr zu sagen.

Jetzt läßt sie unseren Sohn und unsere Schwiegertochter grüßen, die sie in München eingeladen und in Bardolino besucht haben. Jetzt umarmt sie beim Abschied meine Frau und mich, als wäre es zum letzten Mal. Ihr Lachen ist stiller geworden, und nach ein paar Stunden, die sie bereits anstrengen, wird sie müde. Sie winkt noch am Tor. Und dann geht Frau Katja, von den Jahren gebeugt, zum Haus zurück. Welch ein langes, intensives Leben. Welch eine Offenheit und welch ein Großmut. Welch ein feiner, kluger, weitsichtiger Geist. Erbe und Erfahrung, Präsenz und Güte. Wir winken uns gegenseitig zu. Wir werden uns wiedersehen. In Bardolino noch oder schon ganz anderswo.

Nachdem Heiner geendet hatte, bemerkte Johannes, daß es nicht die Griechen gewesen waren, die das Kino erfunden hätten. »Das waren die Franzosen. Die Oper kommt von den Italienern, die Operette von den Österreichern und das Musical von den Amerikanern.« – »Einverstanden«, meinte Günther, »aber das Theater haben die Griechen erfunden – genauer die Kreter, auf der großen Treppe von Knossos.« – »Richtig«, mischte sich Heiner ein, »doch vor Hollywood und heute den Filmemachern in Indien waren die Architekten im alten Griechenland die größten Illusionisten.« – Die zwei Künstler sahen ihn ungläubig an, doch dann begriff Johannes: »Du meinst ihre Tempel, an denen so gut wie keine Linie gerade ist? Zum Betrachter hin alles gekrümmt, der optischen Täuschung zuliebe. Weil das Auge eben anders sieht als mit Bleilot und Maßstock. Die Säulen sind in Augenhöhe am stärksten, nach oben hin und auch nach unten verjüngen sie sich. Die Stufen der Treppen sind leicht gewölbt, so daß man seinen Hut vom einen Ende zum andern nicht sehen kann. Die Giebel neigen sich nach oben hin um Einiges vor, weil der Betrachter, der tief unten steht, sie sonst als nach hinten gekippt erfassen würde. Nichts stimmt, nicht einmal die Aufstellung der Skulpturen. Auch sie beugen sich dem Betrachter entgegen. Was Schinkel nicht wußte und die anderen Klassizisten auch nicht; einer übernahm es vom andern. Darum sehen ihre Bauten so steif und kalt aus.« – Günther zog nach: »Und die Tempel waren nicht schlohweiß, sie und alle Skulpturen waren farbenfroh bemalt, wenn auch nicht beliebig. Man hat Farbreste gefunden, doch niemand will das zur Kenntnis nehmen. Nein, griechisch, das ist für die meisten immer noch bleich und kahl, eigentlich tot. Haben sie damals überhaupt gelebt? So ist in den Gymnasien zwar viel an Vokabular und Grammatik verbreitet worden, Olympia feierte Urständ, doch begriffen haben wir die Seele der Griechen nicht. Ein Großteil ihrer Schätze lagert in London, Paris, Berlin und Rom, nicht einmal einen Abguß gibt man ihnen zurück, geschweige denn das Original.« – Sie gaben Günther Recht. Und nach einer Pause sinnierte dieser weiter: »So viele Worte auch in unserer Sprache sind griechischen Ursprungs, in den Wissenschaften, in der Politik, ja in der Kirche. Europa, die ungefragte Geliebte des Zeus, die Mutter des Minos, wurde vom Libanon entführt und gebar auf Kreta. Auch ihren Namen haben uns die Griechen geschenkt. Ihr Staat bestand aus einzelnen Städten, nur im Falle der gemeinsamen Bedrohung bildeten sie einen Staatenbund, ein Heer und eine Flotte. Der gewaltigen Kriegsmaschine der Römer waren sie unterlegen – übrigens auch dem Überfall der Deutschen.« – Sie schwiegen eine Zeitlang, und jeder hatte mit sich selbst zu tun. Schließlich fragte Heiner, ob sie selbst nicht auch Illusionisten wären in Erwartung des wundertätigen Happy-End. – »Ist Glück, Glückseligkeit nur eine Illusion? Und ist eine Illusion nicht doch so etwas wie eine Vision, kein Gaukelbild, keine Fata morgana, aber das Bild einer höheren Wirklichkeit?« fragte Günther. – Da sagte Johannes einfach: »Lassen wir's doch dabei. Verdunkeln wir dieses schöne Bild nicht. Wir werden es uns noch oft ins Gedächtnis rufen, wenn der Alltag daheim uns wieder einholt.« – »Danke, Johannes«, sagte Heiner. Dafür bekommst du jetzt als Zugabe eine Extra-Geschichte.«

L wie Laurentia: Da kann ich rasend werden

Es gibt Namen, die sind altrömisch und dennoch viel jünger als die in der Bibel. Wenn ein alter, römischer Name jedoch noch heute vergeben wird, so müssen sich die Namensgeber darüber im klaren sein, daß der oder die Kleine einmal sehr viel größer und älter und hoffentlich mit diesem Namen einverstanden sein wird. Wenn schließlich jemand den Namen Laurentia erhalten hat, dann gewinnt er – in diesem Falle sie – auf Dauer entweder ein glückliches Verhältnis zur römischen Geschichte, oder das groß gewordene Kind verdammt Vater und Mutter einschließlich der Paten bis in die Stein-, nein Römerzeit.

Nichts von dem aber bei meiner Freundin Laurentia, die einst meine erste Kollegin auf der neuen Stelle war, begabt in jeder Hinsicht, die seit über zwei Jahrzehnten mit Erfolg ein großes Hotel in Norditalien führt. Mann und Sohn hat sie auch noch. Das muß man ihr erst einmal nachmachen! Natürlich stammt sie nicht aus Italien. Sie kommt aus einem deutschen Weinort, in dem der kircheigene, vor Zeiten von einer frommen Seele vererbte Weinberg den Namen des Kirchenpatrons erhielt – Laurentius. Die Eltern gaben einer ihrer Zwillingstöchter diesen Namen, eben Laurentia. Die andere Tochter nannten sie Alberta. Albert und Laurentius, Mutters Brüder, waren im Ersten Krieg gefallen; sie sollten in den Töchtern weiterleben. Zudem bestellte der Vater den St. Laurentius-Weinberg. Er konnte nicht ahnen, daß er mit der hierzulande nicht ungewöhnlichen Namensgebung einer seiner Töchter das Einleben am Gardasee erleichterte. Denn die Leute dort nennen sie ganz selbstverständlich Laura. In eine Laura war schon kein Geringerer als der große Dante verliebt. Diesen schönen Dichternamen trug auch Lauras künftiger Schwiegervater – Dante, und so heißt ebenfalls ihr späterer Mann, Giovanni Dante, schließlich auch ihrer beider Sohn, Stefano Dante. Und alle lieben Laura!

Sie war und bleibt für mich ein einzigartiger Arbeitskamerad, die sich unter den uns gestellten Aufgaben unerhört entwickelte. Neun Jahre haben wir mit einander Vieles fertiggebracht. Wir haben gearbeitet »wie die Pferde«, an manchem Tag zehn oder auch zwölf Stunden lang – das will heute niemand glauben. Laurentia suchte natürlich ein erholsames Urlaubsziel. Da fragte sie eines Tages, wohin sie im kommenden Urlaub fahren solle. Istrien im letzten Jahr, das sei schon ein guter Tip gewesen. So empfahl ich ihr ein Berghotel in M. am Gardasee. Im Vorjahr hatte ich mit Mary und zwei Kindern dort einen Hotelier angetroffen, der uns deshalb im Gedächtnis geblieben war, weil er auf einer Dolomitenfahrt bei der Mittagspause am Karerpaß uns, die wir gar nicht zu seiner Gästegruppe gehörten, sein eigenes Lunchpaket abgab. »Nehmen Sie nur«, sagte er freundlich. Wir waren seiner Küche gar nicht gemeldet und darum für den Lunch von ihr auch nicht vorgesehen. Gianni leistete seinen Verzicht so selbstverständlich, daß uns gar nichts anderes übrigblieb, als anzunehmen. Wir taten es, die Kinder hatten Hunger, und auf dem Paß gab es außer Andenken und Getränken nichts Eßbares zu kaufen.

Darum schlug ich Laurentia Giannis Hotel vor, und sie fuhr mit ihrer Freundin, die ein Auto besaß, prompt und unternehmungslustig hin. Im Fußball nennt man das, was ich mir da antat, ein Eigentor. Sie brauchte nicht lange, um sich in ihn zu verlieben. Ihm erging es, was Wunder, auch nicht anders. Nach dem Urlaub dauerte es nicht lange, bis Laurentia mit der Bahn nach Italien wollte, als wäre das mal eben nach Bayern. Donnerstag nach dem Dienst, damit das Wochenende nicht zu kurz sein würde. Am Montagvormittag wollte sie zurück sein. Einverstanden, wir konnten schuften, doch eben auch feiern. »In Rovereto holt er mich ab.« Infolge der sommerlichen Zeitverschiebung verpaßte sie die Station und konnte den Zug dann erst in Verona verlassen. Sie nahm den nächstmöglichen Zug zurück, doch Gianni konnte nicht wieder am Bahnhof stehen. Er wurde im Hotel gebraucht. Immerhin hatte er ihr ein Taxi gesandt. So weit, so gut – zunächst einmal.

Ein paar Wochen später überzeugte mich Laurentia, daß sie

wieder nach Italien müsse. »Der Blick von der Terrasse über den See ist einfach herrlich«, schwärmte sie durchsichtig, »man sieht von einem bis zum anderen Ende.« Was durchaus stimmte, man sieht nach rechts bis Riva und nach links bis Desenzano. Ein Panoramablick, wortwörtlich. Aber, das konnte doch nicht der wahre Grund für einen so weiten Wochenendtrip sein! Nun, diesmal klappte es zwar mit dem Abholen, am Sonntag freilich mußte sie vor der Rückfahrt feststellen, daß die italienischen Eisenbahner in Streik getreten waren. Sie erschien erst am Dienstag wieder im Büro. Und dasselbe spielte sich noch zwei weitere Male ab, so daß man jeweils donnerstags hätte fragen können, wann sie wieder führe, um die Uhr nach dem nächsten Streik zu stellen.

»Das geht so nicht weiter«, gestand sie mir und vor allem sich selbst.

»Dann überlegen Sie, ob Sie ihn nicht heiraten sollten«, meinte ich barsch.

»Wie bitte?« fuhr sie auf. »Verrückt, so schnell heirate ich doch nicht. Wenn mir jemand etwas so Dummes sagt, kann ich rasend werden!« Ich vergesse ihren Ausspruch nicht, erstens stand er ihr gut zu Gesicht, sie hatte ein überzeugendes Temperament, und zweitens, wenn sie ihn gebrauchte, bedeutete das Vollalarm. Da trat man besser zur Seite. Jetzt versuchte ich mein Glück bei ihr, indem ich ihr die Anschaffung einer IBM-Maschine mit Kugelkopf in Aussicht stellte, solche Maschinen waren damals gerade in Mode gekommen. Denn es würde mir schwer fallen, sie im Vorzimmer zu verlieren. Doch ich wußte, daß ich mich irgendwann damit abfinden mußte. Der Mensch ist wichtiger als der Betrieb.

Zunächst verlegte Laurentia ihren Arbeitsplatz vormittags in die Küche meines Instituts, das heißt, dort lernte sie ein paar Monate lang die höheren Grundbegriffe des Kochens. Nach Tisch saß sie wieder am eigentlichen Platz – und niemand im Betrieb verlor ein ungutes Wort über die allseits geschätzte Kollegin. Im Stillen warteten alle ab, ob sie den Schritt ins Ausland auch tatsächlich tun würde.

Laurentia tat den großen Schritt, doch nicht auf einmal. Zwei Jahre lang wartete sie ab, bis sie sich in die familiäre Situation eingelebt hatte und bis endlich die nötigen Heiratspapiere vom Konsulat eingetroffen waren. In der Zwischenzeit betrieb sie mit Gianni zunächst eine kleine Pension. Sie standen in einer kleinen Küche, kochten gemeinsam für die Gäste und waren immer fröhlich. Gianni tat, was er noch täglich tut, er unterhielt jedermann mit selbsterfundenen Witzen. Im Winter gingen sie beide in Skihotels, um ihr Können zu erweitern für die Übernahme ihres eigenen Hotels.

Schließlich wurde aus Laurentia Laura. Die Hochzeit fand nach zwei Jahren in ihrer Heimat statt. Aus Italien kamen zwei Busse angerollt, die Landsleute des Bräutigams wollten sehen, wer seine »Bionda« wirklich war. Bis sie alles gesehen hatten, vergingen drei Tage. Noch lange wurde unter den braven Leuten von M. von diesem Fest in Deutschland geschwärmt. Als Laura dann nach Jahr und Tag ein Kind gebar, was sage ich: einen Sohn, da wurde sie unter den Einheimischen eingemeindet. Seitdem gehört sie dazu und ist nicht länger eine Fremde.

Diese Laura! Sie war bei aller sonst zur Schau getragenen Unbekümmertheit unbedingt zuverlässig, und ich hatte mir Mühe geben müssen, daß sie von mir etwas halbwegs Ähnliches behaupten konnte. »Das schreibe ich nicht!« sagte sie höflich, jedoch bestimmt und mitten im Diktat. »Wollen Sie sich Ärger machen?« Dann war ich auf der Hut, denn in der Regel hatte sie Recht. Sie kannte die Mentalität der Menschen hierzulande von Kind auf und darum besser als ich. »Und wie würden Sie es formulieren?« Prompt machte sie einen vernünftigen Gegenvorschlag, den ich schnaufend, doch im Herzen dankbar akzeptierte. »Chef«, rief sie mahnend, wenn ich einen Termin zu vernachlässigen drohte, »Sie gehen mir auf die Nerven. Oder soll ich für Sie fahren?« Sie hätte um der gemeinsamen Sache willen auch das getan – und sie hätte es nicht schlecht erledigt. Ihre wache, aufnahmefähige Intelligenz, wenn ich das in Respekt so sagen darf, befähigt sie zu großer Leistung.

Nun ist sie längst selber Hotelchefin, sitzt von morgens bis abends an der Rezeption und hat über 130 Betten und daher eine Menge Personal unter sich. Die Zukunft hängt nicht mehr allein von Stefano, ihrem Sohn, ab – sondern auch von einer hoffentlich geeigneten, zweisprachigen Schwiegertochter. In das Hotel kommen überwiegend Deutsche, und viele von ihnen kommen immer wieder. Auch Gianni und Stefano sprechen unsere Sprache mühelos.

Gianni, eigentlich Giovanni und bei ihr daheim im Vorjahr unter dem Jubel eines ganzen deutschen Weinortes zum »Bacchus«gekrönt, arbeitet derweil auf dem weitläufigen Hotelgelände mit Schwimmbad, Fitnessraum, Tennisplatz, Liegewiese, Ölbäumen. Neuankömmlinge wissen nicht, daß er der Chef ist. Da kam ein weiblicher Gast zu Laura und verriet ihr leise hinter vorgehaltener Hand: »Frau Lombardi, ich muß Ihnen endlich etwas sagen.«

»Ja, bitte«, antwortete Laura, ohne den Kopf schief zu legen.

»Ihr Sohn wird dem Gärtner immer ähnlicher.«

»Ja«, pflichtete Laura ihr freundlich bei; sie hatte eine Beschwerde befürchtet.

»Ja«, wollte die zudringliche Dame wissen, »wundert Sie das nicht?«

»Nein«, sagte Laura und verzog dabei keine Miene. »Der Gärtner ist der Vater von Stefano und außerdem mein Mann.«

Da bekam die Dame einen roten Kopf und verzog sich zum Schwimmbad – das es übrigens in Größe und Eleganz und Beleuchtung, nachts sogar unter Wasser, mit jeder kommunalen Badeanstalt aufnehmen kann.

Laurentia! Einmal hast du mir in einer Notlage geholfen. Ich mußte eines Todesfalls in der Familie wegen ganz dringend nach Polen. Du riefst für mich, der ich in der Schweiz war, in Katowice beim Bischof an. Er möge, bitte, erkunden lassen, ob der Unfall wirklich geschehen sei und mit welchen Folgen. Denn das Telegramm aus Bytom (Beuthen), das du ins Deutsche übersetzen ließest, hätte auch eine Falle bedeuten können; kurz zuvor war Bischof Bednorz mein Gast gewesen und hatte hier vor Zeitung und Rundfunk für kommunistische Ohren aufmüpfige, ja provozierende Reden gehalten wie: »Ich bin der Arbeiterbischof Polens ...!« Agenten hatten ihm zugehört, Agenten hatten Zeitungsausschnitte hinüber gesandt, die ihm bei Rückkehr von der Geheimpolizei vorgelegt wurden – womit er natürlich gerechnet hatte. Es war keine Falle, und die Wirklichkeit war schlimmer. Du riefst mich nachts in der Schweiz an, um mir das mitzuteilen, und daß ich schnellstens nach Katowice kommen solle, wo die Toten schon einige Tage in der Anatomie lagen. Du besorgtest mir prompt das Flugticket nach Warschau und stelltest die Verbindung zum Institut Bongo her – der polnischen Leichenimport und -exportfirma. Du verhandeltest wegen der Plätze mit Lot und Lufthansa. Und du beschafftest mir innerhalb eines Tages – meines Rückkehrtages – das polnische Visum über die Schwedische Botschaft. Ohne deine große Hilfe wäre ich nicht geflogen. Und was wäre dort aus meinem Bruder, der Schwägerin und den überlebenden Söhnen geworden?

Eine letzte Erinnerung noch, vorläufig. Wir besuchten euch an einem Sonntagmittag im Juli und waren zu viert. Das Hotel lag wie ausgestorben, die Gäste hatten sich irgendwohin verzogen. Da ludet ihr uns zu Tisch auf eure große Terrasse vor dem Haus, von der man den See von Norden bis Süden überblicken kann. Ganz Italien machte Siesta. Unten im Städtchen zeigten sich bei dieser Hitze »nur Hunde und Deutsche auf der Straße«, wie es bei den Italienern so treffend heißt. Wir nahmen überrascht Platz und saßen wohlig im Schatten. Da traten zwei junge, hübsche, enganliegend schwarzgekleidete Damen feierlich zu uns und bedienten uns sechs diskret, es war keine Fata morgana wegen der Hitze, sondern eher wie zu Tisch im Paradies: Lachsforellen aus dem See – ein prickelnder Wein von der Soave, hernach Eis, Obst und Käse, ein ruhiges Gespräch unter Freunden. Herz, was willst du mehr? So schön hatten wir noch nie und seitdem noch nicht wieder zusammen gefeiert. Nochmals danke! Und insgeheim freuen wir uns schon auf einen weiteren solchen stillen Sonntagmittag im nächsten Sommer, dann vielleicht mit Ossobuco? Bene, bene. Ja, Laura – Hut ab und Verehrung! Sie ist umsichtig und fleißig wie je, hat das Geschehen in Hotel, Küchenbau und Appartementhaus stets im Blick, empfängt und verabschiedet, telefoniert und faxt, erledigt die Post, beantwortet die vielen Fragen ihrer Gäste und berät sie, geht vor und während der Mahlzeiten prüfend durch den Speisesaal, hat meist ein fröhliches Wort auf der Zunge, ist abermals die Seele des Betriebs, macht Mann und Sohn glücklich und ist die Zufriedenheit in Person. Wobei es mit dem Rasendwerden nicht mehr ganz so furchterregend ist.

Ciao!

So hatte der Abend des zweiten Tages für die Drei zwar andere Akzente gesetzt, doch im Wesentlichen war auch er von Ernst und Besinnlichkeit bestimmt. Wiederum fragten die Freunde sich beim Heimgehen im Stillen, wo denn nun die verheißene Glückseligkeit geblieben sei. Doch keiner sprach es aus.

Der dritte Tag

Inzwischen hatten die Drei sich einige Vokabeln aus dem Neugriechischen beigebracht und versuchten, damit vor der Bedienung zu glänzen. »Pinao« rief der Erste aus und »Dipsao« der Zweite, denn dieser verspürte Hunger und jener Durst. »Yia mas!« steuerte der Dritte bei, was »Prost!« bedeutet. Johannes sagte »Kalispera« – Guten Abend, doch so weit war es noch nicht. Sie hatten am Morgen zeitig das Motorschiff genommen, eher ein Schiffchen, um sich nach dem Badeort Ermioni auf dem Festland hinüberfahren zu lassen und dort im Sand zu liegen, den Urlaub in der Sonne genießend wie viele andere Gäste. Das Wasser war nicht tief, sie konnten hindurchblicken bis zum Grund und bedauerten, keine Angel mitgenommen zu haben. Denn da gab es bunte Fische zu sehen, keine großen, dafür viele. Wieder an Land, lag der Strand fast leer vor ihnen. »Weshalb sind wir eigentlich von so weit hergekommen, wenn wir abends nur traurige Dinge erzählen und nicht einmal Skat miteinander spielen?« maulte der Eine. – »Hast du Karten?« fragte der Zweite. »Dann man los!« wollte der Dritte sagen, doch er verkniff es sich. Statt dessen meinte er: »Ihr wolltet doch das Land der Griechen mit der Seele suchen, frei nach dem Ausspruch unseres Geschichtslehrers.« – »Der war erstens einigermaßen wunderlich und zweitens niemals hier!« verwahrte sich Johannes, der die Karten schon bereithielt. – »Aber bedenkt doch einmal, was die alten Griechen uns alles geschenkt haben – nicht nur das Theater, sondern auch Philosophie, Mathematik, Medizin, Dichtung, die Demokratie. Leider gibt es in unserer Sprache immer weniger altes Griechisch als neues Amerikanisch.« Ja, wozu waren sie eigentlich hergekommen? Museen, Tempel, antike Mauern gab es nicht auf Hydra. Es blieb ihnen, was sie selbst mitgebracht hatten – die Sehnsucht nach glückseligem Vergessen einerseits und andererseits das Erinnern an das Schönste auf der Welt, die Liebe. An die, die ihnen einst begegnet und an ihnen vorübergegangen waren: Mädchen, die sie nicht hatten gewinnen können; Frauen, deren Vertrauen sie hatten erwerben können. An solche, die schon nicht mehr lebten oder inzwischen wie sie älter geworden waren. Sie selbst waren ja Väter von Töchtern, die nun so alt waren, wie ihre Bekanntschaften damals.

An diesem Abend begann Heiner mit dem Geschichtenerzählen.

M wie Marianna: Auf ihre stille Art eine Patriotin

Den schönsten Ausblick auf den Gebirgszug der Dolomiten zwischen Nigerpaß und Karerpaß gewinnt der Wanderer bei der Jausenstation Schillerhof. Über Wiesen und Wälder schweift das Auge zu einem unvergeßlichen Alpenpanorama. Wenn sich die Abendsonne zuerst rosa und dann rot auf seine Gipfel legt, dann beginnen diese weithin sichtbar, bis nach Bozen hinunter zu glühen. Darum nennen die Einheimischen diesen Gebirgszug Rosengarten, und die Feriengäste nehmen den Namen gerne an. Nördlich des Rosengartens findet sich bald der gewaltige Klotz von einem Berg, der Schlern. Südlich weitet sich die Geröllwüste des Latemar. Hierher verlegt Carl Zuckmayer die Burg, in der er seine Novelle »Magdalena von Bozen« spielen läßt. Magdalena löst sich aus ihrem Heimatort Kastelruth, als sie oben bei der Burg ein Kind empfangen hat. Sie nimmt eine Stelle unten in der Stadt an. Damit verliert der Dichter ihre Spur.

Meine Magdalena stammt nicht aus Bozen, wo es einen weinträchtigen Vorort St. Magdalena gibt, sondern aus einem Dorf, das etwas weiter vom Rosengarten zurück liegt, von dessen Scheitelpunkt man einen Blick über das Tiersertal hin von einem bis zum anderen Paß des Bergmassivs gewinnt. Sie heißt auch nicht Magdalena, sondern Marianna. Sie ist in Bozen nicht untergegangen, sondern hat sich dort ausbilden lassen. Und sie hat auch kein Kind von einem Dichter erwartet, der nur kurz herkam, um Freunde in der Burg zu besuchen. Sie ist mit einem Baumeister verheiratet und hat mit ihm inzwischen drei Kinder – »drei isch g'nueg.« Ihre Eltern haben deren neun. Welche Beziehung besteht zwischen den beiden Frauen, deren erste heute an die neunzig Jahre alt wäre und deren zweite gerade Mitte Dreißig ist? Eigentlich keine, außer, daß ich sie beide kenne. Die eine aus der Novelle vom Lesen; die andere – aber das folgt noch. Vor allem sind es die Menschen dieser Landschaft, die in meiner Fantasie eine ungefragte Verbindung eingehen. Das Gesetz des Dorfes Kastelruth damals, in dem das schwangere Mädchen kein Verbleiben sah, und das allgemein freiere, doch nicht weniger von der Gemeinschaft geprägte Leben in den Bergdörfern heute. Aus diesem noch besonnenen Milieu erreichen mich dann Briefe wie dieser:

»In der kommenden Woche hab' ich Urlaub – Urlaub auf dem Bauernhof. Die Heuernte ist voll im Gange, und jede Hand kann gebraucht werden. Ich freu' mich darauf, mitzuhelfen, draußen in der Sonne zu sein, den Duft von Heu und den frischen Wind zu spüren. Da fühle ich mich wohl, in einer gesunden, heilen Welt. Schön ist es auch, zu erleben, wie meine Brüder, meine Schwester mitmachen. Überhaupt sind wir alle gern zu Hause. Nach Feierabend finden sich alle dort ein, und es kommt nicht oft vor, daß niemand von uns großen Kindern daheim ist. Wer weiß, wie lange das alles noch so bleibt. Von meinen sieben Brüdern ist noch keiner verheiratet, und vielleicht sind meine Schwester oder ich es, die vorangehen müssen. Alles zu seiner Zeit, aber so schön vereint wie jetzt werden wir wohl nie mehr sein. Eine Jugend, wie wir sie auf dem Viglatscherhof sie erleben durften, ist herrlich. Und vielleicht wird es uns erst später ganz bewußt.«

So schreibt Marianna unverstellt. Sie ist italienische Staatsbürgerin, gehört der deutschen Volksgruppe an, ist auf ihre stille Art eine Patriotin und hat das »Büchl«, das von Magnagos Südtiroler Volkspartei – oder einfacher: Sie würde aus ihrer geliebten Heimat niemals fortgehen. Zwischen Gehern »ins Reich« und Bleibern, deren Vor- und Zunamen nun auch noch italianisiert wurden, hatte sich die deutsche Volksgemeinschaft in bitterster Zeit entscheiden müssen. Nach dem Kriege versuchten viele, die dem zugleich schwarzen und braunen Druck gewichen waren, heimzukehren – wie Flüchtlinge, diesmal in umgekehrter Richtung.

Das haben die Eltern von Marianna mit angesehen; sie waren geblieben. Die Generation von Marianna hat erlebt, wie ihre Heimat die ersehnte Rückgewinnung seiner ihm 1919 belassenen, 1922 von Mussolini geraubten Rechte einem zähen, geduldigen, inzwischen altgewordenen Mann verdankt, der – von nicht nur körperlicher Größe – das Land geführt hat durch alle politischen Fährnisse der eigenen Hitzköpfigkeit wie der römischen Launen hindurch, wie weiland Moses sein Volk durch's Rote Meer: Silvius Magnago. Über Jahrzehnte hin regierte er als Vorsitzender der bestimmenden Südtiroler Volkspartei und Landeshauptmann der Provinz Bozen. Er weiß vieles aus Geschichte und Geschick seines heute wieder glücklich gewordenen Landes, eigentlich alles.

Was er nicht wissen kann, das ist, daß ich durch ihn ein Mädchen entdeckt habe, das ich zwar schon vor Jahren immer wieder einmal gesehen, aber noch nicht beachtet hatte. Oder doch? Marianna war damals die Leiterin des Fremdenverkehrsamtes ihrer kleinen Gemeinde oberhalb von Bozen. Sie hatte uns Zimmer vermittelt, Wander-, Ansichts- und Eintrittskarten verkauft, Auskünfte erteilt, Prospekte gegeben und dazu stets ein lustiges Wort gehabt. Was mir an ihr zuerst auffiel, waren ihre klaren, prüfenden Augen, dann ihre spröde Stimme, von der ich anfangs und wohl auch sie noch nicht wußten, wie anziehend die auf mich wirkte. Doch eigentlich aufgefallen ist Marianna mir bei einer Prozession zum Friedensfest im August. Wir Feriengäste standen da und sahen zu, wie die Familien unserer Wirtsleute sich aufreihten, die Musik vorn an, doch noch vor den Kapellmeister traten zwei Mädchen in der schönen Tracht ihrer Gemeinde. Im Unterschied zu sonstigen Aufmärschen trugen sie kein Schnapsfäßchen zur Wiederbelebung von Fußkranken und sonstig Erschöpften umgehängt, sondern Körbe mit Feldblumen. Die zwei gingen ganz vorn, nach der Musik kamen die Fahnenträger, dann der Baldachin, unter diesem der Pfarrer, und dann die Gemeinde, nicht mehr nach Alter und Geschlecht getrennt. Eine der Blumenträgerinnen war also Marianna, ich erkannte sie wieder, als ich den Zug fotografierte, sie aber sah nicht her. Als es zu regnen begann, trat niemand aus den Reihen, auch nicht, als die schönen Blusen der Mädchen und Frauen naß wurden und ihnen an den Armen klebten. Die Musik hielt die Instrumente etwas schräg und spielte unverdrossen weiter. Was kann einen Bergbewohner schon erweichen? Marianna tat es wohl nur um ihre Blumen leid. Unerschütterlich schritt sie weiter, und ich meine noch heute, ein ganz kleines schelmisches Lächeln um ihren Mund erkannt zu haben, als ich da mit der Kamera herumsprang und den Kragen hochgeschlagen hatte, damit mir das Wasser nicht am Hals hinunterlief. Schön und entschlossen sah sie aus, trotz der Nässe – der Nässe trotzend.

Als dann ein Interview für den Saarländischen Rundfunk stattfinden sollte, nicht in der mir überantworteten Einrichtung, sondern im schwesterlich verbundenen Institut in Brixen, weil Herr Magnago so weit nicht zu reisen vermochte infolge einer Beinamputation, der er sich im Zweiten Krieg unterziehen mußte, nun, da bat ich Marianna telefonisch, auch in ihrer Gemeinde Teilnehmer an der öffentlichen Veranstaltung zu gewinnen. Ich wollte ja nicht, daß der große Mann außer mit je ein paar Brixenern, Neustiftern, St. Andräern, Kleranern, Pinzhagenern, Feldthurnsern und so weiter alleine mit mir säße. Sie sagte, sie wolle es tun. Es kamen durch ihr Ansprechen sechs Mann, und es war mit sechzig Zuhörern ein beeindruckender Abend. RAI Bozen zeichnete für Saarbrücken auf und sendete selbst, der SR brachte bald daraus die vereinbarte ganze Stunde.

Wichtig war schon der Vortag. Morgens ein Vorgespräch bei dem auch von mir hochverehrten Interviewpartner, nachmittags dann auf der Höhe in der zirbelholzgetäfelten Gaststube ihres Dorfes. Wir saßen zu fünft, der Wirt, der Franzl, ein Freund, den ich mitgeschleppt hatte, ich und eben Marianna. Sie hatte ihr Büro und der Franzl seinen Kunstladen und das von ihm geführte Heimatmuseum heute früher geschlossen. Wir hielten genußvoll Jause, und nach einiger Zeit meinte Marianna, nun müsse sie nach Hause. Ob ich noch imstande sei, sie zu fahren? Ich war es und wäre noch zu einigem mehr imstande gewesen. Sie hatte mich auf ihre herbe Art verzaubert, ihre Augen, die Stimme, ihre schlanke Eleganz, der kameradschaftliche, ungezwungene Ton des dörflichen Umgangs miteinander

– alle sagten zueinander Du, wahrscheinlich von Kind an und ohne Altersunterschied; auch die beiden Gäste waren bald mit einbezogen. Also, auf, zu Marianna! Das war tatsächlich ein Hinauf. Ziemlich oben – das Dorf liegt zwischen 800 und 1300 Metern hoch – war der Hof ihrer Eltern. Der Vater, der Gedichte schrieb – ist so alt wie ich. Also hätte ich Mariannas Vater sein können. Sie zeigte mir zuerst den Stall mit einigem Vieh und dem Heu für das Vieh. Ein Esel lief frei durch den Stall, ihr »Grauchen«, auch er hatte darin seinen Platz und erhielt nach ausgedienten Tagen sein Gnadenbrot. Marianna streichelte ihn und hatte keine besondere Eile, ins Haus zu gehen, wo man unsere doppelte Ankunft bemerkt haben mußte. Doch auf dem Hof tat sich nichts, niemand trat aus dem Haus.

Wir kamen uns näher, nahe genug, um uns in die Arme zu fallen. »Und jetzt?« hauchte Marianna. Ihr Gesicht war ganz ernst, ihr Atem ging heftiger als sonst, und es war mir, als zitterten wir beide. Die zunächst spröde wirkende, zurückhaltende Marianna war Flamme, ehrliche und echte Flamme. Doch ich wollte nicht, daß sie auch Feuer würde. Sie hätte sich selbst verbrannt. Es hatte doch keinen Sinn, weil keine Zukunft. Und nur der Augenblick? Das »Grauchen« hätte uns nicht verraten, es sah weg. Wir hielten uns lange umarmt und sagten nichts. Es war alles gesagt.

Doch wahrscheinlich zählte inzwischen die lange angesammelte und dann plötzlich auf einen Höhepunkt gekommene Freundschaft nicht mehr, wenn sie damals mißbraucht und gleich danach abgerissen wäre. Ist ihr und mir ein Zweifel geblieben? Können wir immer so sicher sein, vor allem unserer selbst? Ich muß eure gespitzten Ohren wieder einmal enttäuschen, Freunde! Ich kann und will nichts daran ändern. Doch da spüre ich jedesmal ein Gesetz in mir, mehr als nur einen Riegel, der mich nicht tun läßt, was Andere an meiner Stelle vielleicht täten. Hätte ich Marianna betrügen sollen, schon im Ansatz, und Mary dazu? Und der Leser mag fragen, wie denn ein Mädchen betrügen, gar noch mit sich selbst, wenn sie doch geküßt sein mochte? Wirklich mochte? Ich weiß es nicht und

glaube es auch nicht. Wir haben nie darüber gesprochen. Wir kennen uns nun schon zwei Jahrzehnte und wissen nur von einer Liebe, vielleicht auch nur von meiner Liebe und ihrer Zuneigung, aus der eine tiefe Freundschaft gewachsen ist. Bis zu ihrer Hochzeit schrieb sie mir über Jahre hin viele Briefe und ließ mich teilhaben an ihrem Leben unter dem Rosengarten der Dolomiten. Sie ist zeichnerisch sehr talentiert und damit künstlerisch begabt wie ihr Vater, wie einer ihrer Brüder als Berg-Fotograf und wie so viele ihrer Landsleute. Auf jedem Briefumschlag begrüßte sie den Empfänger schon mit einer farbigen Grafik. Innen gab es noch eine. Ihre Handschrift ist wie gestochen akkurat und sehr schön geschwungen zugleich. Sie hätte Grafikerin werden können. So illustrierte sie ein heimisches Kochbuch, und sie legte zu ihrer deutschen auch die italienische Sekretärinnenprüfung ab. Und dann schrieb sie, daß sie einen älteren Mann liebe, der nichts von ihrer Liebe wisse, der ihre Liebe ahne, der sie verstanden habe, der sie wiederliebe, und schließlich, daß sie ihn heiraten werde.

Inzwischen hat sie ein herrliches Haus. Ihr Mann ist Baumeister. Sie erzieht ihrer beider Kinder und führt ihrem Mann die Bücher. Im Anbau des Hauses gibt es einige Boxen für Pferde. Sie und ihr Mann züchten Pferde. Haflinger natürlich, wie schon ihr Bruder. Begeistert berichtete sie in einem Brief: »Und dann war's da: ein frisches, gesundes junges Leben. Nichts als Beine. Und zwanzig Minuten später schon versuchte es aufzustehen, die neue, ungewohnte Welt auf eigenen Beinen zu erkunden. Kaum zu glauben, wie schnell es geht, daß so ein Fohlen auf allen Vieren, zwar mehr schlecht als recht zunächst, durch die Gegend kugelt«, schrieb sie unbefangen. »Aber wie sehr hatte mein Bruder sich eine kleine Stute, also ein Mädchen, gewünscht. Zu seiner Enttäuschung war's auch heuer wie schon im Vorjahr ›nur‹ ein Hengst. Es ist nämlich so, daß bei Hengsten eine sehr strenge Auslese gemacht wird und erste Voraussetzung, daß das Pferd überhaupt bewertet werden kann, ist, daß seine Mutter wenigstens 80 Punkte haben muß. Nun, Toni hat nur 78. Das heißt, der kleine Hengst wird im Herbst wohl oder übel an den Metzger verkauft.« Das Leben auf dem Bauernhof ist nüchtern.

Marianna hatte uns zu ihrer Hochzeit eingeladen. Eine Bauernhochzeit in Südtirol muß etwas Köstliches sein. Aber wir konnten nicht hin. Daheim galt es, eine schon seit Monaten fest angesetzte Ausstellung zu eröffnen. Wie schade! Wir bedauerten um so mehr, als sie uns später die Fotos zeigte. Da muß das halbe Dorf mitgefeiert haben. Zwei Tage nach dem Fest kam unser Geschenk bei ihr an, ein geschmiedetes Kreuz, das aus einem Erdkreis aufragt, mit geschmiedetem Corpus; der Heiland überwindet das Kreuz, er hebt einen Arm mit dem Balken empor, und es sprießen Knospen aus seinem Arm. Ein Freund hatte uns das Kunstwerk fast über Nacht geschaffen. Nun hängt es im Eingang ihres Hauses und begrüßt den, der eintritt, und gemahnt den, der geht. Und es erinnert sie an uns.

Eigentlich nur ein kurzes, kleines, scheinbar unwichtiges Erlebnis, das uns verbindet. Und doch hat es viel an Bedeutung für mich – und für sie? – in all den Jahren. Ich schreibe ihr zum Geburtstag Ende August. Zu Weihnachten und zwischendurch. Zum Antworten kommt sie nur noch am Telefon. Dabei kann sie wunderbare lange Briefe schreiben, in denen sie schlicht und schön von ihrem Leben erzählt und immer wieder durchklingen läßt, daß sie mit Mann und Kindern und mit sich selber glücklich ist.

Diesmal trafen Mary und ich sie gegen Ende August oben am Ende des Dorfes auf dem Hof des Wieselwirts. Juliane, die die Pension führt, hatte mir am Telefon Marianna zugereicht. Sie kam, wenn auch nur für ein paar Minuten, schon im Aufbruch mit der Mutter nach Belluno. Sie brachte ihre Tochter mit, war strahlend vor Leben, immer noch mädchenhaft, auf natürliche Art ihrer selbst bewußt. Ihre spröde Stimme, ihr liebes Gesicht! Ihre Briefe liegen bei mir noch da. Südtirol, dieses gottgesegnete Land, spiegelt sich für mich in einem einzigen Namen: Marianna. Als Freund werde ich sie und ihr Land noch in weiteren zwanzig, dreißig Jahren lieben. Mindestens.

Pfüat Di!

»So genau habe ich die jüngste Vergangenheit dieses Landes gar nicht gekannt. Auf jeden Fall, es ist Friede darin eingekehrt. Die Vernunft hat gesiegt, auch wenn sie zunächst in Geduld bestand«, kommentierte Günther, und die Anderen stimmten zu. – »Ein Beispiel für Europa«, meinte Heiner. »Friede ist möglich!« Er stopfte seine Pfeife und steckte sich diese gemächlich an. Da erkundigte sich Günther, ob seine Freunde tagsüber so wie er auch den Eindruck hätten, daß hier auf der Insel ein anderes Licht herrsche. Er als Maler empfände es so. »Jahrhundertelang sahen die kontinentalen Maler neidvoll auf die Holländer, die Flamen. Ihre Bilder waren anders als die unserer Großen zur gleichen Zeit. Das mußte vom Licht ihrer Küsten kommen, und so war es auch. Erst die Impressionisten haben das Licht wiederentdeckt, als sie nämlich im Freien malten. – »›An den Küsten des Lichts‹, erinnert ihr euch?« fragte Johannes. »Das war bald nach dem Kriege eine Sendereihe im Radio, nach den zwei Büchern von Peter Bamm. Hier sind wir an einer dieser hellen Küsten. Nur, daß die Griechen einst mit Steinen gemalt haben. Mit vielen kleinen farbigen Steinen, die sie zu jeweils einem Bilde zusammensetzten.« – »Du meinst die Kunst des Mosaiks, natürlich«, half ihm Heiner. »Doch Bilder auf Holz malten sich schon die Kreter, ein Jahrtausend vor den Griechen«, half ihm Johannes. »Dafür kannten die Kreter noch kein Papier und kein Pergament – der eine Name stammt aus Ägypten, der andere ist jünger und kommt von Pergamon, einer griechischen Stadt in der heutigen westlichen Türkei.« – »Aber Leinwand haben sie doch gehabt – oder etwa noch nicht?« wandte Günther ein. – »Leinwand, überhaupt Textil selbstverständlich. Aber anscheinend hatten sie noch keine haftenden Farben«, entgegnete Johannes und fuhr fort: »Gewiß, ihre Keramiken haben sie mit lebhaften Szenen bemalt. Diese zum Brennen geeigneten Substanzen ergaben sämtlich monochrome Grundfarben. Staffelei, Pinsel und Palette kannten die alten Griechen nicht. Was sie in Überfülle hatten und haben, ist das Licht. Und dieses Licht läßt ihre Farben, falls nicht aus Stein oder gebrannt, sehr bald erblinden. Außer das Weiß ihrer Häuser und das Blau deren Sockel.« – »Das Licht an diesen Küsten und auf diesen Inseln hat eine magische Macht über die Menschen«, begeisterte sich

Günther. – »Und wie das Licht, so der Geist – irgendwie erleuchtet. Findet ihr nicht?« – Es war Heiner, der sich nun wieder meldete. »Sie haben Kriege geführt, um zu überleben. Oder in Troja um Helena, eine schöne Frau – man staune! Kein Grieche war's, ein Makedonier, der die Welt im Handstreich bis zum Hindus nahm, Alexander. Doch es waren die Griechen, die ihre Götter für sich raufen ließen.«

Johannes mahnte jetzt ungeduldig: »Vergeßt nicht, auf's Meer zu schauen. Wollt ihr heute Abend nicht mehr glücklich werden?« – »Tu nicht so. Du warst es schon gestern«, wandte Günther ein. Dann hielt er ihnen sein frisch gefülltes Glas Wein unter die Nasen und rief: »Yia sou – hallo« und »Yia mas!« Sie stießen mit den Gläsern an und sahen zum Meere hin. Schließlich versicherten sie sich gegenseitig, auch heute Abend glückselig zu sein. Da begann Heiner seine zweite Geschichte.

N wie Nothburga: Du mieser Mensch!

Eigentlich heißt sie M wie Marietta. Da das M aber schon besetzt ist und ich auf keine von diesen beiden verzichten möchte, erhält sie hier den Namen, der mit dem nächsten Buchstaben im Alphabet beginnt, eben mit N – wie Nothburga, außer der Reihe mit einem *h* hinter dem *t*. Ein wenig altbacken der Name, zugegeben, obwohl sie ein Jahr jünger ist als ich. Doch die eine oder andere Ansicht, die sie damals von ihren gestrengen Eltern übernommen hatte, und daß sie ihre Briefe noch immer in altdeutscher Sütterlinschrift schreibt, die kaum noch einer lesen kann, rechtfertigen die ungefragte Namensgebung.

Ja, damals. So beginnen manche Memoiren. Warum nicht auch diese? Man schrieb 1950. Es war Sommer an der Uni Mainz, Sommersemester, das bekanntlich mit vorlesungsfreien Ferien endet. Auch das »geschah am hellichten Tage«. Wir hatten dieselben Fächer und sahen uns täglich. Sie war der erste Mensch aus Trier, der mir begegnete. Sie war neunzehn Lenze jung. Ihr Vater war Rektor einer Pädagogischen Akademie, Gott hat ihn selig. Denn er hatte sechs Töchter. Sie, die jüngste, war das, was man eine höhere Tochter nannte. Ich – ein Noch-gar-nichts. Wir waren zu dritt, nämlich sie, ich und Gerhard, dem ich sie gerne überlassen wollte. Wir Männer trafen uns heimlich, und ich sagte ihm, daß er sie haben und behalten könne. Weil ich fest besetzt sei. Er war einverstanden, und ich dachte, jetzt bin ich sie los. Doch nach dem dritten Semester wollte sie mich nach Innsbruck entführen. Ich weigerte mich standhaft. Um sie zu versöhnen, lud ich sie auf die Bunte Kuh ein, das ist wohl heute noch das Kaffeeschiff am Mainzer Ufer des Rheins.

Dies war sozusagen der Tatort. Irgendwann fragte Nothburga in die drückende Hitze des Nachmittags, was ich denn so läse und ob ich einen gewissen Stefan Andres kenne. »Nein«, stotterte ich. »Was, den berühmten Dichter, den kennst du nicht?« Nein, ich kannte ihn wirklich nicht, hatte keinen Roman und nicht eine Novelle von Andres gelesen, keines seiner Dramen und auch kein Gedicht. In der Schule hatte der Deutschlehrer ihn nicht erwähnt und wahrscheinlich auch nicht gekannt.

»Du kennst also Stefan Andres nicht?« kam es wie vom höchsten Gericht.

»Nein«, sagte ich zum dritten Male. »Ich lese Werner Bergengruen, Ernst Wiechert und wenn du willst auch Novalis – Freiherr Leopold Georg Philipp Friedrich von Hardenberg, 1772 bis 1801«, versuchte ich mich zu retten.

»Und wen sonst?« fragte Nothburga im Tone eines Scharfrichters.

»Erich Maria Remarque«, sagte ich unschuldig. »George Orwell, Constantin Virgil Gheorghiu …«

»Hab' davon gehört, kenne ich aber nicht«, bemerkte sie schroff.

»Bert Brecht«, schlug ich versöhnlich vor. Welch ein großer Dramatiker! Natürlich wurde er an der Uni damals totgeschwiegen.

»Pfui«, sagte sie, »ein Kommunist!«

»Tucholsky«, bot ich an.

»Noch ein Kommunist!« stellte sie höhnisch fest.

»Dann wenigstens Borchert, Wolfgang Borchert«, begehrte ich auf. Für mich galt Borchert als der Nachkriegsautor schlechthin. Sein Hörspiel »Draußen vor der Tür« war mir 1947 eine Offenbarung, die noch immer anhielt. Im Herzen trauerte ich um seinen frühen Tod. Da konnte sie nicht mitreden. »Weißt Du, ich kann Dir ein Gedicht von ihm aufsagen:

›Ich möchte Leuchtturm sein / in Nacht und Wind –
für Dorsch und Stint / für jedes Boot –
und bin doch selbst ein Schiff in Not.‹«

Oder, fuhr ich hastig fort:

»›Blume Anmut blüht so rot / Blume Huldvoll blüht daneben.
Blume Anmut ist das Leben / Blume Huldvoll ist der Tod.
Süß und herbe ist das Leben / herb die Lust und süß die Not,
Blume Leben blüht so rot / Blume Tod blüht blau daneben.‹«

»Das soll Lyrik sein?« lachte Nothburga spöttisch. »Aus dem wird nichts.«

»Borchert ist tot, ganz jung gestorben«, beeilte ich mich zu erklären. »Tuberkulose. Die hatte er sich in den Gefängnissen der Wehrmacht geholt.«

Dennoch unbeeindruckt setzte sie das Verhör fort: »Du hast also keine Ahnung von ›Utopia‹, ›El Greco‹, ›Die unsichtbare Mauer‹? Sag' mal, schämst du dich nicht?«

Ich wollte mich verteidigen. Das Recht auf das letzte Wort mußte mir zugestanden werden. So stammelte ich: »Es gibt ja noch Böll. Heinrich Böll. Von dem habe ich schon gehört und den will ich … Ist doch auch ein christlicher Dichter, etwa nicht?«

Da holte sie aus, schlug zu und vernichtete den Rest meines Selbstbewußtseins: »Du … du ungebildeter Bursche, du mieser Mensch! Wer bist du denn? Bist du denn überhaupt katholisch?«

Das wußte ich in diesem Augenblick selber nicht. Doch da ich mich gegen diese Wucht eines frontalen Angriffs nicht zu wehren vermochte, schwor ich mir im Stillen, diese Nothburga bei Gott nicht zu heiraten und ihren Andres nie und nimmer zu lesen – keine Zeile!

Nothburga zog nach Innsbruck, mit Gerhard – der sollte später bei Helmut Kohl Kultusminister werden – drei Tage vor der Vereidigung fuhr er sich tot. Ein wirklicher Verlust für das Land! – Doch zunächst waren die beiden über alle Berge, die Luft war rein und ich konnte mir im Spiegel wieder in die Augen sehen. Ja, die Welt war für mich auch ohne Andres sehr in Ordnung.

Das Schlimmste sollte noch kommen. Um Nothburga meine Haltung ihr gegenüber zu erklären, schrieb ich ihr nach Semesterschluß von daheim einen Brief. Ich hatte ja nichts gegen sie als Mädchen oder als Frau, nur: Ich war schon vergeben – und dankte es meinem Schöpfer alsbald auf Knien. Denn der Brief kam ungeöffnet zurück. »Annahme verweigert«. Meine Mutter, die die Post mitgebracht hatte, sah mich lange wortlos an. Dann sprach sie erschüttert: »Sag mal, was hast du denn da angerichtet?« Sie war noch aus der sogenannten guten alten Zeit, sprich: aus einem Dresdener Pensionat. Daß da eine junge Dame rotzfrech zu ihrem Sohn wäre und sonst zwischen diesem und ihr nichts gewesen sein könnte, das verstand die liebe Mutter nicht.

In der letzten noch gemeinsamen Seminarveranstaltung Mittelhochdeutsch – wir saßen zu dritt in der ersten Reihe – hatte der Professor noch die Ambraser Handschrift erwähnt, die aber nicht in Innsbruck auf Schloß Ambras, sondern in einem Wiener Museum läge. »Gehst du jetzt endlich mit nach Innsbruck?« fuhr sie mich an. »Nein, das habe ich dir schon …« Da trat sie mich vor das Schienbein, rechtes oder linkes, egal – und mir entfuhr ein lautes »Au!« Unser Prof war leicht verwundert und hielt einen Augenblick lang inne: »Ist da etwas?« – »Nein!« antwortete Nothburga höflich, aber bestimmt. Ich kam erst gar nicht zu Wort. Ein Semester danach gab es auf Schloß Ambras Studierende, die Gäste führten, eine Gästeführerin darunter, die die Grafen von Tirol vor den erstaunten Touristen als Ausbeuter und Lumpen beschimpfte, und das in drei Sprachen. Und wieder ein Semester später war Nothburga Schloßherrin auf Ambras. Sie gebar dem Custos – die Tiroler sind lustig! – sechs Kinder und wurde, als junge Großmutter mit einer Wiese voller Enkel, Frauenbeauftragte dieses gottesfürchtigen Landes.

Wir treffen uns selten. Denn meinen Schwur hielt ich 19 Jahre lang, bis zu dem Tag des Jahres 1970, als ein guter Geist mich aufforderte, dem soeben in Rom verstorbenen Dichter Stefan Andres eine Totenfeier auszurichten. Noch im Vorjahr hatte ich es verschmäht, den nunmehr Verstorbenen in meiner Stadt zur Kenntnis zu nehmen, als er in der Volkshochschule aus seinen Werken las. Und jetzt gleich diese Feier? Es gab kein Entrinnen mehr, und ich überwand mich. Es blieb wenig Zeit zur Vorbereitung, denn ewig konnte der berühmte Mann ja nicht tot sein. Der Bürgermeister stellte den größten Raum in Andres' einstiger Schule zur Verfügung. Ein von der Bühne her allseits bekannter Schauspieler übernahm die allfälligen Rezitationen. Irgendjemand musizierte feierlich, und alles war so ergreifend, daß die zwanzig bedächtigen Leute in den beiden ersten Reihen – alles Verwandte des Dichters – die Ohren und auch den Mund nicht zu bekamen vor lauter Verwunderung: »Dieser … dieser … Rumtreiber, dieser Taugenichts, dieser Deserteur, der Steff, der soll so hochangesehen sein?« Nun, es war ein Sonntagmorgen, und niemand wollte den Tag des Herrn schon so früh durch ungehörige Worte entweihen.

Aber der Pfeil in Mainz hatte getroffen und schmerzte noch, als dann acht Jahre später ein Gedenkbrunnen für den Dichter in der Stadt seiner Kindheit enthüllt werden konnte. »Ich kenne keinen anderen Dichter, dem in Deutschland ein solches Denkmal gesetzt wurde – so schön, so reich, so überzeugend!« rief Klaus Piper aus, Andres' Münchener Verleger, als er den Brunnen 1995 erstmalig sah. Immerhin war die Einweihung des Brunnens im Juni 1978 ein besonderes Fest gewesen. An die 400 Stifter waren eingeladen worden, die meisten erschienen auch. Zwei Musikkapellen und die Illustrissima Signora Dorothee aus Rom, agile Witwe des Dichters, stiegen mit auf's Schiff. Es wäre eine Abendfahrt unter Sternen geworden, wenn es nicht geregnet hätte. Nach ihrer Heimkehr schrieb die Signora an Nothburga einen Brief, in welchem sie ihr dankte. Den Dank hatte die sich eigentlich nicht verdient – außer, daß sie mich auf Andres gestoßen hatte. Wundgestoßen.

Wir begegnen uns im Laufe der Zeit immer einmal wieder, der Abstand zwischen den Daten beträgt nun keine neunzehn Jahre mehr. Unsere Beziehung ist friedlich geworden, und kürzlich schickte sie mir einen Brief sogar mit der Anrede »Liebster!« Damit hatte sie einen freundschaftlichen Ton angeschlagen, den sie im Text durchhielt. Ich freue mich darüber. Ja, natürlich. Aber Liebster? Entsprechend gestimmt sind nun meine Briefe an sie – einer pro Jahr. Seliger Stefan Andres, der du dich auf dem Deutschen Friedhof bei St. Peter im Vatikan von deinem fünfzigfachen Lebenswerk ausruhst, steh' mir bei, damit Nothburga nicht wieder rückfällig wird! Denn einen Streich hat sie mir noch gespielt, das war aber vor ihrer Bekehrung. Ich fuhr nach Innsbruck, um dort morgens einen berühmten Graphiker zu sprechen und am Nachmittag mit Nothburga zu verhandeln. Es ging um vier Sendungen einer zwölfteiligen Staffel für den Hörfunk. Das Gespräch mit dem Künstler – es ging um eine Ausstellung, die ich von ihm wünschte – verlief rasch und für mich, später auch für ihn erfolgreich. Wieder bei der Hungerburg, ließ Nothburga auf sich warten. Als sie am Mittag kam, war ihr erster Satz: »Ich habe Hunger!« Dagegen konnte man etwas tun, und so lud ich sie gleich da oben zu Tisch. Erst nach drei Uhr waren wir in ihrer Wohnung, vorher war sie nicht verhandlungswillig gewesen. »So, nun bleibst du schön hier, da – setze oder lege dich, hier hast du eine Decke, wenn es dir zu kühl ist. Also warte schön, ich habe einen Termin im Sender. Bis gleich!« Und weg war sie.

Ich war zu verblüfft, um ihr zu erklären, daß dies gegen unsere zeitliche Abmachung sei und mein Zug um 23.10 Uhr ginge, unwiderruflich. – Sie erschien gegen 19 Uhr, angeschwipst, schließlich sei es ihre fünfzigste Sendung gewesen, die der Herr Intendant habe begießen lassen – nur ein wenig. Wenn das stimmte, so verträgt sie nicht viel Schampus. Und wieder war ihr erster Satz: »Ich habe Hunger, jetzt geh'n wir essen!« Höflich schloß ich mich ihren Gefühlen an. Sie wollte partout in das französische Restaurant auf der Maria-Theresien-Straße. Es war auch französisch teuer. Nothburga aß und aß und bestellte immer noch etwas nach. Als Vater hätte man seine Freude dran haben können. Die Zeit verging, und als ich wieder auf die Uhr schaute, da war es kurz vor elf. »Nimm ein Taxi«, riet sie freundlich. Ich zahlte und ließ das Taxi kommen, sonst wäre der Schlafwagen fort gewesen. Und daß ich bei ihr, in ihrer Wohnung schliefe, das wollten wir wohl beide nicht. »Dann besprechen wir deine Sendungen eben schriftlich«, sagte sie schon auf dem Bahnsteig. Ach, Nothburga, deine Manuskripte sollten sie schon werden, aber ich kann nicht dafür, daß sie nicht die besten in der Staffel waren. Wenn du statt reden auch mal zuhören könntest! Aber du hattest ja immer das große Wort. Gottlob nicht nur bei mir.

Man kann nicht alle küssen! Oder doch – ein bißchen?

Endlich mal was Lustiges!« nickte Günther anerkennend. »Ich habe schon befürchtet, du hättest dich umgebracht – oder sie.« – »Wenn ihr euch wiederseht, dann grüß' sie mal schön von uns, wir kennen jetzt ihre Personalakte, haha!« Johannes griente und fuhr lachend fort: »Wenn sie immer einen so gesegneten Appetit hat, ist sie dann nicht sehr korpulent? Und kann sie dich etwa noch aufregen?« – »Keine Bange!« versicherte Heiner. »Sie war immer schlank und ist es bis heute geblieben. Und da sie nie viel Geld hatte, ließ sie sich schon in Mainz gerne einladen. Ihre Ponyfrisur hat sie übrigens auch beibehalten, unverkennbar.« – Die Anderen waren sichtlich bemüht, sich Nothburga mit und ohne h hinterm t im Namen vorzustellen. Sie tranken, damit es ihnen besser gelänge. »Kannst du sie uns nicht ein bißchen konkreter beschreiben? Der Johannes sucht vielleicht wieder ein Modell …!?« – »Warum nicht?« lachte Johannes. »Für eine Büste!« Günther, der Maler, dachte ähnlich: »Für ein Portrait wäre sie mir interessant.« – Sie war und ist ein feines Mädchen, Freunde«, stellte Heiner mit Nachdruck fest, so daß die Anderen still wurden. »Außerdem geht sie euch gar nichts an. Aber wenn ihr brav seid, dann hört noch meine nächste Geschichte. Vielleicht findet ihr da noch ein weiteres Motiv.«

O wie Ortrud: Ein dreifaches »Laß das!«

»Heißer Kuchen!« Ich meine die dunkel geraunte Parole noch zu hören. Eine Göre signalisierte sie der anderen, was heißen sollte, daß er aufgetaucht sei, um die ältere Schwester der ersten Göre zu erwarten. Er, das sollte ich sein. Sie, das war Ortrud. Die beiden Wächter kannte ich nicht.

Ich hatte Ortrud am Bootshaus gesehen. Mit geliehenem Paddelboot war ich auf dem Kanal geschippert, dessen Ufer inzwischen geflickt waren und dessen Wasserstand ausreichte, Industriekähne wieder verkehren zu lassen. Ortrud hatte da nur gestanden und jemanden erwartet. Ich hatte keine Ahnung, wer sie war und wie sie hieß. Sie kam mir mädchenhaft vor, und ich suchte ein Mädchen. Eine Freundin, jemand, mit dem ich außerhalb meiner Schulkameraden über andere Dinge sprechen konnte als über die nachmittags gemeinsam verrichteten Schulaufgaben. Meine drei Schwestern und mein Bruder arbeiteten oder lernten auswärts, wir sahen uns selten. Aus Gründen, die unter J wie Joanna dargetan sind, hatte ich zu meiner Mutter kein natürliches Verhältnis. Ich war zu der Zeit also recht einsam und wünschte mir darum die Freundschaft eines Mädchens, dem ich mich würde anvertrauen können. Wir hatten unsere Heimat verloren und mußten uns in die neue einfinden. Zur Schule lief und fuhr ich in die Nachbarstadt und kämpfte eine Oberstufe lang um den für mich lebenswichtigen Abschluß. Nebenbei schrieb ich – rasender Reporter mit Baskenmütze – für die Lokalteile zweier Zeitungen zu acht Pfennig die gedruckte Zeile. Ich war Siebzehn und voller Träume.

Da sah ich Ortrud und wünschte mir, daß sie es wäre, die meine Freundin würde. Es gelang mir, sie auf der Straße anzusprechen und sie zu bitten, am kommenden Sonntag mit mir auf die Kirmes zu gehen – zu Hause sagten wir Rummel; der in unserer Großstadt war freilich größer gewesen als dieser hier. Doch auch hier gab es, wenn schon keine Achterbahn, eine sogenannte Raupe, unter deren Hülle man sich während der wilden Fahrt ein bißchen verkriechen konnte. Ortrud erschien und begrüßte den »heißen Kuchen« freundlich. Wir stiegen in das Karussell, die Gören in das Abteil hinter uns. Die Fahrt ging los, und die beiden kicherten vernehmlich, als das Verdeck sich schloß. Klar, daß sie uns meinten. Ich blickte Ortrud dankbar an und sagte sicher etwas ganz Törichtes. Sie genoß die erste Fahrt und auch die zweite. Bei der dritten Tour wurde ich ihr lästig. Warum? Die ganz Zeit über ihr in die Augen zu sehen und vor Glück kaum ein vernünftiges Wort herauszukriegen, ging nicht. Und so hatte ich versucht, ihr – sie saß rechts von mir – das Knie zu streicheln, wozu es beim derzeitig in Mode gekommenen New Look nötig war, eine Unmenge Stoff abzuheben.

»Laß das!« befahl sie. »Du machst mir sonst meine neuen Strümpfe kaputt, und Nylons sind sehr teuer.« Also nicht wegen ihrer schönen Beine, sondern wegen der Strümpfe. Man lernt dazu. Doch ich war enttäuscht. Konnten Strümpfe so wichtig sein? (Polli am Deich hatte keine angehabt.) Doch ich hatte noch keine Ahnung von Mädchen, das reichte ihr. Ortrud stieg vor einer vierten Runde aus und war schon verschwunden, ehe ich mich umsah. Das Gedränge auf dem Platz bot ihr jede Möglichkeit zum Untertauchen. Ich war wieder – doch was heißt wieder? – immer noch allein.

Ortrud blieb mir verborgen, obwohl sie eine Schwester nahe meinem Schulweg wohnen hatte. Ich hoffte immer wieder, ihr dort zu begegnen. Es ergab sich nicht und wieder nicht, und ich mußte die Schöne für meine Erwartungen abschreiben. Ein Freund besorgte mir ein Bild von ihr, das ich noch heute verwahre. Gestern habe ich sie außerhalb ihres Geburtstags angerufen, um ihr das Manuskript dieser Geschichte anzukündigen; es war schon spät, doch es wurde ein langes Gespräch, bis sie klagte, daß sie friere und wieder ins Bett wolle. Wir verstanden uns, als wäre zwischen uns nie eine Leere gewesen.

Als ich nicht nur die Schule, sondern auch die Universität hinter mich gebracht hatte, da erschien Ortrud plötzlich in der

Alpenstadt. Sie besuchte eine Freundin aus unserer Heimatgemeinde, bei der ich sie antraf, einigermaßen verblüfft. Denn sie und ihre Freundin lagen nebeneinander in dem einzigen Bett des Zimmers; als ich nach dem Anklopfen eintrat, zogen sie beide sich die Bettdecke bis unters Kinn. »Oh«, entfuhr es mir amüsiert, »Ihr friert mitten im Sommer? Da solltet ihr euch wärmer anziehen.« Zur Antwort schlugen sie wie auf ein Stichwort die Bettdecke bis zum Bauchnabel hinunter und lachten schadenfroh – zumindest bis dahin hatten sie gar nichts an. Es war ein durchaus schöner zweifacher Anblick, doch anstandshalber drehte ich mich viel zu bald um, damit sie Gelegenheit hätten, sich etwas überzuziehen. Doch sie dachten nicht daran. Es gefiel ihnen, meine Verwirrung zu testen, und sie waren nur so stark, weil die jeweils andere Freundin mit dabei war. Da ging ich grußlos, habe es später aber doch bereut. Meine Kusine hatte das Zimmer nebenan gemietet, zu der hatte ich gewollt; doch die war nicht da.

Mein Studentenverein feierte das Stiftungsfest, und am Gala-Abend in den Stiftssälen gab es außer den üblichen Reden Musik und Tanz. Ich hatte dann doch noch meine Kusine einladen können, wie denn wohl anders. Auch Ortrud erschien, groß aufgemacht – da habe ich noch ein Foto, im Gefolge ihrer Freundin. Ich bat einen Bundesbruder, sich um Ortrud zu kümmern, ich selber würde nur den ersten Tanz mit ihr machen. So schlecht sähe sie gar nicht aus, im Gegenteil. Er war schnell überzeugt, und so geschah es.

Morgens um vier, es fing an zu tagen, zelebrierte mein Verein einen großen Abschied, denn ich wollte anderntags heim, nach fünf Semestern dort Schluß und Ende. Ortrud stand mitten unter uns und reichte vielen die Hand. Als die Reihe an mich kam, faßte sie mich unter und zog mich weg. Wir spazierten vorbei an der Hofburg zum Hofgarten, den man am Abend vorher wohl zu schließen vergessen hatte. Dort umarmte sie mich heftig und ließ mich ihre Brüste spüren. »Alles ist gut«, flüsterte sie. Was heißen sollte: Jetzt kannst du mich haben, nicht nur als Freundin. Aber nichts war gut, gar nichts. Ich war schroff zu ihr, zu hart gegen mich selbst und gegen sie. So einfach bin ich nicht mehr zu haben, dachte ich, da war bei mir noch immer verletzter Stolz im Sinn, wahrscheinlich sogar Eitelkeit, zugestanden. Andererseits hatte ich auf Edith verzichtet oder immerhin den Versuch, sie zu gewinnen. Doch vor allem war ich bereits mit Mary verlobt, wir wollten heiraten. Da gab es kein Wanken.

Ich traf Ortrud einige Tage später in dem inzwischen zur Stadt gediehenen Städtchen, in dem ich nach der Vertreibung heimisch geworden war und in dem Mary geboren war und lebte. Ortrud sah an mir vorbei. Anscheinend hatte ich sie tief gekränkt. Was aber hatte sie von mir erwartet? Sie war noch so jung, wenn auch zwei Jahre älter als ich, und hat ihren Geburtstag am 29. Februar. Als inzwischen vom Leben einigermaßen aufgeklärter Mensch denke ich, daß auch sie noch unerfahren war, wie wir fast alle noch in unserem Alter. Vielleicht hatte sie sich wirklich nichts Besonderes dabei gedacht, als sie mir entgegenkam – und verlobt war nicht verheiratet. Sie wußte, daß ich sie ehrlich verehrt hatte. So habe ich sie längst vor mir und ihr entschuldigt und meine Hochachtung für sie bewahrt. Jahre später verband sich ein Freund mit ihr, der jünger ist als ich, der ich bis heute nicht weiß, wie er es geschafft hat, sie für sich zu gewinnen.

Nur dreimal habe ich Ortrud seitdem wiedergesehen. Beim ersten Mal begleitete Mary mich, und wir wurden in ihrem prächtigen Bungalow großzügig aufgenommen. Als ich später noch einmal kam, waren sie und ich allein, ihr Mann irgendwo unterwegs, wir hatten einen ganzen Tag Zeit füreinander. Endlich, endlich wollte ich mich aussprechen, aussöhnen, doch sie wünschte es nicht. »Laß das!« sagte sie, ganz wie damals in der Raupe. Ich schwieg. Wir wollten ins Städtchen, und da kleidete sie sich vor mir um. Es gab keine Nylons und keinen langen Wollrock mehr, da trat mit Ortud eine Frau in Erscheinung, die sich ihrer selbst sicher war und die wußte, welche Wirkung sie auf einen Mann ausüben konnte. »Du sollst wenigstens wissen, worauf du verzichtet hast«, lachte sie leise und stand einen wunderschönen Augenblick lang da, so daß es mir den Atem verschlug.

Das war vor zehn oder mehr Jahren. Sie war und ist sicher noch immer verehrenswert schön. Mary und ich sollten einmal wieder hinfahren. Ihr Mann hatte sich damals im Nachbarort einer anderen Frau zugewandt, die er länger kannte als Ortrud. Warum er nicht sie geheiratet hat, ist mir ein Rätsel. Ortrud war zu der Zeit viel allein. Ihre zwei Kinder sind ihr längst entwachsen. Da lebte sie nicht allzu geborgen in ihrer Pracht und hätte sich doch ein anderes Leben verdient gehabt. Vor Jahren erkrankte ihr Mann ernstlich und hat sich seitdem noch nicht wieder erholt. Nun endlich ist er viel um sie herum, doch um welchen Preis! Ob sie mit mir glücklicher geworden wäre? »Laß das!« hatte sie mir zweimal gesagt. Und auch dieses Mal ließ ich es, was immer »es« bedeuten mochte. Und war bemüht, sie nicht noch einmal zu verletzen.

Es ist lange her, wir beide sind reifer geworden, und manches ist uns nicht mehr so wichtig. Doch so ganz gehorchen kann ich ihr bis heute nicht. Jedesmal zum Geburtstag, nicht allein im Schaltjahr, rufe ich sie an und wünsche ihr Gesundheit und Glück. Sie dankt mit ihrer immer noch kindlich anrührenden Stimme, als wäre sie selbst es gewesen – die mit dem heißen Kuchen, und nicht ihre jüngere Schwester.

Erst gehst du ran wie ein Mittelstürmer, und dann verkriechst du dich hinter deinen Prinzipien. Lieber Heiner, das ist uns schon gestern und vorgestern aufgefallen. Wir glauben, du kannst vor lauter Verantwortung nicht aufrecht gehen.« Darin war sich Günther mit Johannes einig. Der Angesprochene antwortete nicht. Schließlich sah er die Freunde nachdenklich an und fragte. »Und ihr? Seid ihr immer gleich drauf und los? Dann bekämet ihr keine Modelle mehr, ihr wißt es selbst. Und Töchter habt ihr doch auch. Sind denn anderer Leut's Töchter für euch Freiwild?« – »O Gott, was für unziemliche Gedanken! Um nicht zu sagen unanständige.« Johannes wollte das Thema wechseln. »Da muß ich an ein wunderbares norddeutsches Mädchen denken, dessen Spur ich leider verloren habe. Sie war die Einzige, die mich damals verstand und mir half, einfach so. Auch ich war damals nämlich ohne Fahrkarte durch ganz Deutschland gefahren – worden. Interessiert's euch?«

Sie bejahten, und Johannes sprach, ohne aufzusehen, vor sich hin.

P wie Polli: Ein Stück Brot

Der Menschenviehtransport war in den ersten Märztagen 1946 spätabends an sein Ziel gekommen und hatte seine erschöpfte Fracht abgeladen. »Alles aussteigen, Nordenham.« Bahnhofsmission und Rotes Kreuz leisteten ihre guten Dienste. Nordenham? Nie gehört. Es dunkelte früh, und aus den neugierig geöffneten Waggontüren hatte man nicht mehr viel erkennen können. Am Mittag waren wir durch Bremen gerollt, der Zug hatte erst außerhalb der Stadt gehalten. Wir waren ja auch keine normalen Reisenden. Wir, im engeren Sinne, das waren unsere Großmutter, meine Mutter, Onkel, Tante und sechs Kinder. Die Nacht verbrachten alle aus Schlesien Gekommenen im Gymnasium. Wir lagerten uns auf dem blanken Boden, immerhin war es geheizt. Am nächsten Morgen wurden wir auf die Stadt und die umliegenden Gemeinden verteilt. Das ging nüchtern bis freundlich zu, und die Einheimischen sprachen einen schönen Dialekt. Uns Zehn wurden Zimmer in zwei Kapitänshäusern und zwei Matrosenhäusern zugewiesen. Identification Card, Lebensmittelmarken, Impfausweis. Die Engländer hatten uns beim »Betreten« der Britischen Zone mit DDT bestäubt. Gegen Ungeziefer, sagten sie auf deutsch. Nun waren wir bei den Amerikanern, die von Bremen bis Bremerhaven ihres Nachschubs wegen eine Enklave in Besitz genommen hatten. Unsere Gemeinde heißt Blexen, sie liegt Bremerhaven gegenüber, dazwischen strömt die Weser. Bei uns daheim hatte der Strom Oder geheißen, und zwei seiner Nebenflüsse hießen beide Neiße.

Am nächsten Tag hatten mein jüngerer Bruder und ich Hunger. Die Bratkartoffeln bei unseren Wirtsleuten dufteten umwerfend. Eine Woche und zwei Tage nichts Warmes gegessen. Wir gingen zum Anleger, wo die Fähre von und nach Bremerhaven stündlich festmachte und wieder losmachte und wieder kam und wieder ging. Wir kannten keine großen Schiffe. Die Fähre war wohl heil über den Krieg gekommen. In unserer hungrigen Langweile erkundeten wir schließlich den Friedhof. Was tut man nicht, um der Versuchung, die Küche der Wirtsleute zu stürmen, noch rechtzeitig zu entgehen. Da sahen wir einen Grabstein, der wohl schon sehr alt sein mochte. Darauf stand etwas für uns so Unglaubliches, daß ich es bis heute so ungefähr behalten habe, obwohl es auf Platt gereimt war:

»Gliks achter der Kerken
Da leggt Johannes Derken.
In siner Jugend was he 'n Ferken,
In sinem Oller was he 'n Swin.
O Gott, wat mug he nu woll sin?«

Humor hatten die hier, doch auch etwas für uns zu essen? Am Tag danach trieb es meinen Bruder und mich zur Schule. Die stand in Nordenham, wir kannten sie ja schon. Es gab eine Bahnverbindung; die Aufnahme in die Klassen war kein Problem für uns, jeder von uns hatte sein Zeugnisheft »auf die Flucht« mitgenommen. Nach fast zwei Jahren wieder Schule! Das in den sechs Wochen im Frühjahr 1945 auf der Penne in Radebeul Gelernte war wieder vergessen. Karl May war mir dort wichtiger gewesen. Und in die Sommerferien 1944 hatten die braunen Endsieger uns erst gar nicht mehr ziehen lassen, wir Vierzehnjährigen wurden einberufen zum Ostwallschanzen. Da lagen wir bis Weihnachten in irgendwelchen Wäldern, hoben nie verteidigte Gräben aus und sägten Unmengen Holz mit klammen Fingern. Nach der Arbeit schikanierten uns stramme Helden der Hitlerjugend, sie ließen uns exerzieren, bis wir vor Müdigkeit umfielen und in den Strohballen der Scheune versanken. Immerhin hatten wir da noch gut zu essen bekommen. Frei bekamen wir all die Monate nicht, auch am Sonntag nicht. Einer von uns versuchte es dennoch. Hitlerjugendführer schossen ihn vom Trittbrett, auf das er beim Anfahren des Zuges aufgesprungen war. Er starb noch in der Nacht. Am Morgen war seine Leiche verschwunden. So waren mit den genannten Unterbrechungen ein und ein dreiviertel Jahr vergangen, ehe für mich endlich wieder ein geordnetes Schulleben beginnen konnte.

Die Klassen waren gemischt, und es fielen mir zwei Mädchen auf, für die ich mich ein wenig und ein wenig mehr erwärmte. Die eine hieß Annelie und die andere Polli. Polli war ihr Spitzname, weil sie Pohlmann hieß. Ihren Taufnamen weiß ich nicht mehr, vielleicht habe ich ihn auch nie gehört. Aber vielleicht war sie gar nicht getauft, wer konnte das wissen? Hier im kühlen, nüchternen Norddeutschland war alles angeblich gottlos heidnisch. Also nennen auch wir sie Polli. Und sie wurde mir in den paar gemeinsamen Schultagen zu einer fabelhaften Kameradin. Sie war der einzige Mensch damals an der Weser, der mich ernst nahm. Irgendwie hatte sie Mitleid mit mir. Zum Abschied schenkte sie mir ihr Foto. Ich habe es verwahrt. Da schaut mich Polli lachend an, ihre rotblonde Mähne zurückgeworfen, sich rückwärts an die Düne lehnend. Ich war zwar hungrig, aber nach etwas recht Banalem. Ein Stück Brot!

Auf dem Weg von der Schule zum Bahnhof hatte ich auf der Straße im Regen eine Scheibe Brot gefunden, nicht lange überlegt, mich kurz umgesehen, die Scheibe aufgehoben, ehe vielleicht jemand Anderes kam, der ebenfalls Hunger hatte und mir vorgriff. Ich verschlang die glitschige, schmutzige Scheibe und fühlte mich zu gleichen Teilen gedemütigt und gestärkt.

Eines Tages wurden in der Schule Zettel verteilt. Die Amerikaner luden uns für den Nachmittag zu einer Jam Session ein. Die meisten in unserer Klasse wußten nicht, was das heißen konnte, und gingen nicht hin. Polli meinte, nur Jam – sie hatte in der Pause in der Schülerbücherei ins Lexikon geschaut – könne es nicht sein. Sie habe noch nie gehört, daß die Amerikaner Marmelade verteilten. Das Wort Jam Session stand in dem Buch nicht drin. Wir gingen also hin und erlebten etwas Neues, eine Art Jazzkonzert. Die Jungs spielten so begeistert, daß sie uns mitrissen, sie hatten eine Riesentrompete, aus der ziemlich dumpfe Töne quollen. Mit fiel auf, daß sie, obwohl in Uniform, in schwarzen Halbschuhen dasaßen, sonst trugen sie Schnürstiefel mit dicken Gummisohlen. Das alles hatte es bei den Soldaten, die ich bisher kannte, nicht gegeben. Auch der Umgang der Soldaten, deren Rang an ihren Abzeichen kaum auffiel, war bei weitem nicht so zackig wie bei den unseren. Polli konnte schon einige Schlager mitsingen, sie lachte und sah mich zweifelnd an, warum ich nicht so lachen konnte. Nachher bot ihr einer der Soldaten an, es war ein Schwarzer, sie nach Hause zu fahren. »Du fährst mit!« entschied sie rasch, und mir war, als sei der Ami leicht enttäuscht gewesen. Die Weißen hatten doch immer Mißtrauen gegen sie. »Er hat dich so komisch angeguckt«, sagte ich leicht zu ihr – und spürte zum zweiten Mal eine Eifersucht in mir aufsteigen. Die war anders, echter als vor zwei Jahren daheim bei Annelies. »Er kennt mich«, gab sie zurück, »er war schon Gast bei meinen Eltern.« Mein Gott, dachte ich erschrocken, will er Polli etwa heiraten? Man hörte von solchen Besatzerehen, die deutschen Mädchen gingen gern mit den Amis, und manche folgten ihnen sogar nach drüben. Ach was! sagte ich zu mir, und im übrigen, ich fuhr zum ersten Mal in einem Jeep. Der Schwarze ging mit in das Haus, in dem Polli wohnte. Es hätte doch auch ein Weißer sein können, hatte ich etwas gegen Schwarze? Mir kamen Tränen, ich war zwar weiß und dennoch ein Garnichts, so lief ich durch meine Einsamkeit zum Bahnhof.

Eine oder zwei Wochen später stieß mich Polli an, grinste und fragte: »Hast du etwas dagegen, wenn du mal bei uns vorbeikommst? Ich habe meinen Eltern von dir erzählt.« Jetzt ich! dachte ich traurig und verharrte einen Augenblick stur. Da sagte sie: »Es gibt auch ordentlich was zu essen. Das ist gut für dich, du schmales Hemd.« Hatte sie mich etwa beobachtet? Am nächsten Tag war ich zu Gast bei den Pohlmanns. Er war Studienrat an unserer Schule. Nachher schenkte er mir ein paar Bücher für die Schule, ich besaß ja noch gar keine. Frau Pohlmann wollte wissen, woher ich käme und woher die Eltern, wo die nun seien und was der Vater beruflich mache. Da die Mahlzeit schon vorbei und der Tisch mit den letzten Köstlichkeiten abgetragen war, fiel mir das unbefangene Antworten leicht. Als sie hörte, daß wir bald nach Recklinghausen ziehen würden, merkte sie auf. »Daher stamme ich von Großmutter her. Das heißt, nicht aus der Stadt direkt. Sie lebten auf einem Dorf, dem die Familie ihr Familienwappen hinterlassen hat. Früher hießen wir Von Sindern zur Goy. Ich hieß nur noch Sindern.« – »Den Namen habe ich schon einmal gelesen«, erwiderte ich. »In meinem Ahnenpaß. Ihre Familie hat in Waltrop gewohnt, stimmt es?« – Es stimmte, und die Pohlmanns verwunderten sich. Doch als verwandt konnten wir unsere Beziehung wohl nicht mehr hinstellen. Polli saß ernst dabei, sie hatte an dem Abend nicht viel geredet. Sie grübelte, man sah es ihr an. Als sie dann auf die Uhr blickte, meinte sie, daß es Zeit für den letzen Zug für mich sei. Ob ich noch etwas wünschte? Ja, ein geschmiertes Brot für meinen Bruder. Ich bekam es von der freundlichen Mutter, und der Vater brachte mich zum Bahnhof. »Wir werden auch wieder nach Recklinghausen gehen. Aber jetzt ist unser Haus dort noch zerstört. Wir müssen erst aufbauen.« Er gab mir die Hand. Was hatte sich die Welt seit jener ersten Ankunft dort geändert!

Noch einmal zog ich mit Polli in die Dünen. Sie hatte mir ihr Schulbrot mitgebracht und machte mir damit eine große Freude. Zugleich schämte ich mich dafür, und beide waren wir befangen wegen des Abschieds. Wir setzten uns in den Sand, die Möven schrien, und plötzlich barg ich mein Gesicht in ihrem Schoß und atmete himmlischen Frieden. Sie ließ es geschehen und streichelte mir den Kopf. Ihre schwesterliche Wärme tat mir wohl. Wir sagten beide nichts. Schließlich mußten wir zurück und gaben uns die Hand. »Schreib' mal«, bat sie. »Sicher«, war meine Antwort. Am nächsten Tag zog meine Familie weiter, auf Suche nach Unterkunft in der Heimat meiner Väter – Westfalen. Zunächst nach Recklinghausen, dort wurden wir wieder aufgeteilt. Was hatte Polli einmal gesagt? »Ich komme nach.« Mensch, Polli! Aber ich ging nicht dort, sondern im benachbarten Datteln auf die Schule und vergaß Polli fast über all dem Neuen. Als ich Mary zwei Jahre später die Ehe versprochen hatte, kam völlig unerwartet ein Brief von Polli. Sie würden bald umziehen; nach dem Abitur wolle sie Dolmetscherin werden. Wahrscheinlich habe ich mich bedankt. Eine Korrespondenz, der ein Wiedersehen hätte folgen können, wurde es nicht.

»Schade. Wirklich schade, daß du sie verloren hast. Als du ganz unten warst, hast du sie gebraucht, und sie hat dir geholfen. Nachher hattest du sie nicht mehr nötig, stimmt's?« – Heiner steckte diesen Vorwurf bedauernd ein: »Ja, heute bedauere ich es. Eine Freundschaft hätte es ja bleiben können. In unserem Alter gewinnt man keine Freunde mehr.« – »Und keine Freundinnen!« belehrte ihn Johannes lachend und setzte zu einer Rede an:

»Mein Lieber, wirkliche Begegnungen von Mann und Frau, Frau und Mann sind nicht selten von erotischem Anflug, unsere Natur will es so – und eigentlich noch mehr. Ihr habt doch Kinder! Das steht schon gleich zu Anfang in der Bibel. Ob aus einer solchen Begegnung dann ein Gleitflug ohne besondere Vorkommnisse, ein vager Höhenflug mit anschließend turbulentem Sturzflug oder, um im Bild zu bleiben, gar ein persönlicher Absturz wird, das liegt in unserem Charakter, in unserem Temperament, in unserem Willen und in bestimmten Umständen beschlossen – Gelegenheit macht Liebe. All die schönen Namen, die wir Abend für Abend auflisten, all ihre schönen Trägerinnen haben uns bis hierhin begleitet; sie tun es noch, wenn auch in der Erinnerung. Ihnen allen müssen wir danken. Denn es waren ja wohl keine beiläufigen Situationen, in denen ihr und ich sie kennen lernten. Oft waren es, wie wir gehört haben, ernste, jedenfalls ernst gemeinte Anlässe, die sie und einen von uns zusammenführten. Es ist doch gut eingerichtet, daß wir vor allem das Angenehme oder Erregende, jedenfalls das Gute und das Schöne, die Kalokagathia – wie die Griechen sagen – behalten. So haben wir die Mädchen und Frauen geschildert. So sollen sie uns als Geschenk erhalten bleiben!«

»Huch«, sagte Günther. »Das war aber eine Predigt!« – »Hach«, äffte Heiner ihn nach. »Dann bist jetzt du dran.« – »Hicks«, entfuhr es Johannes. »Pardon, das war der Wein.« Und dann kam Johannes der Aufforderung von Heiner nach.

R wie Ria: Süßer Vogel Jugend, fliege weiter!

»Du hast sie gern gehabt?« fragte ihre Mutter aus dem Rollstuhl. »Sehr gern«, sagte ich. »Es war nicht nur so?« – »Nein, es war nicht nur so. Aber sonst war nichts.« Die Mutter war noch nicht zufrieden. »Ich weiß, das hätte ich sonst gemerkt.« – »Dann ist es ja gut«, wollte ich die alte Dame beschwichtigen. »Aber mich hast du auch gern gehabt?« – Was sollte ich darauf antworten? – »Du kannst es mir ruhig sagen«, ließ sie nicht locker. – »Vor dir habe ich Angst gehabt. Vor uns beiden, wenn du verstehst. Du warst selbst noch jung, junge Kriegerwitwe, unerfüllt, mit Tochter. Es wäre nicht gut gewesen, für uns beide nicht. Und für Ria schon gar nicht.«

Was sollte das? Es war lange her, fast vier Jahrzehnte. Sie sah mich lange an, seufzte leise und schwieg. Worin besteht ein langes Leben? Anscheinend doch in der Summe einiger, meist weniger Augenblicke, in denen wir unsere Entscheidungen treffen, frei oder unfrei. Entscheidungen aus dem Affekt heraus – aber das sind eigentlich nur Handlungen, oder solche, die in uns unbewußt oder bewußt oder beides lange gereift sind. Zum Guten oder zum Unguten, Bösen. So ist es auch mit der Liebe. Spontaneität ist das Eine, Bedachtheit das Andere. Ria war mir ans Herz gewachsen, und da war eine gläserne Wand zwischen uns, die zwischen mir und ihrer Mutter nicht bestand. Darum das, was ich zu ihr gewandt Angst genannt hatte.

Ich mochte Ria zunächst aus einer spontanen Anwandlung. Sie war mir aufgefallen unter anderen Mädchen, sie war anhänglich, vielleicht erspürte die Halbwaise eine Art Vater in mir. Dann sah ich sie öfter, und als wir eine Redaktionskonferenz an den Strand von Santpoort verlegten, stand sie mir nahe. Abends hatten wir in Haarlem im »T' Haasje« gesessen und für unsere Begriffe herrlich getafelt. Verursacht durch die scharfen indonesischen Speisen war auch eine Menge Bier geflossen. Wegen des roten Tomatenzeugs, das sich dann als schärfstes Pfeffermus herausstellte. Als das Lokal schloß und wir zu unserer

Bleibe in Santpoort hinüberfuhren, kamen wir auf die Idee, noch ein Bad in der See zu nehmen. Es war Mitternacht, und wir waren zu fünft. Einer von uns wollte nicht ins Wasser und blieb als überflüssiger Wächter bei unserer Kleidung zurück. Zu viert tranken wir eine Flasche Genever, um uns Mut gegen die Kälte zu machen. »Bleibt wenigstens mit einem Fuß auf dem Boden. Schwimmt im Dunkeln nicht bis England«, riet Ria uns Dreien und sich selber. Es war tatsächlich kalt, doch wir froren nicht, noch nicht. Nach einiger Zeit aber war der Alkohol verheizt, und wir suchten bibbernd den Strand. Da war es noch kälter, und der Wächter, der auch den Wagenschlüssel hatte, zog mit Zweien von uns davon, als Ria rief: »Ich will noch mal ins Wasser.« – »Dann laß wenigstens die Karre schon mal warmlaufen«, riefen wir ihm zu. Er antwortete schon von oben auf der Straße: »Eure Klamotten habe ich mitgenommen.« Der schlimme Schlingel!

Ria wollte noch einmal ins Wasser. Sie warf mir ihren Badeanzug zu, es war zu dunkel, um etwas zu erspähen, und war verschwunden. Wo im schwarzen Wasser sollte ich nach ihr suchen? Endlich kam sie heraus, prustete: »Ohne Badeanzug schwimmt es sich viel schöner!«, und verlangte genau diesen von mir zurück. Ich zögerte einen Moment, doch dann ließ ich's. Nicht unfair sein! Wir stiegen nach oben zu den anderen in den warmen Wagen und waren bemüht, die Sachen über unsere nassen Körper zu ziehen, was im alten Käfer bei der herrschenden Enge keine leichte Angelegenheit war. Die drei, die voraus gegangen waren, feixten. Ria sagte nichts und war bald in ihrer Wäsche. »Wenn euch jemand gesehen hätte!« schimpfte die Kollegin. »Ohne Licht? Die hätten uns glatt versaufen lassen. Aber sie haben uns nicht einmal gehört.« Das stimmte, denn die Holländer schliefen längst fest in ihren hölzernen Häuschen am Strand.

Ria beschäftigte mich in der Folgezeit mehr und mehr. Wo sollte das hin? Nun, ich hatte im Verein einen lieben Kollegen, der war Junggeselle. Für ihn wurde es eigentlich Zeit. Zu meiner Verwunderung – oder Erleichterung? – ließ er sich Ria nicht zweimal empfehlen – wußte ich' s doch, auf ihn war Verlaß. Ein prächtiger Bursche! Zum Abschied bekam ich von ihr den einzigen Kuß (auf den Mund), und Mary und ich wurden nicht lange danach zur Hochzeit eingeladen. Kinder? Vier! Sie sind noch heute fröhlich beisammen, die Ria und ihr Josef, und sie haben ihre Mutter zu sich geholt. Die war damals noch gar nicht so alt, aber sie war krank geworden. Und so erklärt sich das Gespräch vom Eingang der Geschichte.

Irgendwie meinte ich, Ria ein kleines Denkmal setzen zu sollen, wenn auch nur auf Papier. Oder etwa mir selbst? Und so konnte man einige Zeit danach in einer Dortmunder Zeitschrift folgende Story lesen:

Ihren Namen schickte die Hütte weit voraus. »Christina – Jausenstation«. 40 Minuten stand noch da, dann das gleiche Schild: 20 Minuten. Plötzlich wurde der Wanderer aus dem Wald entlassen, da traf er auf sie. »Christina« hieß die Hütte. Faule Behaglichkeit streckte die Füße aus. Mochte die Hütte heißen, wie sie wollte, hier war gut sein in der Glut.

Seitlich wölbte sich ein Altan, der einige Tische trug. Darunter ein winziger Bach, der sich unaufhörlich selbst etwas erzählte. Er hatte noch eine Frist, bis er sich aufgischtend abwärts stürzen mußte, dorthin, wo er dem Fluß begegnen würde, der ihn verschlang.

»Christina – Jausenstation«, in deutscher und italienischer Sprache, weiße Schilder auf braunschwarzem Holz, wie eine Stirnbinde trugen sie den Namen rund um die Hütte. Fenster standen offen, Lärm von der Küche und von den Speisenden schwappte auf den Altan.

Er nahm Platz und wartete. Jemand würde schon kommen. Gast war Gast, und verdienen mußten sie in den fetten Wochen des Jahres alle. Jedenfalls die, die davon zu leben hatten, weil ihnen andere Stellen, Ämter und Quellen versagt blieben im eigenen Land. Ein Volk von Bediensteten, Boten und Burschen, dachte er abschätzig und verachtete sich doch selbst dabei. Stet, beständig, bewußt und bewahrend, doch vielleicht nicht behende genug für den neuen Geist, der vor Jahrzehnten auf Bajonetten eingedrungen war. Der sich ausbreitete wie Wasser im Regen. Der forderte und behauptete, rechnete und gewann, eroberte und geräuschvoll in Besitz hielt, dachte er abschätzig und verachtete sich selbst dabei. Jemand würde auch hier kommen, dienen oder erobern.

Klappernde Holzschuhe, kurze Schritte, ein Kind stand vor ihm. Schlank, hell, ein feiner Mund, ganz junge Augen, ein ehrliches Gesicht.

»Der Herr wünschen?«

Lederhose, gerade Beine – der Junge war ein Mädchen, wohl zwölf Jahre alt, nicht mehr. Sprach wie vor hundert Jahren oder noch vor fünfzig, etwa so: Euer Hochwohlgeboren, ergebenster Diener, Küß die Hand. Nicht so devot wie in Wien, doch dienstbar. Dazu die Stimme des Kindes. Leicht stand es – stand sie da.

Jetzt war das Warten gegenüber. Aber er schaute und schaute und mußte hernach überlegen, was er schon ungeduldig hatte bestellen wollen.

»Wie heißt du, bitte?«

»Christina«, sagte sie einfach. »Der Herr wünschen?«

Der Herr, der kein solcher sein wollte, wünschte einen Halben Magdalener Classico und etwas zu essen. Er wünschte sich noch mehr. Daß es keine Wiederholung gäbe. Daß jeder nur einmal da sei, nicht nur vom Namen her. Daß eine Erinnerung ausgeschlossen werden könne, und daß es kein Rückwärts gäbe, wo man vorwärts wollte. Wozu dann diese Ähnlichkeit? Zwölf Jahre und doch wie zweiundzwanzig, schon zu erkennen. Ja, bei Mutter und Tochter, doch warum heute und hier? Er hatte Bilder gesehen, als den zweiundzwanzig noch zwölf, dann sieben und schließlich nur fünf Jahre gefehlt hatten. Christina würde aussehen wie Christina. Sah aus wie sie. Elende, glühende, beizeriechende Bude! Aber da waren die Holzschuhe schon weg.

Ein Kind, das bald kein Kind mehr sein würde, drei, vier Sommer noch. Ein Mädchen, aus dem bald eine Frau werden würde, zehn Jahre noch. Zwei-, dreimal noch Lederhose, dann frühe Weiblichkeit, Blüte, Duft, Geschmeidigkeit, fragende Augen. Dann Christina, dort und hier – dort wie hier. Riachristina. Kleine Ria, große Ria!

Die Holzschuhe kamen wieder. Er sah nicht hin. Doch umsonst, er hatte ihr Bild in der Brieftasche und die Brieftasche in der Jacke, und die Jacke hing über dem Stuhl. Verärgert stellte er fest, daß ihm am Hemd ein Knopf fehlte. Schlamperei!

Er hörte, wie sie ein Glas vor ihn stellte, dazu die Karaffe mit dem Wein. Das Glas wurde gefüllt. Unschlüssig fand die Karaffe wieder auf ihren Platz.

»Ist es dem Herrn so recht?«

Er sah sie an. Warum wegsehen, was einem dienend und doch so herausfordernd begegnet? Er hätte das Foto rechtzeitig fortwerfen sollen. Es zeigte ihm Ria, von deren Bild er sich noch nicht trennen mochte. Er war nicht allein, Frau und Kinder hatten Anspruch auf ihn, gehörten zu ihm, wie er zu ihnen gehörte. Wozu noch länger das Versteckspiel, das so ernst war und das er nie gewinnen konnte! Wofür Empfindungen, Gedanken, Wunschbilder sich entzünden lassen, und sich offenen Auges in eine Kulisse begeben, die die Wirklichkeit nur verstellte? Wozu eine so natürliche und doch so erregende Sehnsucht aufbrennen spüren, wenn die Vernunft sie dann doch erschlagen mußte? Was denn habe ihm recht zu sein – so fragte das Mädchen doch eben – wenn nicht das, was rechtens war?

»Schon gut, Sie – Du kannst gehen. Bringe das Andere, bitte. Rasch, ich hab's eilig.«

»So eilig, der Herr? Haben's denn koan Urlaub nit?«

Sie sprach den schönen Dialekt ihres Landes. Die große Christina sprach keinen, höchstens norddeutsch »ein büschen«. Die kleine Christina blickte ihn noch immer fragend an, ein wenig ratlos schon, wie die große damals, als sie sich mit einem Male klar darüber geworden war, wie aussichtslos weitere Begegnungen zwischen ihnen sein würden, und als er, der es von

Beginn an hätte wissen müssen, ja sehr genau wußte, es vor ihr noch immer zu verbergen suchte, bis – ja bis sie selbst dahin finden würde. Das war nicht ehrlich, mußte er sich jetzt eingestehen.

»Bist du zufrieden hier in deinen Bergen?«, fragte er das Mädchen.

»Aber ja, Herr, wo denn sonst? Mir geht's gut. Nächschte Woche erscht isch wieder Schul.«

»Und was willst du einmal werden?« fragte er töricht und ärgerte sich schon, daß er es überhaupt gefragt hatte – doch viel zu früh.

»Weiß nit«, lächelte das Mädchen und wußte nicht, was die Frage schon sollte. Nach einer Pause meinte sie leichthin: »Das hat noch viel Zeit.«

Das Übliche. Sie würde ihre Schule beenden, ihre Lehre machen. Sie würde servieren oder verkaufen gehen oder ins Hotel. Bis irgendwann einer käme im richtigen, ach was zufälligen Augenblick Liebe auf den ersten Blick, Konstellation von Ort und Zeit, ach, viel weniger noch – von irgend einem Tage und einem beiläufigen Platz in der Kirche oder im Kino an. Unsinn, korrigierte er sich, hier gab es keine Kinos und keine Diskothek, nur in der Stadt. Blieb noch die Bar. Da sitzt er dann neben ihr, streichelt ihr im Laufe des Abends irgendwann die Hand, dann die Schulter, versucht es zum zweiten Mal, beim dritten Versuch gewährt sie die Berührung, schlägt ihm nicht mehr erschrocken auf die Finger, zieht die Hand, die Schulter, die Seite nicht zurück. Sie trinken einen Espresso, dann einen Wein. Man trifft sich wieder, man plaudert, tanzt, trinkt etwas, sieht sich in die Augen, der erste Kuß. Und dann kommt irgendwann das große Fragezeichen: Entweder man hat verständige Eltern oder man stellt sie vor eine bestimmte Tatsache, auch wenn diese erst in Monaten oder in Wochen vollendet ist. Dann der große Tag im Leben, Blumen, Geschenke, Händeschütteln, Kirchensegen – und ab, das war's. Bloß weil es an jenem Abend geregnet hat und man ins Kino ging.

Oder die kleine Ria würde studieren wie die große. Maikäfer flieg – ihr Vater blieb im Krieg. Irgendetwas, doch wahrscheinlich keine alten Sprachen. Die große Ria hatte das Bedürfnis nach einem älteren Freund. Die alte Universitätsstadt am Neckar war weit. Der Freund hatte sich schon gefunden, er besuchte sie. »So jung, der Mund«, nicht wahr? Königsstuhl, hochzufrieden alle, die auf dir sitzen, gegebenenfalls auch in Farn und Unkraut. Lippen. Zweimal zwei ist vier, wissen schon die I-Männchen. Wozu studieren? Seliges Erlebnis! Y gleich Funktion von X. Pardon, der Freund ist gar kein Junggeselle, oh – wie schade. Doch väterlich war er – klar, von seinen Kindern her. Mit einem Mal ist ihre Sicht klar, jetzt weiß sie, was sie beim nächsten finden wird. Und dann auch eine Konstellation, eine Position ist fällig – der Junggeselle, der auch schon etwas älter ist, hat sie. Zufall, Vorsehung? War doch alles schön arrangiert vom Schicksal. Oder? Die Familie ist's zufrieden.

Alles Blödsinn, elende Bude!

»Aber wenn ich könnt', Lehrerin möchte ich schon werden.« Die kleine Ria errötet, hastig klappern die Holzschuhe davon.

Auch das noch: Lehrerin, wie die große! Er sieht ihr nach. Geboren werden, ABC und Einmaleins, Kind sein, reifen, gescheit sein, schön sein soll sie auch, begehrt und genommen werden und selbst nehmen, studieren wird sie also, ein paar Semester, vielleicht auch fertig, Verlobung noch vor dem Examen, doch den Ring nicht in die Vorlesung, Beruf soll sein, Kinder auch, Alltag. Er wurde geboren, nahm ein Weib und starb. Sie wurde geboren, nahm einen Mann und starb auch. Wozu die Poesie, das ganze Theater, die kindischen Umstände, die wir für Probleme halten, was ein Spektakel – wo die Welt doch nichts Anderes will als bevölkert werden, damit sie nicht an sich selbst ausstirbt!

Doch warum sieht er dem Mädchen nach, kommt nicht los von ihr mit seinen Augen? Sieht Ria in der kleinen Christina und vor allem die große Ria in ihr. Es sind die Hitze und der Wein, die ihm jetzt zusetzen. Er fährt sich mit der Hand über das Gesicht, möchte zahlen.

»Hat's geschmeckt, der Herr?« hört er sie sagen. Soll er sie noch fotografieren? Den Apparat hat er dabei.

Er nimmt die Jacke, aus der Jacke die Brieftasche, aus dieser kramt er ein Bild. Aber das ist nicht mehr das der großen Christina, es ist das seiner Frau! Er stutzt, erschrickt, sieht genau hin. Wie kommt dieses Bild hierher? Seine Frau muß es ihm eingesteckt haben. Vertauscht haben. Siebeneinhalb mal zehn, chamois halbmatt, bitte, ohne Rand. Sieht ihn halbmatt an, und er schämt sich vor dem Papier. Schämt sich auch vor Christina, der kleinen Ria, die eben wiederkommt, und auch vor der großen, die nicht mehr kommt.

Haben sie nicht alle drei eines gemeinsam, seine Frau und die beiden Rias? Keine von ihnen, die nur an sich denkt. Jede von ihnen ist dienstbereit, mitleidig, liebevoll, fraglos gut. Will leben. Man muß sie lassen, wie sie sind, wem sie sind und wem sie nicht sind. »Ich bin dein und du bist mein, des sollst du gewiß sein. Verloren ist das Schlüsselein, Du mußt immer in mir sein!« Ihm kommt das wunderschöne Minnelied aus dem Mittelalter in den Sinn.

Wo bist du? Er hätte sie mitnehmen sollen auf die kleine Reise in den freien Tagen. Sie verbrauchte sich bei den Kindern. Gab ihm ihr Bild mit für das andere. Sie wußte es also. Jetzt weiß er, daß sie es längst gewußt hat; seit dem Augenblick, da es in der großen Ria nach mehr verlangt hatte und die sich selbst entdeckte. Da war er zu Hause nervös geworden, unsicher, unwirsch und grob. Auch die kleine Ria hier, Christina, wird einmal wissen, daß eine Zwei aus zwei Einsen besteht und man Menschen nicht wie Zahlen und Ziffern addieren oder dividieren kann.

Die Sonne sticht nicht mehr. Er schlürft seinen Wein. Christina bringt ihm nun auch das Papier. Der Brief wird lang.

Süßer Vogel Jugend! Wer kann dich fangen? Fliege weiter.

Die Sonne stand über dem Horizont und verwandelte das Meer in reines Silber. War das jetzt der schönste Anblick? Wurde jetzt das Geheimnis offenbar, ging jetzt die Verheißung in Erfüllung? Die drei Argonauten wären am liebsten über das Wasser gewandelt. Eine abendliche Fahrt auf einem Segelschiff, lautlos durch die flachen Wellen gleitend, zu erleben, wie die Dämmerung die Ägäis immer dunkler färbt, wobei es auf dem Meer nachts unter den Sternen nie ganz finster wird – das wäre immerhin ein Ausgleich gewesen.

»Das war eine liebe Geschichte, Johannes. Poetisch. Zart. Wenn wenigstens der Kern stimmt?« – »Schämt euch, ihr Banausen! So feine Sachen findet ihr in eurer Zeitung nicht!« Da wollten die Freunde hartnäckig wissen, ob er Christina oder eben Ria je geschrieben habe.« – »Ja, aber es kam keine Antwort. Leider.« – Günther stieß Heiner an und erregte sich künstlich: »Leider, sagt er auch noch, unser süßer Junge!« Und zu Johannes gewandt fuhr er fort: »Der Heiner, der hat ein Glück. Fast in jeder seiner Geschichten geht es um Liebe, meistens wird er dabei geliebt.« – »Und verschmäht wegen seiner hochheiligen Prinzipien dann das herrliche Präsent. Heute Abend waren es erst die Pythia und dann Ulrike. Freund Amor, wen hast du noch im Köcher?« – »Strengt euch doch selber an. Warum allein ich?« – »Weil du am spannendsten vortragen kannst. Dichtung und Wahrheit, nehmen wir an.« – »So viel Wahrheit als möglich und so wenig Dichtung wie möglich! Wo man dem Leben halt nachhelfen muß: Corriger la fortune«, erklärte Heiner. – Doch die Zwei waren neugierig und bequem, sie wollten weiter zuhören. »Komm', sei nicht so. Du kannst es noch besser als wir. Es muß ja nicht schon wieder literarisch sein«, flöteten sie zum Erbarmen. Da ließ Heiner sich wieder einmal von seinen Freunden überreden.

S wie Sigrid: Aber gereizt hätte es mich schon

Auch diese Geschichte handelt in und um Innsbruck, eine von tausend und noch viel mehr. Es hatte sich herumgesprochen, daß das Kunsthistorische Seminar eine Exkursion nach Venedig veranstalte. Da stieß mich vor der Saaltür eine Frau Kollegin an – man sagt hier nicht wie in Deutschland »Kommilitonin«, Mitsoldatin – und fragte mich burschikos: »Wie ist das, kann man da mitfahren, auch wenn man Volkswirtschaft studiert?« – »Das weiß ich nicht, aber wir können ja fragen.« Wir gingen hinein zum Assistenten, der sah auf den Zettel mit den bisherigen Anmeldungen zur Fahrt und beschied uns freundlich mit der Gegenfrage: »Warum nicht?« Ich war schon angemeldet, die Kollegin tat es jetzt. Sie nannte ihren Namen, ihren Geburtsort und Geburtstag, Fach und Anzahl der Semester. Ich stand neben ihr, und so erfuhr ich über sie fast alles. Fast. Auch sie kam von der Ems, war aus dem gleichen Jahrgang und vor allem hieß sie Sigrid. Eine mit diesem Namen kannte ich noch nicht.

Ein paar Tage danach ging die Busfahrt morgens los, und am Nachmittag waren wir am Ziel. Welch eine gotische Pracht, welch ein Hauch von Morgenland, eine starke Prise Byzanz, welche Formen, Farben, Gerüche und Geräusche! Markusplatz und Piazetta, Markuskirche und Dogenpalast, Seufzerbrücke und Rialtobrücke. Darin die Treppen, die Säle, der Prunk aus Holz und Gold, die Gemälde! Die motorisierten Boote auf den Kanälen und die schwarzen Gondeln! »Aul!«riefen die Gondoliere, wenn sie um eine Ecke steuerten, um einen Zusammenstoß zu vermeiden. »Aul, aul!«

Der Professor erklärte unermüdlich. Wir sahen uns übersatt. Und dann erscholl eine feine, fast feierliche Musik von der Piazetta, wo sommers um 18 Uhr die Blaue Stunde vom Campanile schlägt und ein schwarzweiß gekleidetes Orchester klassische Weisen erklingen läßt. Traumstunde! Die Sonne steht über Santa Maria della Salute und färbt sich langsam rot. Die Schiffe fahren langsamer, leiser. Die Touristen aus aller Welt, die so lange geblieben sind, werden auf das Großzügigste belohnt. Um diese Zeit ist die Serenissima am allerschönsten!

Wir standen ergriffen da und hörten zu. Da meinte Sigrid höchst unromantisch mit norddeutschem Charme, daß wir an diesem Abend aber noch eine Gondelfahrt machen müßten, sonst wären wir nicht in Venedig gewesen. Und morgen Nachmittag gehe es doch schon nach Padua weiter. Also, gut. Es war dunkel und für italienische Verhältnisse sogar still geworden in der Stadt, der Mond schien allwissend herab, und die Gondel glitt durch die breiteren und die schmaleren Kanäle. »Aul, aul!« rief der Gondoliere, wenn er nicht gerade mit unvergleichlicher Inbrunst »Come prima, più di prima, ti amero« sang oder das köstliche »Volare oh, oh – cantare oh, oh, oh, oh« oder noch ein anderes der gefühlvollen italienischen Lieder. Er hatte eine schöne Stimme und war sein Geld, unser Geld wert. Uns war abermals romantisch zumute. Da schrie Sigrid: »Eine Leiche, eine Leiche! Da, links vor uns, er wird sie rammen! Hilfe!« Wir sprangen alle acht erschrocken auf, da legte sich die Gondel auf die Seite, der Gondoliere fluchte plötzlich gotteslästerlich, und wir kenterten. Zu neunt lagen wir im Wasser, das in den kleinen Kanälen tiefer sein kann als diese breit. Wir mußten bis zur nächsten Anlegestelle schwimmen, stolperten die Treppe hoch und überließen Gondel und Gondoliere ihrem Schicksal. An der übernächsten der 351 Brücken der Inselstadt hielten wir an, um uns das Wasser aus den Schuhen zu schütten. Sigrid schüttelte ihren Bubikopf trocken, was ihr nicht ganz gelang. Aber – sie lachte. Lachte mit ihrem erhöhten Sopran unbekümmert und war mit sich zufrieden.

»O du – Du niederträchtige Wasserleiche, du hättest eine Tracht verdient!« Wir schlugen ihr vor, ihre Leichen nächstens aus der Ems zu fischen, wenn sie nachts unbedingt welche sehen wollte. Dann traten wir in die nächste Trattoria, um uns bei neuen Liedern warmzutrinken.

Im Wintersemester führte die Exkursion zu den Museen in München. Sigrid hatte zu dieser Fahrt keine Lust; sie behauptete, die Museen schon zu kennen. »Aber nicht unter der Führung unseres Professors«, suchte ich sie umzustimmen. Vergebens, sie wollte an jenem Samstag lieber Ski laufen. »Wo denn? Mutterer Alm, Patscher Kofel, Seegrube?« – »Nein«, sagte sie, »am Gschwandköpfl in Seefeld.« Seefeld war damals noch nicht als Snobfeld verrufen, es gab noch keine Spielbank, und die Pracht der Hotels hielt sich noch in Grenzen. Für meine Begriffe war der Wintersportort ausreichend mondän, die Auslagen in den Schaufenstern geradezu großstädtisch und das Hotelschwimmbad, in dem man von den Skiern herunter ins temperierte Wasser springen konnte, erschien mir als das höchste der verwöhnten Gefühle. Da also wollte Sigrid am Samstag mit mir hin.

Es gab sogar einen Lift auf's Köpfl, und oben an der Bergstation standen vor einem Café Liegestühle bereit – ein Luxus ohnegleichen. Hatten wir doch eigentlich Ski fahren wollen. Doch nach zwei oder drei Abfahrten verlangte Sigrid eine Pause. Diesmal nahmen wir den Lift hinauf. Es war ein musikalischer oder vielleicht treffender ein musikalisierter. Mitten während der Fahrt blieb die Sesselbahn stehen – Schneetreiben hatte eingesetzt, es donnerte – ein Gewitter! Aus den Lautsprechern, die an jedem Mast in zwei Richtungen montiert waren, drang noch immer das »Ave Maria«. Es wurde kalt, man saß allein und konnte sich nicht aneinander wärmen, die fromme Musik zehrte an den Nerven, es blitzte und krachte, den Vordermann auf seinem Sessel sah man kaum. Schönes Snobfeld! Im Museum in München gab es jetzt ganz sicher kein Gewitter. Endlich verzog sich das Unwetter so rasch, wie es gekommen war – jaja, die Berge – und der Lift fuhr weiter. Am Ziel drängten die leicht angefrorenen Fahrgäste an die Bar. »Ich brauche unbedingt einen Espresso und einen Obstler«, stellte Sigrid verdächtig fröhlich fest, »und außerdem, wenn ich mich nicht sehr täusche, hast du heute Geburtstag.« Was sogar stimmte, doch woher wußte sie den? »Du hast vorhin an der Kasse deinen Studentenausweis vorgezeigt«, klärte sie mein Erstaunen auf. Ich spendierte. Kaffee, Cognac, Gulasch. Ungarisches

Gulasch aus einer österreichischen Küche ist nicht unbedingt die Krone des verwöhnten Geschmacks, doch die eines guten Essens, jedenfalls für uns Studenten. Mehr konnten wir uns nicht leisten, auch nicht am Geburtstag. Sigrid aß und sagte nichts, was bei ihr höchst selten vorkam. Ihr Temperament war nicht von schlechten Eltern, da ihr Vater zwar an der Ems seine Arbeitsstelle gefunden hatte, jedoch aus Bayern stammte. »Niederbayern!« korrigierte sie nachdrücklich.

»Was wünschst du dir denn von mir, sag'«, forderte sie mich auf, als sie gegessen hatte. Ich wußte es nicht. Wie kam sie, wie ich wohl dazu? Ein Geschenk? »Hm«, meinte ich kurz entschlossen, »noch eine Portion Gulasch!« Dessen Verzehr sie auch prompt fotografisch dokumentierte. Das Bild existiert noch.

Bei der nächsten Verabredung ging es mit den Skiern auf die Seegrube. Die liegt unterhalb des Hafelekars und demnach gut zweitausend Meter hoch über Innsbruck. Es war am Vormittag mächtig Schnee gefallen und das Skilaufen – besser Sturzabfahren – ein Wagnis, jedenfalls für uns ungeübte Piefkes. Die Tiroler Ruochen betrachteten uns skeptisch. »Wann ihr heil oabikimmt, dann geschiacht's euch rächt.« Sie hatten Recht, es war ein Blödsinn, sich auf die weiße Watte zu wagen und zu glauben, die Talfahrt sparen zu können. Wir traten uns mit den Tirolern eine Piste, die fuhren wie die Teufel, doch schon auf der Seegrube riß es mich um, der linke Fuß schwoll im Schuh und an ein Weiterlaufen war nicht zu denken. Da waren die Ruochen schon zu Tal gefegt, und die letzte Kabine schwebte eben an uns vorbei. Wir konnten nur noch rufen und mit den Armen wedeln; ob sie uns bemerkt hatten, konnten wir nicht feststellen. Es wurde dunkel, und wir waren auf uns selbst angewiesen. Die Talstation liegt auf fünfhundert Meter. Sigrid wollte allein abfahren, Hilfe holen. Das wäre allzu gefährlich gewesen. Also blieb sie. Es wurde kalt. Wir warteten eine Zeitlang und noch eine und froren bitter. »Du bist schuld, ist dir das klar?« bibberte Sigrid. »Du auch«, konnte ich nur erwidern. »Von mir aus wäre ich nicht da hochgefahren.« – »Du hättest mich warnen müssen«, konterte sie, »wozu bist du ein Mann! Die letzte Gondel hätten wir noch erreicht.« – Ach, Gondel, Gondel! »Vielleicht hättest du dann wieder so einen Quatsch gemacht, du weißt ja noch.« – »In dem bißchen Wasser wären wir aber nicht erfroren!« Wir mußten uns umklammern, weil es so kalt war, doch inneren Bedarf danach hatten wir nicht. »Bleib' mir vom Leib!« befahl sie. Aber es klang eher einladend. Endlich, endlich von unten her ein Licht, das langsam näher und näher kam. Sie suchten uns, denn wir hätten die Nacht da oben im Frost wohl nicht überstanden. Eine Kabine schwebte heran, die Drähte der Kabel knackten leise, der Scheinwerfer suchte unter der Bahn nach uns, erfaßte uns in seinem Strahl, die Kabine hielt über uns an und jemand rief: »Seid's ihr dös?« Jaja, wir waren es, nur zu gerne. Sie öffneten den Boden der Kabine und ließen eine Wanne aus Aluminium hinunter, eine Art Rettungsschlitten. »Der, woas g'stürzt isch, der soll sich einileagen, der Andere muaß ziachen.« Und so geschah es. Sigrid zog und lenkte die Wanne halsbrecherisch nach unten, die Gondel oben fuhr mit und leuchtete uns voraus. Als Sigrid mangels Kräften aufgab, seilte sich ein Helfer zu uns herab und erledigte den Rest. Nun lagen wir zu zweit in der Wanne, die Skier hatten wir nach oben hieven lassen.

Mittlerweile war es Samstagnacht auf Sonntag, und die Bergretter nicht allzu gut gelaunt. Nachdem wir uns mit den Rettern und dem Bahnpersonal in der Talstation erst einmal feuchtfröhlich aufgewärmt hatten, brachte das Rote Kreuz uns in die Uniklinik. Dort begrüßte uns der Arzt inmitten seiner Schwestern herzlich: »Sie sind die Ersten in dieser Saison, unseren Glückwunsch!« sagte der Arzt. Und eine Schwester meinte fast schwärmerisch: »Das gibt einen herrlichen Zinkleim.« Mein Schuh quoll bereits über. Bänderriß und Sehnenzerrung. Die Schwester hatte gut prophezeit. Sigrid, die mich nicht im Stich gelassen hatte, sah mich lange an. »Ohne mich lägst du noch da oben. Steif, mein Lieber. Jetzt bestell' mir wenigstens ein Taxi.« Sie ist ein wunderbarer Kamerad. »Das nächste Mal gehen wir lieber schwimmen«, sagte ich matt.

Das nächste Mal war Sommer. Sigrid legte ihr Examen in

Deutschland ab, und wir verloren uns für einige Zeit aus den Augen. Dann tauchte sie wieder auf, in Ludwigshafen, und hatte nach ein paar Jahren im Beruf geheiratet. Die Freundschaft hält, und dann und wann besuchen wir uns. Es gibt stets viel zu erzählen, meist Spargel und einen gepflegten Wein.

»Weißt du noch, der Helmut? Der schleicht mir noch immer nach. Und weil ich ihn nie kommen lasse, von Hamburg, ruft er jedes halbe Jahr an und hört am Telefon nicht auf, sich über diese schlechte Welt, wie er behauptet, zu beklagen. Er ist ein armer Kerl, und ich habe Mitleid mit ihm. Aber er war nun mal nicht mein Typ, und so mußte ich ihn von Anfang an loswerden. Da kamst du mir gerade recht.« Sigrid zeigte ihr strahlendstes Lächeln.

»Wie bitte?« fragte ich, einigermaßen irritiert.

»Er sollte doch glauben, daß wir Zwei etwas mit einander hätten. Da mußte ich mich bei dir ins Zeug legen und er sich zurückhalten. Nach Innsbruck hat er nie erfahren, wo ich die letzten Semester verbracht habe.«

»Aber jetzt weiß er's?«

»Über euren Rhenania-Verein hat er es herausgefunden.«

»Nein!« sagte ich entgeistert. »So war das also? Und das war alles?«

»Ich hab' dich trotzdem gern gehabt. Wenn du willst, hab' ich dich sogar jetzt noch gern.«

»Danke, verzichte!« trotzte ich gekränkt.

»Du hattest doch immer schon deine Mary. Da hab' ich's erst gar nicht versucht«, gestand sie ehrlich. Und setzte nach einer kleinen Bedenkzeit nach: »Aber gereizt hätte es mich schon.«

»Wenigstens das«, mumelte ich vor mich hin. »Höflich ist die Jugend!«

Viele Jahre später lud Rhenania zum hundertundersten Stiftungsfest. Die Festrede hatte man mir aufgetragen. Mary war in Kur, und ich wollte nicht gern alleine hin. Da dachte ich sogleich an Sigrid, sie hatte doch mehrmals bei uns getanzt. Wahrscheinlich gab es da einige, die Sigrid noch kannten. Am Telefon sagte sie sofort zu. Ihren Mann würde sie am Abend fragen.

Als ihr Zug in Augsburg einlief, winkte sie aus dem allerletzten Wagen. Im Abteil holte sie eine kühlverpackte Flasche aus ihrem Gepäck, einen Sekt, dazu zwei Gläser, und wir tranken laut und fröhlich. Die Mitreisenden staunten.

»Auf unsere erste gemeinsame Reise!« – »Stimmt nicht. Aul, aul ...!« sagte Sigrid. »Aber mit der Bahn«, beharrte ich.

In Innsbruck wurden wir von Studenten abgeholt, die uns nach Aldrans zum Hotel brachten. »Wir haben doch getrennte Zimmer?« Sigrid sorgte von vornherein für Ordnung. Ich wurde gar nicht gefragt.

Am Abend im »Rössl in der Au« war Sigrid der Mittelpunkt der Versammlung. Alles hörte respektvoll auf sie, wenn sie aus der guten alten Zeit des Vereins berichtete. Ich tat mich derweil an den köstlich belegten Broten gütlich. Tiroler Speck und roter Südtiroler!

Sigrid blieb auch noch am übernächsten Tag, als ich eines Termins wegen am Sonntagmorgen bereits heimfahren mußte. Trotz des frühen Morgens stand Sigrid mit mir am Bahnsteig. Unwillkürlich sahen wir nach oben, zur Seegrube hin. Ich nahm sie in den Arm und sagte: »Du hast mir das Leben gerettet.« – »Ich weiß«, bemerkte sie schnippisch »Aber nur wegen Mary.« Was heißen sollte: Da bilde dir mal bloß nichts darauf ein! Sie stand da und winkte, ich blickte zurück. »Ich hab' dich immer noch gern«, rief sie mir nach. »Trotz deiner Rede von gestern Abend!« Nun, ich winkte zurück. Sigrid war ein prächtiges Frauenzimmer. Und häßlich war sie bestimmt nicht. Nie gewesen.

So hatte der Abend des dritten Tages die Drei immerhin zum Schmunzeln gebracht. Doch laut gelacht oder sich gar auf die Schenkel geklopft, dazu hatte es bei keinem von ihnen gereicht. Waren sie etwa schon zu alt und abgeklärt? Die Erwartung der Glückseligkeit blieb ihnen auch diesmal unerfüllt.

Der vierte Tag

An diesem Tag hatten sie faulenzen wollen. Außer engen Gassen, die die weißen Würfelhäuser trennten und gleichzeitig als Schutz gegen die Wucht der Sonne doch verbanden, gab es auf Hydra ja nicht so viel zu entdecken. Da hatte ihnen der Prospekt empfohlen, die musealen Prachtvillen der Brüder Lazaros und Georghios Koundouriotis zu besichtigen, »die, wie wenige, dem heiligen Freiheitskampf gedient haben«; ferner das Herrenhaus des Demetrios Vulgaris, »der als Ministerpräsident einer der Neuschöpfer Griechenlands gewesen war«; weiter das riesige Haus des Admirals Iakovos Tombasi – heute Akademie der Schönen Künste, was den Maler und den Bildhauer besonders anzog; schließlich noch die Häuser der beiden Brüder Tsamados, »die sich heldenmütig in fast allen Seeschlachten gegen die Türken geschlagen haben«. Weshalb heute darin die Schule der Handelsmarine untergebracht ist. Im Inneren der grauen Steinbauten entdeckten sie alte Stilmöbel, geschnitzte Truhen, englisches Porzellan, venezianische Kandelaber und Spiegel in vergoldetem Rahmen, sogar antike Skulpturen und beschriftete Tafeln. Fast alles Hinweise darauf, daß auf dieser Insel einst reiche Reeder und Kapitäne residierten. Ja, man berichtete den Fremden, jene hätten von ihren Fahrten auf den sieben Weltmeeren so viel Gold mit heimgebracht, daß man es als Ballast über dem Schiffskiel gelagert habe. Nun, auch das war ein Kapitel griechische Seefahrt. – Die Freunde merkten erst auf, als es bereits Mittag wurde. Nach einer Mahlzeit gingen sie schlafen, denn am Nachmittag wollten sie noch in einige der zahlreichen Galerien bildender Künste sehen und am Abend erst recht munter sein.

Als sie am späten Nachmittag wieder zum Hafen gingen, kam ihnen in den Sinn, daß sie alle drei Tavernen schon besucht hatten. Welche von ihnen war nun die glückverheißende gewesen? Also fingen sie in der ersten wieder an. Und da saß auch wieder die schwarzhaarige Griechin. Als sie diesmal näher und genauer hinsahen, bemerkten sie, daß die Dame Eulenaugen hatte. »Jungs«, flüsterte Heiner, »schaut lieber weg. Nicht, weil das Unglück bringt. Diese Augen gab es schon im Altertum. Selbst die Göttin Athena wurde mit solchen vorstehenden Augen dargestellt, als glaukómatos – eulenäugig. Mitunter trug sie auch eine Eule auf dem Kopf. Glaukom ist eine Krankheit, ›i Glaukopis‹ nennen die Griechen eine damit behaftete Frau – die Eulenäugige. Eulen als Symboltiere der Klugheit genossen höchstes Ansehen. Es gab sie in Athen, man mußte sie bekanntlich nicht erst hintragen. Übrigens, eulenäugige Frauen haben ihren eigenen Reiz, ähnlich, denke ich, dem Retsina. Den Griechen gefällt das.« – »Was du nicht alles weißt!« ulkte der Maler. Der Bildhauer kannte sich ebenfalls aus: »Doch, es ist so. Du kannst es ihm glauben. Diese schöne Dame ist bei weitem nicht die Einzige, die mit solchen Augen gesegnet ist. Ja, gesegnet. Es liegt ein Zauber darauf. Eine solche Frau sieht mehr, weiß mehr, aber es ist bei ihr wie in Delphi.« – »In Delphi?« wollten die Anderen wissen. »Pythia, das Orakel von Delphi.«

Da schwiegen sie beeindruckt und schauten verstohlen zu Pythia hin. Bis Johannes sagte: »Beim Zeus – Heiner, fang' an und erzähle!«

T wie Tatjana: Also doch das Auserwählte Volk

Wir saßen in einem alten Weingut an der Saar und ließen uns den leicht moussierenden Wein schmecken. Wir, das waren Gäste aus Moskau: zwei Schriftsteller und eine Übersetzerin, eine deutsche Dolmetscherin, die Gastgeberin und ich. Ein befreundeter Schriftsteller aus dem Ruhrgebiet, dessen Bücher Tatjana damals ins Russische übertrug, hatte mir die kleine Gruppe zugeschickt. Das Gespräch war auf das Ende des Krieges gekommen, den Einmarsch der Roten Armee in Ostdeutschland. Die schwarzhaarige, leicht slawisch anmutende Frau des Winzers berichtete, daß sie aus der Lausitz nach hier geflüchtet sei, zusammen mit ihrem nun älteren Vater, der einen Textilbetrieb besessen hatte. »Wie denn ausgerechnet nach hier auf ein Weingut?« wollten wir wissen. »Weil ich meinen späteren Mann, einen verwundeten Soldaten, bei uns im Lazarett gepflegt habe, als Krankenschwester, und weil er mir seine Heimatadresse gegeben hatte – für alle Fälle.« – »Und traten die Fälle ein?« – »Allerdings«, sprach sie wie zu sich selbst. »Einer der Verwundeten zog eine Pistole unter seinem Bettlaken hervor und schoß auf einen der Russen. Weil ... weil dieser sich auf mich stürzte.« – »Und da?« wollten alle wissen. »Er traf ihn nicht.« Sie machte eine Pause, dann fuhr sie fort: »Da erschossen die Russen alle Verwundeten im Saal. Es war schrecklich! Kurz darauf kam ein Offizier hereingestürzt, der die Schüsse gehört haben mußte. Er zog seine Waffe und schoß in die Zimmerdecke. Der Soldat ließ von mir ab, weil der Offizier ihn anschrie.« – »Er hat Ihnen das Leben gerettet«, bemerkte Tatjana. – »Ich weiß noch den Namen. Er hieß Pawel.« – So heißen bei uns viele«, sagte Tatjana. Die Gastgeberin erwiderte, sich erinnernd: »Toper, glaube ich. Toper. Er sprach ganz gut deutsch.« – Da lachte die Dame aus Moskau hell auf und fragte: »Hat er Ihnen gesagt, daß er Professor werden wolle, für Literatur, vor allem für deutsche?« – »Ja«, antwortete die Gastgeberin aus der Lausitz verwundert. – »Also das ist mein Mann«, stellte Tatjana, immer noch lachend, fest.

Wir anderen staunten. Tatjana hatte ihren Familiennamen Friedland behalten, was ihr nichts ausmachte, da sie – wie alle Juden schon in der Sowjetunion – im Paß unter der Rubrik Nationalität nicht »Russe«, sondern »Jude« stehen hat. Wir sollten uns noch öfter begegnen, allerdings nicht in Moskau, wohin mich eines späteren Abends nach einem Gala-Essen der Vorsitzende der Sowjetisch-Bundesdeutschen Gesellschaft eingeladen hatte. Aber das ist eine andere Geschichte.

Ein halbes oder ganzes Jahr später war Tatjana wieder da. Sie hatte sich einer Gruppe von Professoren verschiedener Universitäten und Fakultäten anschließen dürfen, die auf ihrer Deutschlandtour natürlich auch ins »rote Betlehem« reisen mußten, wie sie leicht zynisch sagten. Eine Tarnorganisation aus München hatte zum wiederholten Male angefragt, ob ich die Gruppe aufnehmen und bewirten würde. Ich hatte auch diesmal zugesagt, weil man ja nie wußte, wer von den Gästen aus der Sowjetunion innerlich auf welcher Seite stand. Die vorab übersandte Liste der Teilnehmer wies jedes Mal auch deutsch klingende Namen auf – Menschen mosaischen Glaubens. Das war immer günstig, denn mit ihnen verstand man sich bei Vortrag und Diskussion und noch bei Tisch am leichtesten – es gab selbst in Wortbildern viel Gemeinsames, das sie sofort verstanden, im Unterschied zu den mitanwesenden Muslimen.

Und wieder nach einiger Zeit erschien Lev Kerbel, ein Bildhauer, auf den angeblich alle Büsten des großen Führers zurückgingen, auch der tausend Kubikmeter umbaute Raum von einem Eisenkopf in Chemnitz, als dieses noch Karl-Marx-Stadt hieß. Kerbel lachte und sagte, auf diesen Kopf habe er sich spezialisiert, in allen Größen, und etwas anderes machen könne er nicht. Lev Kerbel überbrachte Grüße von Tatjana. Man kennt sich also auch im großen Moskau. Es gehe ihr nicht gut, berichtete er; sie habe jetzt weniger zu tun. Ob ich ihr helfen könne? Ihre Rente und die ihres inzwischen pensionierten Mannes, der nach dem Krieg Professor für deutsche Literatur geworden war, seien für unsere Begriffe winzig.

Ich brauchte Zeit. Irgendwann fiel mir der erwähnte Freund

aus Dortmund ein, der eine Anzahl seiner Werke – sämtlich Kurzgeschichten – in Moskau veröffentlicht hatte. Die Bücher waren in hoher Auflage erschienen, und Tatjana Friedland hatte sie übersetzt. Warum sollte Tatjana nicht auch für meinen Dichter übersetzen und sich damit endlich wieder etwas Westgeld verdienen können? Ich schrieb ihr, und wir kamen überein. Dem Roman folgte ein Novellenband. In Berlin hatte sie gerade den Deutschen Übersetzer-Preis erhalten. So kam sie, begleitet von ihrem Neffen, nach hier, um die Originalzeichnungen zur Illustration der zweiten Übersetzung abzuholen, und wohnte ein paar Tage bei uns. Es war ein fröhliches Wiedersehen, auch wenn das Weingut an der Saar inzwischen verkauft war, wo wir so wohlig gesessen und den spritzigen Wein probiert hatten.

Wir saßen einen langen, schönen Abend und unterhielten uns. Tatjana ist klein, ein wenig rundlich, hat eine melodische, gutturale Stimmlage, ist ebenso alt wie ich, denkt lebensbejahend und schlägt sich unerhört tapfer durch wie die meisten Frauen in ihrem Land, in ihrer Stadt und ihrer Abkunft. Nur das fast tägliche Schlangestehen um die wichtigsten Lebensmittel, das fällt ihr jetzt schwer.

»Du hast in deinem Paß als Nationalität Jude stehen«, sagte ich zu ihr. »Warum macht auch das neue Rußland so etwas? Will man euch möglichst schnell erwischen für die Ausweisung oder das nächste Pogrom?«

»Aber was willst du?« fragte sie scheinbar leichthin zurück. »Wir sind doch das Auserwählte Volk. Da muß man immer mit etwas Außergewöhnlichem rechnen.« – »Und wohin würdest du fliehen?« – »Nach Deutschland«, sagte sie, ohne zu zögern.

»Ausgerechnet nach Deutschland?«, fragte ich ungläubig. »Hast du keine Scheu nach dem, was euch hier geschehen ist?«

»Nein, warum? Bei euch ist vorläufig Pause. Und bis zum nächsten Mal, das erlebe ich nicht mehr.«

Mir schwindelte ob solch optimistischer Ansicht. Ich fragte sie also: Wolltet ihr dann nicht besser nach Israel gehen? Du und dein Mann?«

Sie schüttelte energisch den Kopf. »Erstens, da war ich noch nie, und zweitens, wir sind zu alt. Sie brauchen dort junge Leute. Wir fielen ihnen nur zur Last. Da wird man nicht zu gut aufgenommen.«

»Aber man überlebt!« versuchte ich einzuwenden.

»Da hätten wir es in Deutschland leichter. Verstehe mich, bitte. Wir Juden sind irgendwie immer auf der Flucht. Seit unserem Wegzug aus Ägypten. Das wird auch noch eine Zeitlang so bleiben, wenn sich die Religionen endlich vertragen sollten. Ohne diesen Frieden kann es auf dieser Welt keinen anderen Frieden geben. Wie sollen sich die Staaten vertragen, wenn sich die bekämpfen, die von Gottes Liebe reden? Was wir brauchen, das ist eine Weltkultur, wir können nicht mehr weitermachen ohne eine Weltregierung, ein Weltgericht. Die Atomwaffen sitzen uns im Genick, morgen wird die Mafia sich auch welche anschaffen.«

»Und dann?« wollte ich wissen.

»Dann kann es zu spät sein für die Zivilisation. Dann wäre es heute besser, es gäbe die Religionen gar nicht, unsere nicht, die des Islam nicht und eure christliche auch nicht. Religionen müssen dem Frieden dienen, wofür sind sie sonst da? Im Zeitalter der Globalisierung müssen sie es gemeinsam tun, miteinander. Allein schafft es keine.«

»Und wo steckst Du den Papst hin? Soll er weiter in Rom bleiben anstatt ...?« – »... anstatt in Jerusalem? Euer Jesus, der unser Bruder Jehoshua war, ist nie in Rom gewesen. Aber in Jerusalem. Da gehört der Papst hin.« Sie überlegte kurz und fuhr wie ernüchtert fort: »In ein geteiltes Jerusalem. Bis jetzt können Religionen nicht teilen. Wir Juden auch nicht. Aber wir missionieren nicht.«

Doch wenn Jerusalem nicht zum Frieden kommt, bleibt der Weltfriede ein allzu schöner Traum, dachte ich. Und zu ihr gewandt sagte ich: »Dann bleibt euch die Verfolgung auch im Gelobten Lande nicht erspart, in eurer alten neuen Heimat. Dann kommen Israel und die Welt nie zum Frieden.«

»Und darum bleiben wir zwei in Moskau und ziehen notfalls zu euch. Mein Konto in Berlin besteht; wer weiß, wann ich es brauche!?«

»Tatjana, glaubst du wirklich an einen Gott, der euch das alles zumutet, nur weil ihr einen besonderen Bund mit ihm geschlossen habt – wie auch immer? Der von sich nur sagte: ›Ich bin der Ich-bin-da‹. Vielleicht bildet ihr euch diesen Gott nur ein? Mit einem Gott, der so privat mit euch umgegangen ist, daß er sich auf einen Vertrag einläßt? Was ist das für ein Gott? Was konnte er schon Großes in der alten Bibel? In einer Wolke über euch schweben, Wasser aus dem Felsen fließen lassen, aus einem Stock eine Schlange machen oder umgekehrt und in einem brennenden Dornbusch erscheinen! Wir heute fliegen zum Mond, bald auch zum Mars, wir dringen in das Atom ein, ins Molekül. Wenn dieser Gott das Universum geschaffen hat und nicht nur diese kleine Erde, dann ist entweder *er* enorm gewachsen oder aber unsere Augen sind es, unsere Erkenntnis einer Schöpfung, die unendlich ist, unendlich grandioser als der alte Jahwe.« – »... als die sogenannten Wunder des Jehoshua«, fiel sie mir ins Wort. »Ich gebe zu, daß mir diese Berichte Schwierigkeiten machen. Wasser in Wein, das geht ja noch an, Kranke heilen ebenfalls. Aber Tote lebendig?« Sie überlegte. »Kommt es wirklich darauf an?«

»Für die Menschen damals schon. Sie wußten so Vieles nicht, was wir heute wissen dürfen – und die Menschen morgen werden noch viel mehr wissen als wir. Hat das Christentum die Menschheit nicht vom Aberglauben an Naturgötter befreit?«

»Wir haben der Menschenkultur zwei große Geschenke gebracht«, ermahnte mich Tatjana. »Die solltet ihr nicht vergessen: Abraham schlachtete seinen Sohn Isaak eben nicht, nahm statt seiner einen Widder und beendete damit das Opfern von Menschen. Seitdem kann es keinen menschenfressenden, blutsaufenden Gott mehr geben – wie die Götter, die die Majas noch im 14. Jahrhundert verehrten. Und Jehoshua sprach von sich, daß er das letzte Lamm sei, das geopfert werde, und er forderte die unblutige Erneuerung des rituellen Opfers, ihm zum Gedenken. Haben eure christlichen Staatsmänner nicht wieder und wieder ganze Armeen auf dem Altar des Vaterlandes, so hieß das doch, opfern lassen?«

»Tatjana«, suchte ich sie zu versöhnen, »und warum vermischt ihr euch nicht mit den Völkern, bei denen ihr quasi zu Gast lebt? Dann verschwinden mit eurer Auserwähltheit auch eure Verfolgungen. Warum bleibt ihr seit zwei Jahrtausenden und schon vorher immer noch stur unter euch? Warte, ich kenne die Antwort: ›Weil wir so lange haben leiden müssen und immer wieder dezimiert worden sind.‹ Deshalb wollt ihr eure Väter nicht verraten. Das kann ich verstehen. Aber andere kleine Völker sind doch auch in größeren Völkern aufgegangen, sie wurden nicht ausgerottet, nur daß man sie nicht mehr erkennt.«

»Du denkst und redest wie ein Goj. Wenn du so weiterredest, machst du mich noch zu einer Orthodoxen«, entgegnete Tatjana ernst. »Wir haben es doch versucht, uns zu assimilieren, zu integrieren. Gerade in Deutschland. Wir wurden Offiziere und haben unsere Kinder Siegfried genannt und Kriemhild, deutscher ging's nicht. Und wie ist uns das bekommen? Auslöschen wolltet ihr uns, total. Assimilieren, das hat die Geschichte gezeigt, bedeutet für uns nicht Überleben, sondern Untergang. Nein, wir müssen die bleiben, die wir nun einmal sind. Nur so haben wir eine Chance, ins Neue Jerusalem einzuziehen.«

»Und warum dürfen die, mit denen ihr euch vermischt hättet, da nicht mitkommen? Gehört euch Jerusalem allein?« hielt ich dagegen. »Ihr sagt doch, daß der Staat Israel das Neue Jerusalem ist. Er ist lebensgefährlich bedroht. Weil ihr euch dort seit Gründung keine Freunde gewonnen sondern 700 000 Palästinenser vertrieben habt. Seid ihr nicht selbst an eurer Lage schuld? Ohne die Unterstützung der Amerikaner wäret ihr sogar dort schon längst untergegangen.«

»Im Meer, sag' es ruhig!« Sie war erregt, fand sich aber bald wieder. »Was willst du eigentlich? Ihr Christen seid doch abgefallene Juden! Im alten Rom damals durfte euch keiner erkennen, sonst hättet ihr als Juden gegolten und wäret im ganzen Reich so vogelfrei gewesen wie wir. Ihr habt euch notgedrungen von eurer jüdischen Mutter gelöst.«

»Nur, daß die böse Tochter nachher alles darangesetzt hat, die eigene Mutter totzuschlagen, noch und noch. Zu vergasen, um konkret zu sein«, kam ich ihr ergänzend zur Hilfe.

»Ach, lassen wir das.« Tatjana blickte müde. »Fragen wir uns doch gemeinsam, welches neue Gottesbild wir aufbauen müssen, wir Juden, ihr Christen, die Muslime und vielleicht noch Andere mit uns?«

»Den Gott der Liebe. Der Liebe zum Nächsten, auch wenn dieser uns Feind ist.«

»Dann landest du früher oder später am Kreuz, todsicher!« lachte Tatjana nervös. »Ein Kreuz gibt es immer. Zum Kreuz gibt es keine Alternative.«

»Das war doch euer Jehoshua«, antwortete ich ihr. »Der hat das vorgelebt, euch und uns.«

»Vorgestorben!« korrigierte sie freundlich. »Das Kreuz ist die Endstation, für uns. Für euch der Anfang, denkt ihr.«

»Kein einziger Philosoph, von den frühen Griechen bis in die Gegenwart, hat sich bereitgefunden, laut von dieser Liebe zum Kreuz zu denken«, beharrte ich. »Sag' mir, wie soll es mit uns allen weitergehen, wenn wir uns nicht darauf einigen?«

»Den Kreuzweg als den einzigen Weg zum Frieden?« Sie dachte nach. »Du hast recht, und anders kenne ich keinen Ausweg. Haß, Rache und Vergeltung taugen nicht. Die zivilisierte Menschheit hat freilich nicht mehr viel Zeit, um zu überleben. Das sagte ich schon.«

Sie sah traurig aus. Tatjana pessimistisch, konnte das sein? »Ich hoffe, sie einen sich noch.«

»Wer: Sie? Die großen Religionen? Aber warum denn nicht?«

»Die Führer – entschuldige, die Patriarchen der großen Religionen lieben die Macht«, sagte sie fast gelangweilt. »Ihr Christen auch, und ihr Katholiken erst recht. Auch ihr wollt immer noch allein seligmachen. Euer Vatikan hat es erst kürzlich wieder erklärt. Unser kleines Israel greift niemanden an. Wir verteidigen uns, seit Masada 73 n. Chr. erstmals wieder im Aufstand des Warschauer Ghettos, 1943!«

»Und doch steht ihr wieder vor einem Krieg. Oder schon

wieder oder noch immer mittendrin. Seit über einem halben Jahrhundert habt ihr euer Gelobtes Land wieder zurück. Glücklich seid Ihr damit noch nicht geworden.«

»Wir sind aus den Pogromen in Rußland eingewandert. Und die Späteren kamen aus den KZs, soweit sie überlebt hatten. Wo sollten wir denn noch bleiben?«

»In Rußland leben noch viele von euch, du und dein Mann ja auch«, beharrte ich und ertappte mich fast bei einem Zynismus.

»Die Jüngeren werden noch kommen, wir Alten sind unwichtig.«

»Tatjana, ihr habt einmal einen zu hohen Turm gebaut, in Babel, und der ist euch eingestürzt. Wolltet ihr sein wie Gott?«

»Mein Lieber, nicht unsere Hybris hat ihn zum Einsturz gebracht, sondern die Weigerung unseres Volkes, Gottes Gebot aus der Bibel zu befolgen: Zerstreut euch, werdet viele! – Ihr übersetzt das mit: Wachset und mehret euch!«

»Das verstehe ich nicht. Ihr sollt euch zerstreuen, doch wenn ihr euch mit anderen Völkern vermischen würdet, dann fürchtet ihr euren Untergang? Als Volk wohl, aber ist das so wichtig? Wegen eurem veralteten Bund?« Ich konnte nicht anders, ich mußte ketzern. »Als Menschen überlebt ihr allemal.«

»Überleben wir eben nicht. Das hat uns Auschwitz gelehrt!«

»Die Zeit, um in anderen Völkern aufzugehen, war zu kurz – die zwei oder höchstens drei Generationen«, blieb ich fest. »In Berlin und an der Ruhr sind Hunderttausende von Polen ganz normale Deutsche geworden, nur an den alten Namen erkennt man ihr Herkommen noch. Aber das interessiert keinen mehr.«

Es trat eine Pause ein. Dann fragte Tatjana unvermittelt: »Wovor hast du am meisten Angst?«

»Daß Jerusalem zerstört wird. Diesmal brennt der ganze Nahe Osten. Dann werden sich die Religionen in tausend Jahren nicht einigen, und der Krieg wird tausend Jahre dauern.«

»Jerusalem wurde schon früher zerstört.«

»Und wenn jetzt wieder, dann so gründlich wie noch nie. Was bleibt euch dann noch? Wozu euer Bund, eure religiöse und damit rassische Abschottung, eure gottverlassene Orthodoxie?«

»Ach, du Goj! So kann nur einer von euch fragen.«

»Vielleicht werden die Religionen endlich klüger und einigen sich doch? Einigkeit ist friedensstiftender als Einheit.« Ich war bemüht, der Hoffnung Raum zu geben.

»Ihr Christen habt euch in Jahrhunderten nicht versöhnt, nur immer weiter zersplittert. Im Heiligen Land zanken sich zwanzig christliche Kirchen an Weihnachten oder Ostern um den besten Platz auf der Via dolorosa, in der Geburtskirche, in der Grabeskirche. Das Grab ist doch leer, etwa nicht? Aber ihr führtet böse Kreuzzüge, um in seinen Besitz zu kommen. Ihr sagt Ökumene, aber ihr lügt. Denn Rom verlangt Unterwerfung, eben doch Einheit anstatt Einigkeit. Wie wollt ihr euch dann mit uns Juden und mit den Muslimen einigen? Euer Vatikan ist erstarrt. Ihr habt unseren Jehoshua dort in Ketten gelegt.«

Was sollte ich antworten? Wir tranken die Gläser aus und sahen aneinander vorbei, jeder in seinen trüben Gedanken befangen.

»Hör' einmal«, fragte sie, als sei das ein anderes Thema, »warum engagierst du dich so für den Engländer? Du läßt seine Dissertation übersetzen, du willst sie als Buch herausgeben – was hast du mit einem Engländer zu tun?«

»Nicht, weil er Engländer ist. Doch erstens habe ich es ihm versprochen, und er ist ein alter Herr. Zweitens ist es des Themas wegen – die ungeistigen Quellen des Nazismus schon im 19. und dann im 20. Jahrhundert. Und drittens, er ist anglikanischer Priester, aber einst war er ein Jude aus Tschernowitz. Im Grunde seiner Seele ist er es noch. Darum die Wahl seines Themas.«

»Also doch Auserwähltes Volk«, sagte sie leise und erhob sich.

Sie sahen wieder auf's Meer hinaus, das sich inzwischen ins Silberne färbte und das gegenüberliegende Land darin untertauchte. Es war ihr letzter Tag und damit der letzte Abend auf Hydra. Jeder hing wieder seinen Gedanken nach, keiner wollte das Schweigen stören. Da wurden sie von einer weiblichen Stimme geweckt, und sie blickten leicht erschreckt auf – Pythia, die eulenäugige Griechin, stand vor ihnen. Sie sprach ein einwandfreies Deutsch: »Ich habe vor drei Tagen und auch heute wieder mitgehört, nicht alles, was Sie da erzählt haben. Ich wollte auch gar nicht Zeuge Ihrer Gespräche sein. Doch Sie waren nicht zu überhören.« Sie machte eine kleine Pause, die die Drei nutzten, um sich höflich zu erheben und sie dabei endlich ungeniert ansehen zu können. »Bitte, sagen Sie mir, ob jemand von Ihnen vielleicht meine Mutter kennt? Aus Innsbruck. Sie haben meine Geburtsstadt mehrfach erwähnt und dabei einmal von der Griechin Alexandra gesprochen. Alexandra Buratinos ist meine Mutter, seit ihrer Heirat heißt sie Czernohaus. Sie sind etwa gleich alt, und jemand von Ihnen hat dort neben ihr Archäologie studiert. Könnte es sein ...?« – Ja, es konnte! Heiner stellte sich vor. Er habe ihre Mutter gut gekannt. Ob es ihr gut gehe, wenn sie noch am Leben sei? »Ich werde sie von Ihnen grüßen. Wenn Sie vielleicht Ihre Karte bei sich haben?« Reiner Zufall, er hatte die Visitenkarte in der Geldbörse stecken. »Meine Mutter hat mir von Ihnen erzählt. Sie haben ihr unter dem Goldenen Dachl ein eiskaltes Bier ausgegeben, in der Mittagshitze. Nachher ist es ihr gar nicht gut gewesen. Sie wollte Ihnen das Glas aber nicht abschlagen und nahm dafür Bauchweh in Kauf. Nach den fünf gemeinsamen Semestern hat sie Sie wohl gemocht.« – Da mußte Heiner sich setzen und bat die Griechin, sie möge es ebenfalls tun. Eilfertig schob Günther einen Stuhl heran. Ehe Heiner etwas sagen konnte, sprach Pythia weiter: »Ich wohne jetzt bei Athen, wo meine Mutter herstammt. Zu ihr fliege ich selten, meist kommt sie zu uns herüber. Sie hat Sie nicht vergessen, so wie Sie meine Mutter allem Anschein nach auch nicht aus Ihrem Gedächtnis verloren haben. Joa mei, wissen S' woas?« tirolerte sie für einen Moment. »Kommen Sie uns doch besuchen, Alexandra ist gerade für eine Zeit bei uns. Hier meine Karte. Ihre Freunde – ach was, die können Sie mitbringen, wir haben ein großes Haus!« – »Ist Ihr Mann denn einverstanden?« wollte der vorsichtige Johannes wissen. – »Da drüben sitzt er und hat zugehört. – Der Grieche am Nebentisch nickte: »Ich habe auch zugesehen«, sagte er lächelnd. »Da Ihnen meine Frau so sympathisch ist, können Sie die Einladung ruhig annehmen.« – Sie begrüßten und verabschiedeten sich zugleich. Das griechische Paar wollte das letzte Schiff zurück nach Athen noch erreichen.

»Also Freunde«, jubilierte Günther, »die Weissagung hat doch gestimmt! Wir sitzen in der richtigen Taverne und sehen über die Mole und den Hafen goldrichtig auf's Meer. Jetzt sind wir glückselig. Ich jedenfalls.«

»Dann kannst du auch die nächste Geschichte erzählen!« frohlockten die Anderen. – Da ließ Günther sich nicht zweimal bitten.

U wie Ulrike: Heute Nacht einen Tanz gemacht!

Das Semester hatte eben begonnen, als in meinem Seminar eine Kollegin – so fein sagte man das in Österreich – auftauchte, auf die man hinsah, hinsehen mußte. Schlank und blond, nicht zu groß, mit einem feierlichen Gesicht, aus dem eine ganze Ahnenreihe von Müttern und Großmüttern heraussah. Wie sie später wissen ließ, kam sie von der Ems, ihr Großvater aber, dort Kunst-Jupp genannt, stammte als ein Holzschnitzer aus Tirol. Das verriet auch ihr Familienname. Sie hieß Ulrike.

Wir lernten uns in der Kunstgeschichte kennen, ich nahm sie mit zu einer Gebirgswanderung meines Studentenvereins. Da liefen noch mehr Studienkolleginnen mit uns, und als bei der Jause einer von uns erzählte, daß wir zu Pfingsten nach Italien wollten – Florenz-Rom-Bologna-Ravenna-Venedig –, da meldeten sich zwei oder drei, nachher waren es fünf Mädchen, die mitfahren wollten. »Zum Tanzen sind wir euch gut, und wenn es hochkommt, auch noch zum Wandern. Aber wenn ihr nach Italien fahrt, wohin wir uns alleine nicht trauen, da nehmt ihr uns nicht mit!« protestierte eine, die hieß Ursula. Sie war an der Uni mit Märchen beschäftigt, wollte über die – wie sie überzeugend erklärte – ungeheuer bedeutsame »Funktion des Spiegels im Märchen« dissertieren, tat es auch und wurde später Präsidentin der Europäischen Märchengesellschaft. Die soll es geben dürfen. Doch das sah ich erst nach vielen Jahren ein, nachdem ich Ulrike aus den Augen verloren hatte.

Ulrike wollte auch über den Brenner. Also planten wir das Ganze nicht zehn-, sondern fünfzehnfach, und eines späten Abends im Juni ging die Reise los. Am nächsten Nachmittag trafen wir in Florenz ein. Die Stadt, die Paläste, die öffentlichen Skulpturen, die Bildersammlungen, die Geräusche und die Gerüche waren neu für uns, zumindest die Kunstwerke im Original. Neu war für uns auch, daß an diesem Abend ein Fußball-Länderspiel – Italien gegen England – stattfinden sollte und deshalb alle Hotelzimmer und sogar die Jugendherberge belegt waren. Was tun? »Wir geben unser Gepäck auf und schlafen im Bahnhof!« erklärte ein Schlauer. »Wenn sie uns nicht hinauswerfen nach Mitternacht«, sorgte sich ein Anderer. »Dann gehen wir eben in die Grünanlagen«, schlug ein Dritter vor. »Das erlaubt die Polizei nicht. Die Parks sind nachts gesperrt«, echote ein Vierter. »Wir gehen alle noch einmal durch die Stadt, wäre ja gelacht, wenn es nicht noch irgend ein paar Zimmer geben würde!« Dieser Vorschlag kam von mir. »Dann sieh zu, wo du bleibst«, meckerten sie alle. »Bis morgen«, echote ich und wollte schon losgehen, als Ulrike sich an mich wandte und sagte, sie ginge auf die Suche mit. Und so geschah es.

Wir zogen durch die halbe Stadt, nirgends ein, nein doch, zwei Zimmer. Müde kehrten wir schon zum Bahnhof zurück, die andern würden uns auslachen, da entdeckten wir noch ein Hotel, an dem wir mindestens schon einmal vorbeigelaufen waren. Der Wirt bot uns sein letztes Zimmer an, wie er sagte. »Aber wir möchten zwei.« – Habe ich nicht.« – »Zwei Einzelzimmer, bitte«, beharrte ich. – »Ein Doppel oder gar keins.« Da waren wir machtlos. »Nimm du das Zimmer, ich gehe zum Bahnhof«, entschied ich. Doch da kannte ich Ulrike schlecht. »Einverstanden, wenn du die andere Hälfte zahlst.« – »Kommt nicht in Frage«, sträubte ich mich. »Wenn ich nicht schlafe, dann zahle ich nicht.« – »Du kannst mich hier doch nicht allein liegen lassen!«, begehrte sie auf, es war ihr bestes Argument. »Und ich zahle nur mit, wenn ich auch mit schlafe.« Das hätte ich besser nicht gesagt. Ulrike und der Wirt, der sich schon amüsierte, waren es zufrieden. Jeden Augenblick konnten andere Gäste kommen. Dann war nicht nur ein Bett verloren, sondern es waren beide Betten perdu. »Geh', bitte, vor. Ich komme in fünf Minuten nach«, sagte ich gottergeben und glaubte, ein Kavalier zu sein. Sie würde sich morgen über mich nicht zu beklagen haben.

Denkste!

Diese florentinischste aller Nächte ist mir noch frisch in Erinnerung – und ich hoffe, Ulrike ebenfalls. Sie begann damit, daß ich Ulrike gar nicht sah, als ich ins Zimmer trat. Sie hatte sich bis über die Nasenspitze zugedeckt. Irgendwann wurde es ihr aber zu warm unter der Decke, also tauchte sie auf, sah mich im anderen Bett liegen – und ich sah natürlich sie. Wir beschlossen zu schlafen, ich löschte das Licht und wünschte ihr sehr altmodisch eine gute Nacht. Daraus wurde leider nicht viel. Erstens die sommerliche Temperatur im Raum, zweitens der Lärm auf der Straße und drittens die Situation, von der man nachträglich hätte sagen können, sie sei von angespannter Neutralität gewesen. Gegen die Wärme konnte man etwas machen – wir warfen die Decken vor die Betten. Gegen den Lärm konnte man höchstens das Fenster schließen. Doch dann wurde es nur noch wärmer. Also weghören. Und gegen die Anspannung, ja, was hätte man da tun oder nicht tun sollen, das war die Frage. Ulrike lag rechts, ich links. Es dauerte nicht lange, und sie entschied sich, zu mir herüber zu rutschen. Ich schob mich an die linke Bettkante, doch als sie noch näher kam und immer näher, fiel ich aus dem Bett, aus meinem. So umrundete ich den Altar der verbotenen Liebe und legte mich in ihr freies Bett. Sie kam hinterher. Wir drehten noch eine Runde und noch eine. Es war lächerlich. Dann gab sie Ruhe und schlief, in meinem Bett und ich in ihrem. Aber nicht lange. Als ich erwachte, saß sie am Tisch und schrieb allem Anschein nach in ihr Tagebuch. Du liebe Zeit, was würde sie da über mich dokumentieren? Ich stand, zutreffender gesagt: Ich lag vor der Verlobung, aber doch nicht mit Ulrike. Wem würde sie das Protokoll einer verpfuschten Nacht zeigen? Ich war noch müder als vorher und schlief wieder ein. Schließlich war das Bett ja bezahlt, das rechte wie das linke. Als ich dann zum zweiten Mal erwachte, dämmerte es hinter dem Fenster. Ulrike stand vor dem Becken und führte kalte Waschungen an sich durch. Das sah gut aus! Beim dritten Erwachen war es früher Morgen. Ulrike saß schon wieder oder immer noch am Tisch, jetzt frühstückte sie. Sie hatte Dosen und Fläschchen mitgeschleppt – ihren Rucksack hatte freilich ich getragen. Ich erhob mich und ging zu ihr hinüber. Sie blickte auf, fragte: »Möchtest du etwa auch etwas?« Und bot mir ein Ei an. Jeder andere Reisende und so auch ich hätte denken dürfen, daß es ein hartgekochtes sei. So wollte ich es höchst elegant aufschlagen – und warf es hoch gegen die Zimmerdecke. Was dann geschah, durfte der Wirt erst erfahren, nachdem ich das Zimmer geräumt hatte – fluchtartig. Ulrike fuhr mit rohen Eiern nach Italien! So tropften Dotter und Eiweiß fröhlich von der Decke und – auf den Teppich. Ich dachte nur noch an die finanzielle Schadensregulierung und erschrak halb zu Tode. Er würde uns festnehmen lassen. Wir würden unser letztes Geld hergeben müssen. Die schöne Reise war urplötzlich zu Ende, Schmach und Jammer unser Los. Wie Adam und Eva bei der Vertreibung – immer wieder ein ergreifendes Bild. Ach, du heilige Dreifaltigkeit!

Sie frühstückte unbeeindruckt weiter, ich putzte. Dann war ich aber sehr bald in meinen Sachen, zog die Tür hinter mir zu und verschwand. Mochte sie doch bis zum Abend frühstücken! Wir hatten schon am Vorabend zahlen müssen, der Wirt hatte, so schien es, seine Erfahrungen. So kam ich von ihm ungesehen aus dem Hotel und trabte unausgeschlafen zum Bahnhof. Dort waren die andern nicht da, entweder hatten sie alle noch einen Schlafsaal gefunden, wahrscheinlich, oder sie waren im Liegewagen nach Rom vorausgefahren, eher unwahrscheinlich, oder sie waren – da kamen sie gerade herein, wie sie behaupteten von einem mittleren Morgengang. Wir holten uns jeder einen Kaffee – ich hätte zwei vertragen können, suchten im Rucksack nach einem Butterbrot und überlegten gerade, an welcher der zwanzig Messen, die demnächst zur gleichen Zeit im Dom gehalten würden, wir teilnehmen wollten. Da erschien Ulrike, begrüßte die ganze Bande außer mir mit Handschlag, so daß die sich schon wunderten, und sagte dann selbstbewußt und vernehmlich in meine Richtung: »Du hast mir heut' Nacht aber einen Tanz gemacht!«

Die andern schienen nicht zu kapieren, ich wäre aber vor Scham am liebsten im Boden versunken. Oder noch lieber hätte ich mich, nein, sie umgebracht. Nun, da ging ich denn doch besser in den Dom. Dort wurden die zwanzig angekündigten Messen, nur leicht zeitversetzt, alle zur gleichen Stunde gelesen. Der neben dem Hauptaltar war wohl der Bischof, der gerade predigte. Wie das? In jeder Nische stand ein Altar und an diesem ein Priester. Jeder von ihnen las seine Messe still vor sich hin, ohne sich viel um seine Gläubigen zu kümmern. Es herrschte großes Gedränge, ein ständiges Kommen und Gehen. Von Andacht war nicht viel zu erkennen. Immerhin, die Florentiner genügten der Form – sie kannten die Bräuche. Wir Germanentölpel kannten sie nicht. Wir drehten uns langsam, aber sicher um die eigene Achse, hatten alle Teile der römisch-katholischen Meßfeier absolviert, von Mitfeier konnte die Rede nicht sein, und die pontifikale Predigt verstanden wir ohnehin nicht. So standen wir nach wenigen Minuten wieder draußen auf dem Platz. Mama mia, das hatten wir uns anders vorgestellt. Aber wir hatten mehr an Zeit für die Uffizien gewonnen, und mittags ging unser Zug.

Ulrike sah an mir vorbei. Ich hatte sie wohl sehr enttäuscht, erwog aber noch, ob mir das leid tun sollte oder nicht. Die Märchentante verließ uns in Rom, nachdem sie mit uns beim Papst gewesen war. In der alten Audienzhalle über dem Eingang des Petersdomes wurden wir nach Männlein und Weiblein getrennt. Dazwischen wurde der Gang für die Träger des papalen Sessels freigehalten, der Sedia gestatoria genannt wurde und inzwischen abgeschafft ist. Der sollte den Heiligen Vater wohl vor allerlei Unbill schützen, im Vatikan hatte man ja eine jahrhundertealte Erfahrung.

Als Ulrike in die linke Hälfte, die Frauenseite, abgedrängt wurde, wehrte sie sich und kam zu uns zurück. Mit ihrer schlanken Figur und den kurzen Haaren ging sie fast als junger Mann durch, doch eben nur fast. »Stellt euch um mich herum, dann sehen die mich nicht«, forderte sie uns auf. Wir taten es nur zu gern, denn wir waren empört darüber, daß man uns irgendwie unterstellte, wir würden im Schutze der aufgeregten Menge etwas Unzüchtiges oder wenigstens Unziemliches mit ihr anstellen. Doch wir kannten die Wachen schlecht. Sie hatten den falschen Jüngling entdeckt und pickten sich ihn unter einigem Getöse heraus. Sie mußte hinüberwechseln, und von

ULRIKE
ULRIKE
ULRIKE

der Frauenseite her schollen ihr nicht die feinsten Komplimente entgegen. Da war es auch hier mit unserer Andacht nicht zum Besten bestellt. Nun, immerhin hatten wir auch Pius XII. erlebt, weil dieser uns in Rom nicht fehlen sollte. Am nächsten Tag schon zogen wir in Richtung Venedig weiter, die Serenissima, was besagt, daß sie die heiterste aller Städte ist. Sie war es. Nur Ulrike konnte mich noch immer nicht wieder ansehen. Beim nächsten studentischen Tanzfest in Innsbruck blieb sie steif und unverbindlich, o Junge! Und im nächsten Semester war sie nicht mehr da. Also keine Chance auf Aussöhnung, von irgendwelcher – nur welcher? – Wiedergutmachung ganz zu schweigen.

Es sind seitdem Jahrzehnte vergangen. In Vorbereitung der Niederschrift meiner gar nicht tolldreisten Geschichten stöberte ich auch in den Fotos von damals und fand zwei Bilder von Ulrike. Eines zeigt sie unter einem Florentinerhut, es war an der Küste von Livorno aufgenommen worden, da sollte wohl ein Wind geweht haben, denn sie drückte sich den Hut auf den Kopf, damit er ihr nicht wegflog. Ihr Kleid lag eng an ihrem Körper, sie erschien mir wirklich wie ein Junge, doch versöhnlich angerundet. Das zweite Bild stammt aus den Innsbrucker Stiftssälen, wo mein Verein noch heute zu feiern pflegt. Sie sitzt mir gegenüber und schaut wieder so ernst drein wie ihre Mütter und Großmütter von Ems und Inn. Sie war und bleibt ein feines Mädchen!

Um sie endlich wiederzufinden, ließ ich mir von einer Schulkameradin kürzlich ihre Adresse geben, denn ich kannte ihren Beruf und die Stadt, in der sie lebt. Auf zwei meiner Briefe erfolgte keine Antwort, erst nach dem dritten. Sie hat viel Leid erfahren, schreibt sie, und wirkt sehr resigniert. Von ihrer Studentenzeit will sie nichts mehr wissen. Auch daß ich ihr berichten konnte, unser Professor habe später nach ihr gefragt, interessierte sie nicht mehr. Zu Weihnachten werde ich den Versuch wiederholen, Ulrike aus ihrem Ötzieis zu befreien. Doch ich habe nicht viel Hoffnung.

Wer mit rohen Eiern nach Italien fährt, ist selbst daran schuld, wenn ihm etwas zustößt – dem Ei natürlich.« Johannes war bemüht, die Sache ins Lächerliche zu ziehen. Doch Günther nahm sein Erlebnis ernst. »Sie tut mir leid. Sie kann sich selbst nicht helfen. Und ob ihr Mann ihr hilft, kann ich noch nicht beurteilen. Am besten, ich fahre einmal zu ihr hin.« Nach einer Weile stellte Johannes eine Frage, die zunächst rhetorisch schien, sich bald aber als von einiger Sprengkraft erwies: »Sagt mal, bei all den interessanten und schönen Frauen, habt ihr da immer nur zurückgeschaltet? Kam euch da keine allzu nah, wolltet ihr da nie umsteigen? Es heißt doch: Gegen Liebe kann man nichts machen. Konntet ihr sie immer nur unterdrücken? Seid ehrlich und weicht nicht aus!« – Günther wollte protestieren: »He, du! So war unser Treffen aber nicht gemeint. Ohrenbeichte? Dann fang' du doch selber an!« forderte er Johannes auf. Der sagte nur: »Ich hatte das eine oder andere Modell, für das ich sterben wollte. Aber dann blieb ich doch lieber am Leben und am vertrauten Herd.« – »Aber jetzt du, Günther!« verlangte Johannes. Der wollte sich zieren, sah aber ein, daß er den Freunden nicht entkommen konnte. »Was soll schon groß gewesen sein. Auch ein Maler braucht seine lebendigen Vorbilder, wenn er figürlich arbeitet oder sogar abstrakt. Keine Stilleben, keine Tiere, keine Landschaften – alles aus der Mode gekommen. Wer malt noch Akte, wer noch Portraits? Ich. Ich mache das immer noch. Es gibt noch Aufträge, vom Freund, vom Ehemann. Und da soll ich dazwischenfunken? Ich bringe mich doch nicht selber um!« – »Feigling«, stellte Johannes fest. –«Was heißt Feigling?« wehrte sich Günther. »Ich bin zufrieden, vielleicht schon zu alt, ich brauche keine Abenteuer.«

»Und du, Heiner?« wollten sie nun von ihm wissen. Heiner grübelte. Er mußte an Verena denken. Wie sie unbefangen vor ihm stand, so jung, so wißbegierig, so bereit. Als sie heiratete, war er Trauzeuge gewesen, und als er sie verlor, war er ein halbes Jahr krank. Er mußte damals Tag und Nacht an sie denken. Das Fieber steckte ganz innen. Er brauchte lange, um es ganz los zu werden. »Man kann nicht alles haben, auch nicht das, was man aus seiner tiefsten Seele möchte. Ehe ist ein heiliger Bund. Und das ist gut so.« – »Dein letztes Wort?« – »Nein«, entgegnete er. »Hört lieber zu.«

V wie Verena: Du wirst es nicht schaffen

Die Mutter stand neben ihrem Mann, der seit sieben Jahren im Rollstuhl sitzt. Er war angefahren worden und vom Rad gestürzt, ohne Helm, und er war mit der Schläfe auf die Bordsteinkante geschlagen und hatte viele Wochen im Koma gelegen. Seitdem war er ein absoluter Pflegefall. Für mich ist diese Frau eine Heilige, denn was sind Heilige sonst, wenn ihr Selbstopfer kürzer oder eben länger währt – hier schon sieben Jahre. »Wir haben uns die Ehe versprochen, die halten wir auch jetzt«, war ihre schlichte Auskunft. Kein Abgeben ins Heim, wofür fast jeder hätte Verständnis aufbringen können. Dieser Ehe entstammen drei Töchter, eine davon ist Verena. Von Beruf Lehrerin, verheiratet, fünf Kinder, das Jüngste fünfzehn Jahre alt. Ihr Mann ist ebenfalls Lehrer. Sie wohnen nicht im Hunsrückstädtchen ihrer Eltern, und die älteren ihrer Kinder verlassen bereits das Haus.

Einen herzlichen Glückwunsch! Denn nun hat auch sie »Abraham gesehen«, das heißt, sie wurde Fünfzig. Damals war sie nicht einmal halb so alt. Als sie mich kennenlernte, da ging sie noch zur Schule, und ich schenkte ihr noch keine Aufmerksamkeit. Das wurde anders, als sie in Bonn studierte. Wir hatten brieflich über einen Künstler diskutiert, dessen kritische Grafiken wir in einer Ausstellung gesehen hatten. Als ich in Bonn zu tun hatte, besuchte ich sie. Sie war ganz unbefangen. Wir sahen uns wieder, auch bei ihren Eltern im Haus, und von Mal zu Mal spürte ich, wie mir das Mädchen ans Herz wuchs.

Eigentlich war sie mit zweiundzwanzig, dreiundzwanzig, vierundzwanzig Jahren so lebensfremd nicht mehr. Doch man kann und soll nicht alles haben wollen, was man begehrt, auch wenn dieses sich anbietet. Anzubieten scheint. Dennoch, es war eine Liebe, und wer, der keine Schlafmütze ist, wer, in dem Temperament und Leidenschaft glühen, kann sich entziehen und von sich behaupten, ihn habe im Leben nichts und niemand angefochten? Nur, die allermeisten, denen es geschieht, reden nicht darüber – und schreiben es erst recht nicht, damit Andere es lesen können und sich wer weiß was für Gedanken machen. Ich fürchte allerdings, daß es ohne solche Offenbarungen die Hälfte der Schönen Literatur nicht gäbe und die Welt sehr viel grauer wäre.

Es hatte damit angefangen, daß sie unbedingt wissen wollte, ob sie schön sei. Als ich sie irgendwann im Wagen mit heim nahm, machte sie mich zu einer Art Paris. Das ist der unglückliche Mensch, der zwischen drei Grazien wählen soll und so oder so die zwei anderen Damen enttäuschen muß – und den die Maler des Barock dafür liebten. Hier freilich waren eine zweite oder dritte Schöne nicht vorhanden, und auf dem Vordersitz neben mir wäre auch kein Platz mehr für sie gewesen. Während dieser überraschenden Darbietung saß ich am Steuer und mußte schließlich fahren. Lang ist's her. Doch welch eine Begegnung! Für Verena nur ein Spiel, ein erstes Sichselbstfinden? Ich weiß es bis heute nicht. Denn sie schweigt sich aus.

Als wir Jahre später zu jenem Künstler fuhren, da waren wir zu dritt. Verena und eine ihrer Freundinnen hatten meine eigentlich verjährte Einladung zur Mitfahrt angenommen. A. Paul Weber (1893–1980), so hieß der von uns besuchte Meister, wohnte und arbeitete in dem alten Haus eines Reeders unweit von Hamburg. Die Kunstgeschichte hat sich bisher nur einmal zu Weber herabgelassen, in einer Festschrift für einen Innsbrucker Ordinarius. Den einen gilt Weber als Publizist, weil er in der Wochenzeitung DIE ZEIT über viele Jahre hin auf der ersten Seite aktuelle Zeichnungen veröffentlichte. Die anderen halten ihn für einen Karikaturisten, dessen sich ein ehrbarer Kunsthistoriker nicht anzunehmen habe. Aber der Bundespräsident verstand ihn und nahm ihn so ernst, daß er ihm mit Hilfe des zuständigen Landrats 1973 die ausgediente Dompropstei auf der Dominsel von Ratzeburg als Museum restaurieren und einrichten ließ – das »A. Paul Weber-Haus«. Es gibt eine Gesellschaft seines Namens, ihr stand damals ein evangelischer Bischof vor.

Der in Arnstadt geborene Thüringer, dessen Großvater den

Fleischwolf erfunden hatte, war Autodidakt – auch das in den Augen der Feuilletonisten großer Zeitungen ein Makel. Anstatt ihn zu würdigen, bohrten sie in seiner Vergangenheit, ob sich da nicht doch ein brauner Fleck finden ließe. Dabei hatten ihn die Nazis schon 1936 ins KZ Fuhlsbüttel geworfen und anschließend in Nürnberg inhaftiert. Grund dafür war ihnen sein hellsichtiger Zyklus »Hitler – ein deutsches Verhängnis«, gallige Blätter vom Untergang Deutschlands, 1932 veröffentlicht. »Kein anderer hat so scharf gegen uns gezeichnet wie Sie!« beschied man ihm ins Gesicht. Bekannt geworden ist Weber nach dem »womöglich gar nicht letzten aller Kriege« durch seine Kritischen Kalender, die er für die Jahre von 1959 bis 1981 (posthum) herausgab. Und durch unzählige Lithographien, bitter anprangernd oder von kauzigem Humor, von denen er je so viele Exemplare druckte und preiswert anbot, wie der Stein hergab – mithin keine Objekte für den seriösen Kunsthandel. Etliche Bildbände und von ihm illustrierte Bücher ergänzen sein umfangreiches Lebenswerk.

Da stand ein alter Mann in einem Land von bedrucktem Papier und ölgefärbtem Leintuch, von Heften und Büchern, von Stapeln seiner Blätter auf Tischen und Stühlen, überall quoll es, überall nahm es in Anspruch, begehrte Aufmerksamkeit, wollte gesehen werden, tausend Augen lugten nach jeweils nur zweien, ungezählte Münder und Mäuler sandten Schreie aus, allenthalben Verzückung und Schadenfreude, Haß wie auch Erbarmen; Ohren und Aberohren lauschten eifersüchtig auf ein einziges Wort, als sollte das sie erlösen, ins Leben rufen, entbannen; es raunte fluthaft und blieb dennoch still; Menschen und Tiere verlangten um so mehr Hinschauen, als sie in die Welt nur zweier Dimensionen verwiesen waren, wo sie verharren mußten, ohne sich je entzaubern zu können. Da stand er in seinem Reich, hielt Nachschau und fand, daß vieles gut war, gut ist, gut bleibt – auch das Böse, das er durch seine Griffelkunst berief.

Wir saßen also bei ihm in seinem großen Werkraum, der einst der Salon des Hauses gewesen war. Draußen im Park war die Stille einer ungestörten Nacht eingekehrt, und drinnen war es ebenfalls still. Weber lebte in der Villa allein. Nur das Feuer knisterte im Kamin, und gelegentlich knackte es geheimnisvoll. Es sollte bis in den Morgen währen, daß er am Stein arbeitete und die von fern angereisten Gäste ihm dabei Gesellschaft leisten durften. Er ließ sich durch uns nicht stören. Ab und zu stellte einer von uns ihm eine Frage, und jeweils nach einiger Zeit kam dann eine kurze, verschmitzte oder bissige Antwort hinter der Staffelei hervor.

»Verstehen Sie sich schon immer als Künstler?« wollte Verena einigermaßen vorwitzig von ihm wissen. Sie kannte einige der Rezensionen. – »Ich bin überhaupt kein Künstler«, lächelte Gottvater Weber nach einer Weile zur Antwort und sah über seine schwarz-weiße Welt hin, für deren Erschaffung er statt sechs Tage fast sechs Jahrzehnte gebraucht hatte. »Da ich einst für den Münchener satirischen ›Simpl‹ gezeichnet habe, bin ich für die meisten ein Journalist – was übrigens auch nichts Schlechtes sein muß. Aber die meisten von ihnen sind Lakaien, bezahlte Schreiberlinge. Und so habe ich sie auch oft genug gezeigt.« – »Wie kommen Sie nur auf all Ihre Ideen, das hat ja keinen Anfang und kein Ende?« traute sich nach einiger Zeit die Freundin hervor. – Weber ließ sie warten. Dann kam es bedächtig: »Doch, einen Anfang schon. Meine Mutter zeichnete gern, ich habe es ihr abgeguckt.« Pause. »Und ein Ende?« – »Wer weiß? Erst dann, wenn ich den Griffel und den Schaber aus der Hand lege. Das hat noch Zeit.«

Es war wieder Verena, die fasziniert hinsah und doch nichts von dem Neuen zu erkennen vermochte. Denn der Meister hatte die Staffelei zwischen sich und seine Gäste postiert. »Doch wie ist das mit Ihren Ideen?« – Wieder dauerte es schier eine endlose Zeit, bis ihr der Meister entgegnete: »Ich registriere, habe einen Einfall und formuliere ihn. – Ich bleibe immer bei den Tatsachen. – Ich hoffe, daß auch andere Menschen ›Bilder‹ sehen, wenn sie Zeitung lesen, das, was an Barbarischem berichtet wird. – Wehe, wenn ich falsch denke. – Ja, Bedenken kommen später, in Hinsicht auf das Künstlerische, das ich noch hätte steigern können. – Wenn ich bei der Arbeit anfange zu pfeifen, dann wird's gut.« Wieder nach einer Zeit lachte er plötzlich leise und sprach wie zu sich selbst: »Ich sitze nicht wie ein Molch in der Ecke und verspritze Gift. Die Wirklichkeit ist tausendmal grausamer, als was ich zeigen kann.« Und so flüchtet sich A. Paul Weber auf seinen Bildern im Grauen vor dem Grausamen der Wirklichkeit als kluger Till mit dem Narrenspiegel zu Fuchs und Eule, seinen treuen Gefährten, mit deren Gestalten er viele seiner Solnhofener Steinplatten bedeckt hat. Als die Flut alles Menschliche zu verschlingen droht, birgt er sich auf den Stamm einer Weide, den Fuchs im Arm, die Eule neben sich, von gierigem Hochwasser umspült. »Die Geduldigen« heißt das Bild von 1935, dessen Thema 1967, 1976 und noch 1980 in Variation wiederkehrte.

Wir Drei blieben abwartend gespannt, denn immer wieder kam ein treffender Ausspruch aus der Kulisse der Staffelei zu uns herüber. »Aber das Litho mit dem Antonius, der den Haifischen predigt?« Verena ließ nicht locker. »Er sitzt auf der Mastspitze eines sinkenden Schiffes und ermahnt die Haie zur Appetitlosigkeit – wird ihm das denn gelingen?« – Es entstand eine lange Pause. Dann ließ Weber plötzlich ein hintergründiges Lachen hören: »Wenn Sie glauben, kommt vielleicht ein Rettungsboot? Ein Hubschrauber?« Er sprach das leichthin und hielt die Frage offen. Doch war es seine Sache, die endgültige Antwort zu kennen? Reichte es nicht, daß er, der Künstler, in Frage stellt?

»Sie gehen auch den Papst an, Sie lassen ihn noch 1953 galant die Tiara ziehen und einen des Weges kommenden Proletarier grüßen: Pax vobiscum.« – »Sie lassen ihn Martin Luther im Petersdom feierlich empfangen, und Sie zeigen unter dem Titel ›Humanae vitae‹, wie eine unbekleidete Frau den Papst in einer Arena vor ausschließlich weiblichem Publikum in die Höhe hebt und zur Strafe durchschüttelt wie ein ungehorsames Kind«, fiel die Freundin ein weiteres Mal ein. Verena ergänzte beinahe pedantisch: »Sie haben es auch mit dem Großinquisitor, dem Sie eine Kathedrale als Thronsessel unterschieben: Sagen Sie, bitte: Können Sie nicht vergeben?« – Weber fing seelenruhig an zu pfeifen. Er nahm sich Zeit. Wollte er den Studentinnen nicht antworten? Doch mir vielleicht? Ich sagte: »Herr Weber, Sie sind sicher nicht kirchengläubig im alten Sinne, doch möchte ich denken, daß Sie es mit Christus halten. Denn Sie kämpfen doch für Gerechtigkeit und Frieden und lassen sich dafür viel an Verdächtigung, ja versuchter Demütigung gefallen. Wie ist das nun mit dem Antonius?«

Die Antwort kam von Verena, die mich damit überraschte: »Wenn wir glauben können, dann wird er eben nicht gerettet. So wie einst der Mann am Kreuz nicht gerettet worden ist. Der mußte sterben, damit die Welt ihm noch heute die Botschaft abnimmt – jeder, der will. Das sehe ich doch richtig, oder?« Nach langen Minuten fügte Weber nur hinzu: »Sie kennen meine Bilder. Da steht alles drin.«

Aber Verena gab noch keine Ruhe. »Herr Weber«, hob sie zögernd an, »unser Professor für Kunstgeschichte in Bonn hat behauptet, daß damals in Nürnberg ein Julius Streicher versucht hat, Sie zur Mitarbeit an seiner Zeitung zu gewinnen. Die hieß ›Der Stümer‹ und soll das schlimmste Hetzblatt gegen die Juden gewesen sein. Sonst hat er nichts über Sie gewußt. Was sagen Sie dazu?«

Der Gefragte war weder erschreckt, noch nahm er die Wißbegier übel. »Mein Kind«, lächelte er gütig, »die Nazis haben viele gute Leute nötig gehabt. Auch Barlach wurde auf den Berg der Versuchung geführt. Ihn haben sie nicht gewonnen. Und mich auch nicht. Ihn haben sie dafür zugrunde gerichtet. Daß ich überlebt habe, war kein Verdienst, es war ein Zufall.«

Wir schwiegen betreten, und ich betrachtete Verena. Sie war jung, schlank, schön und geschmeidig. War es nur das, was mich an ihr so beeindruckt hatte? Da war auch noch eine ferne landsmannschaftliche Gemeinsamkeit. Doch das konnte es nicht sein. Ich wußte es nicht und wollte es auch nicht mehr wissen. – Als sie meinen Blick bemerkte, verbat sie sich diesen mit einer abwehrenden Bewegung der Hand, die ihren Unwillen ausdrückte. Sie war unerreichbar für mich wie ich für sie. Doch darum konnte es nicht mehr gehen. Warum war sie mitgefahren – nur wegen Weber? Und warum hatte sie ihre Freundin wie zum eigenen Schutz mitgenommen – ihretwegen oder wegen mir? Ich war verwirrt. Wie gut, daß der Künstler so wenig redete.

Ich sah Verena wieder an, lange und forschend in ihre Augen. Da schlug sie die Hände vor's Gesicht wie ein kleines Mädchen. Ich wartete. Sie fing sich und brachte ihre Frage lauter zum Ausdruck, als es in dem stillen Raum nötig gewesen wäre: »Herr Weber, Sie zeichnen doch auch heitere Figuren, fröhliche Szenen – ich denke an Ihre witzigen Tierbilder. Also geht es in Ihrer Welt doch auch ohne Probleme zu?« – Wieder dauerte es, ehe der große Satiriker sich auf die Anwort einließ. »Die Tiere sind meine besten Menschen. Denken Sie nur an meine Wappentiere, Fuchs und Eule. Die leben auch hier im Park. Auch Hase und Igel, Gans und Pudel, Hahn und Esel, ja Hund und Katze liebe ich sehr. Sogar den Eber vom Nachbarn und den Stier im Dorf.« – »Deshalb benehmen sie sich alle wie wir Menschen?« Verena blieb hartnäckig. Und wieder ließ sich der alte Mann Zeit. Dann meinte er schlichthin: »Für mich ist der Unterschied nicht sehr groß.« – »Sind denn für Sie die Menschen wirklich nur Karikaturen? Nur verlogen, eitel oder korrupt? Ehrlich, wo zeigen Sie uns einmal Liebe? Dürfen nur Ihre Tiere gut sein?« – Weber sagte nichts. Schließlich griff er das von Verena angeschlagene Wort auf: »Liebe?« fragte er leise. »Sehen Sie mal her, was ich heute Nacht geschaffen habe.« Er ließ uns zu sich treten, und wir sahen auf den Stein. Wir erkannten eingeritzte Linien, geschabte Flächen. Doch eigentlich sahen wir gar nichts, jedenfalls kein Bild. Da holte Weber die Bürste eines Besens, tauchte sie in eine dunkle Flüssigkeit und fuhr damit über den Stein. Es entstand ein Bild im Negativ.

»Was ist das? Wer? Wie heißt das Bild?« wollten wir, durcheinanderredend, von ihm hören.

»Der grüne Jäger von Soest. Haha, da sitzt er aufgeschreckt im Bett und neben ihm ein Mädchen. Der wilde Mann davor, das ist ihr Vater. Er zielt mit der Pistole auf den jungen Mann.«

Wieder ließ er uns eine Pause lang warten. »Eine Illustration zur Neuausgabe des ›Abenteuerlichen Simplizissimus‹ von Grimmelshausen«, erklärte er dann. »Den kennen Sie doch?« – Natürlich kannten wir ihn.

»Aber es bestand kein wirklicher Grund für die Heirat«, wandte ich ein. »Die wird erzwungen, vom Vater des Mädchens, nur auf Verdacht.«

»Was dir ja nicht passieren kann!« Verena gab sich unerwartet frostig. So kannte ich sie bisher gar nicht.

»Nein, denn auch in diesem Falle besteht keinerlei Grund.«

»Ihr Männer denkt meist nur an euch selbst«, mischte sich die Freundin ein. »An das Mädchen denkt anscheinend keiner.«

»Doch, ich!« nahm Weber wieder das Wort. »Und deshalb gehen die jungen Damen jetzt, bitte, zu Bett. Sie, lieber Freund, bleiben noch ein bißchen bei mir.« Sie gingen, ich blieb, und der kleine große Mann wandte sich nun am Tisch einem anderen Bild zu. Drinnen wie draußen war es wieder still, die Vögel schliefen noch, nur das Feuer knisterte und knackte, der Hausherr ließ es brennen bei Tag und bei Nacht.

»Was haben Sie da angerichtet?« fragte der alte Herr.

»Eigentlich nichts.«

»›Eigentlich‹ gibt es nicht. Sagen Sie ja oder nein.«

»Wir sind uns näher gekommen, aber nicht zu nahe, wenn Sie das meinen. Diese Begegnung ist nun schon ein paar Jahre her, und sie hat längst einen festen Freund, den sie heiraten will.«

»Dann hat Ihre Bekanntschaft das damals aber anders verstanden. Gründlicher oder, wie man heute sagt: existentieller.«

»Sie hat mir niemals gesagt, daß sie mich liebt.«

»Aber Sie wissen doch, es gibt viele Sprachen, in denen man miteinander reden kann. Waren Sie blind?«

»Lieber Herr Weber, ich möchte nicht mehr darüber reden. Denn ich kann mir bis heute nicht vorstellen, daß ein so junger Mensch, dem alle Tore und Wege offen stehen, sich innerlich an mich gebunden hat. Ich bin doch so viel älter.«

Irgendwo im Haus schlug eine Uhr zweimal vier Schläge.

Wir hatten sie bisher überhört. Vier Uhr morgens, selber müde jetzt und Verena traurig, ja fast bitter. Wozu waren wir hergekommen, wenn es einen solchen Mißklang gab? Ich überlegte eben, ob wir vor der Abfahrt am Vormittag die geplante Ausstellung noch besprechen konnten, als Weber wie zu sich selber sagte: »Eigentlich nichts?« Und dann, zu mir gewandt, fortfuhr: »Sie hätten sich zurückziehen müssen, als Sie Ihnen ins Herz zu steigen begann.« Seine Stimme war noch tiefer geworden.

Der alte Herr war berührt. Er hatte Verena nach der Ausstellung in Bonn nun zum zweiten Mal gesehen und fand sie sympathisch. »Sie ist wegen der Zurückweisung verletzt und ihre Wunde wohl noch nicht verheilt.«

»Gegen die Liebe kann man nichts machen!« blieb ich stur. Ich sagte nicht, daß auch ich eine Narbe spürte.

»Für die Liebe soll man auch nichts machen, wenn sie kein Ziel haben kann. Lassen Sie ihr Zeit. Wenn Sie Glück haben, bleibt eine Freundschaft.«

Er ging noch einmal an die Arbeit, pfiff vor sich hin und beachtete mich nicht mehr. Es dämmerte schon, als auch ich das Hotel aufsuchte. Da stand plötzlich Verena vor mir und sah mich lange prüfend an. Empfand ich Schuld? »Geh!« befahl sie schließlich. Das war der Abschied. Ich sollte das Glück einer bleibenden Freundschaft nicht haben. Ich bedauere es.

Am Morgen hat A. Paul Weber jedem von uns ein frisches Blatt als Geschenk mitgegeben: Seitdem hängt der Grüne Jäger bei mir über dem Schreibtisch.

Heiner hielt inne, er wollte aufhören. Doch da errieten seine Freunde, diese Begegnung wäre noch nicht zu Ende erzählt. »So schenke uns noch den Rest«, drängten sie. Und er beendete seine Geschichte:

Sollte ich ihr in diesem Leben noch einmal schreiben, dann lautete der Brief wohl so: »Prinzessin, du wirst es nicht schaffen. Darum versuche nicht, das Bild zu zerstören, das ich von dir seit damals in mir trage. Du verdunkelst ein strahlend helles Bild. Ganz auslöschen kannst du es nicht. Du wirst es nicht schaffen!«

Jetzt wollen wir lieber nicht über das Leben nach dem Tode rätseln. Du meinst ja nur den Himmel der Liebe, den Siebenten. Wenn ich dir einen guten Rat geben darf: Laß dir Zeit. So eine Ewigkeit dauert schon lange genug.« Das war Johannes. – »Eine?« fragte Günther. »Glaubst du denn, es gibt mehrere?« – »Das könnte schon sein – von Urknall zu Urknall, Amen.« – »Das ist aber noch nicht bewiesen.« Günther blieb konservativ. »Und selbst, wenn du recht hättest: Wenn es Gott gibt, für den alles spricht, was wir aus seiner Selbstoffenbarung in den Geistes- und den Naturwissenschaften schließen – selbst dann könnte der Himmel immer noch anders sein.« – »Ihr fangt an zu spekulieren«, mischte sich Heiner ein. »Bleibt auf der Erde.« – »Vorläufig ja. Aber in ein paar hundert Jahren werden Menschen auch woanders leben, vorläufig erst einmal auf dem Mars. Es ist alles eine Frage, ob wir die Grenze der Lichtgeschwindigkeit überwinden können.« – »Also wir nicht mehr«, hüstelte Johannes.

Da keiner von ihnen naturwissenschaftlich ausgebildet war, verebbte ihre Unterhaltung allmählich. Nur Günther fragte zäh, wie Heiner von der Liebe auf den Tod kommen könne. Oder umgekehrt vom Tod auf die Liebe. »Das solltet ihr als Künstler besser wissen als ich«, rechtfertigte sich der Angesprochene. Liebe will Unendlichkeit. ›Auf ewig Dein‹ steht auf den Lebkuchenherzen, die man auf jeder Kirmes verschenkt. Der Spruch stimmt sogar. Und in der höchsten Ekstase der Liebenden wird der Bruch schmerzlich klar, daß wir diesen Zustand nicht anzuhalten vermögen. Womit wir wieder bei unserem Traum von der Glückseligkeit angekommen sind.« – »Wirklich nur ein Traum?« Günther ließ nicht locker. »Der alte Platon erfand mit dem berühmten Höhlengleichnis die Frage, die sich die mittelalterlichen Nominalisten stellten: Ist die Wirklichkeit vor ihrer Idee, also ihrer Idealvorstellung, ist sie während deren Verwirklichung im Sein oder ist sie erst, nachdem man sie erkannt und begriffen hat, benennen und damit definieren kann? Die Frage ist gar nicht so spinnert. Seit zweieinhalbtausend Jahren kehren Philosophen immer wieder zu ihr zurück – mit anderen Worten, versteht sich.« – »Ja«, sagte Heiner, »und die willst du jetzt auf die Liebe anwenden, etwa so: Erreichen wir das Glück schon in der Vorfreude, während ihres Erlebens – von mir aus während ihres Vollzugs – oder erst danach, in der Erinnerung?!« – »In unserem Alter auch schon in der Erinnerung, will ich meinen«, meldete sich Johannes und setzte nach: »Liebe hat viele Gesichter, wir haben es ja vorhin gehört. Wißt ihr was? Ich habe da einen Wunsch: Im Alter möchte ich mich zurücklehnen dürfen wie Gottvater am Siebenten Tage, mich meiner Skulpturen und Plastiken erinnern und zu mir sagen können: Denn siehe, es ist alles wohl getan, ist alles gut.«

»Schön hast du das gesagt«, meinte Günther, der wieder darauf drang, auf den Blauen Planeten zurückzukommen und sich dieser Abendstunde zu erfreuen »Schon morgen ist das alles vorbei.« – »Alles nicht«, widersprach ihm Johannes. »Sieh' einer an, du genießt die Glückseligkeit nicht vorher, auch nicht nachher, sondern im Jetzt. Und zu Hause hast du dann alles vergessen. Ein waschechter Nominalist!« – »Wenn es so wäre«, antwortete Günther keineswegs gekränkt, »dann brauchte ich euch gar nicht mehr zuzuhören, mir selbst auch nicht. Unsinn. Die Liebe hat oft einen hohen Preis – die kreatürliche Unzufriedenheit hernach. Dagegen muß man arbeiten. Mit Hilfe einer Gnade, die wir Hoffnung nennen. Es ist das Tröstliche am Christentum, daß es die ewige Glückseligkeit zwar verheißt, doch nicht im Hiersein.« – »Da kannst du auch sagen, durch diese Lehre werden wir ganz schön verschaukelt und vertröstet.« Es war Johannes, der protestierte. – »Weißt du etwas Klügeres? Als Ausweg bleibt uns doch nur das altrömische ›Carpe diem‹ – nutze den Tag, friß dich voll, sauf' dich voll, amüsiere dich zu Tode und raffe, was du raffen kannst. Ist das vielleicht eine Lösung?« Günther hatte sich erregt. Johannes vermochte ihm nichts zu erwidern.

Es war an Heiner, sie zu versöhnen. »Beruhigt euch. Ihr hättet ja beide in ein Kloster gehen können. Der Eine von euch in ein sozial aktives, der Andere in ein betrachtendes. Die Wahrheit wird wohl nicht in den Extremen liegen, sondern in der Mitte. Mit einem anderen Wort: Seid dankbar. Freut euch über jeden gesunden Morgen und über jeden schönen Tag im Kreise eurer Lieben – derer, die euch lieben und die ihr liebt!«

W wie Wilma: Sodom und Gomorrha

Eine Detonation zerriß das Gespräch. Und ein Schrei. Dann war nichts mehr. War das das Ende?

»Wo ist Wilma? Was hast du gesagt?« Rebecca – meine Frau – wollte es nicht glauben. »In Jerusalem, jetzt?«

»Doch. Sie ging vor zwei Monaten hin, mit ihrem Mann. Der hat dort an der Uni einen Lehrauftrag bekommen. Für zwei Jahre. Und sie eine Stelle als Deutschlehrerin. Auf ein Jahr, für länger hat ihre Schulbehörde sie nicht beurlaubt.«

»Und da ist sie bei den Verhältnissen nicht zurückgekommen? Es gibt da doch Krieg!«

»Krieg? Ich habe heute Nacht noch mit ihr gesprochen. Es war kaum ein Durchkommen. Doch als ich sie endlich hatte, gab es einen gewaltigen Knall, und die Verbindung brach ab. Hoffentlich ist ihr nichts passiert.«

»Booch!« Rebecca gab sich keine Mühe, ihr lautes Staunen zu unterdrücken. »Sie kann es ja nicht lassen. Immer Israel!«

»Ja, immer wieder Israel«, pflichtete ich ihr bei. »Aber gibt es auf der Welt ein interessanteres Land? Und ein wichtigeres dazu?«

»Weiß nicht. Ich sollte darüber Bescheid wissen. Doch außer meinem biblischen Vornamen haben mir die Eltern nichts mitgegeben. Und die Lehrer auch nicht. Sie hatten nichts gegen die Juden, aber auch nichts dafür.«

»Die Juden verabschieden sich untereinander noch immer mit: Nächstes Jahr in Jerusalem! Jetzt sind sie dort, aus aller Welt. Aber es ist für sie lebensgefährlich geworden. Naja, wie früher schon auch.«

»Ruf' doch ihre Eltern an, wenn du Näheres über Wilma erfahren willst. Die wissen vielleicht mehr?«

»Zu früh. Morgen, wenn überhaupt.« Ich wollte Zeit gewinnen, für mich selbst. Ich fühlte, wie Angst in mir um sie aufstieg. Helfen konnten wir Wilma sowieso nicht. Ja, warum mußte sie jetzt dort sein?

Wilma, welch eine Frau, schon welch ein Mädchen! Wir fuhren nach Bremen, um in der Seminarreihe ›Neuer Städtebau‹ den Stadtteil Neue Fahr zu besichtigen, über den in den Zeitungen so viel Widersprüchliches berichtet wurde. Als eine Klassenkameradin mir im Bus zuflüsterte, die da vorn links, die sei schon in Israel gewesen, wurde ich hellhörig. In Israel? Das war ungewöhnlich.

»Mit siebzehn? In den Ferien?« vergewisserte ich mich.

»Sie hat einen Aufsatzwettbewerb vom Land gewonnen.«

Ich ging zu ihr hin und bat sie, mir das, was ich da gehört hatte, zu erklären. Sie tat es ausführlich, und als sie an die Stelle kam, an der der Scheich eines Beduinenstamms bei Beer Sheva dem israelischen Reiseleiter zwanzig Kamele für sie geboten hatte, fing sie an zu lachen.

»Zwanzig Kamele, ja«, sagte sie. »Nun weiß ich wenigstens, was ich wert bin. Ich habe mich im Zoo erkundigt.«

Vier Jahre später nahm ich selbst an einer Reise nach Israel teil. Wilma fuhr mit. Als wir uns Beer Sheva näherten, wollte ich sie necken und fragte sie, wo denn nun ihre Kamele seien – nach so langer Zeit doch längst weitergezogen. Da hielt der Bus an einer Reihe von Zelten, und wir sahen hinter diesen eine Herde Kamele. Aus einem der Zelte trat ein Beduine heraus, nach seiner Aufmachung konnte es wohl der Scheich sein. Und er war es!

Er erkannte Wilma sofort wieder. Die stand reglos da und wartete ab, was nun kommen werde. Der Scheich war aufgeregt. Diesmal bot er dreißig Kamele, Wilma war reifer und noch schöner geworden, allerdings. Es gab ein langes Palaver zwischen ihm und unserem Guide, das damit endete, daß Wilma in den Bus geschickt und die Tür hinter ihr verschlossen wurde. Man sah in Israel einen Konflikt mit loyalen Beduinen, die das Land durchquerten, ohne seßhaft zu werden, nicht gerne. Wir besichtigten den Stamm, die Zelte und die Kamele. Der Scheich hatte sich gekränkt zurückgezogen.

Als sie ihren zweiten Mann kennenlernte, fuhren die beiden erstmals gemeinsam in das biblische Land und die Urewige

Stadt – wenn sich Rom schon als die Ewige bezeichnet. Es folgten weitere Aufenthalte, auch zur Erholung am Roten Meer. Und nun war Wilma ganz dort. Es sollte der Anfang eines großen Kennenlernens werden, nicht nur der Israelis sondern ebenso der Araber – und dies zweifach, der muslimischen und der christlichen. Der Bürgerkrieg schärft ihr Urteil stärker als alle Begegnungen bisher sonst.

Wilma ist groß, schlank, blond, hat graublaue Augen, trägt das Haar lang und erregt Aufsehen, wenn sie auftritt. Nach ihrer Mitwirkung auf einem öffentlichen Podium nannte die Zeitung sie ungeniert eine »blonde Schönheit«. Sie ist Realschullehrerin geworden für Deutsch und Gemeinschaftskunde und gehört einem Schauspielerensemble von Amateuren an. Sie steht voll auf der Bühne des Lebens, und man kann sie als eine Intellektuelle bezeichnen. Sie genießt Konzert, Oper und Ballett, am meisten aber das Schauspiel. Für ihren ersten Mann, genannt Tiescher, verfaßte sie viele Beiträge für seine literarische Hörfunkreihe »Schatzsuche«.

Gegen Wilma habe ich eine Wette um 20 Flaschen Schampus verloren, weil ich fest davon überzeugt war, daß sie es in wenigen Jahren zur Staatssekretärin beim Kultusminister eines süddeutschen Bundeslandes gebracht haben würde. Leider nicht, denn ihre Partei war dort bisher noch nicht am Zuge. Jetzt könnte sie Chancen haben, doch sie ist ja außer Landes. Eine bemerkenswerte, weil kluge Frau.

Ihren Ersten hat sie schon damals auf jener Israelfahrt kennengelernt, die ihre zweite war. Er foppte sie oft damit, daß er auf gut Määnzisch Tiescher (Tiger) zu ihr sagte: »Ei, sag doch einmal Tiescher zu mir, das klingt so wild!« Sie also wurde Lehrerin, er Journalist. Zwei Jahre später heiratete sie den Tiescher in St. Alban zu Mainz. Als ihrer beider Kinder dann erwachsen wurden und aus dem Hause gingen, da war der Tiescher gar nicht mehr so wild auf Wilma. Irgendwann entzündete sich bei ihr die Sehnsucht nach Liebe, neuer Liebe, während er sich für die weichen Arme einer Anderen begeisterte, in die er zu sinken schwärmte. Nach der Scheidung von Wilma beeilte er sich, die Eigentümerin jener Arme zu heiraten. Abermals hoch zufrieden mag er ja gerne sein. Für sie war es nach seinem Auszug eine schreckliche Zeit. »Trauerzeit« kommentiert sie unterkühlt noch heute. Wenn sie ihn im Theater zwei Reihen vor sich mit ihrer Nachfolgerin sitzen sah, dann gab es ihr einen Stich ins Herz. Sie brauchte länger als ein Jahr, um sich selber neu zu finden. Als sie das geschafft hatte, wuchs ihr Vertrauen und dann ihre Liebe zu dem Wissenschaftler, den man, wie berichtet, als Deutschen kürzlich nach Jerusalem berief. Mary und ich standen eine Zeitlang zwischen Wilma und dem Tiescher, weil wir doch seit 1961 enge Freunde sind. Nun stehen wir zwischen den Paaren und möchten die Freundschaft zu den Einen erhalten und zu den Anderen gewinnen.

Manchmal habe ich mich vor Wilma geniert. Sie ist so ungemein belesen und gebildet, gegen sie bin ich ein Banause. Wenn sie von all den Aufführungen neuer Dramen erzählt, muß ich passen. Ich kenne nicht einmal deren Autoren. Oder wenn sie Lyrik von jungen Schriftstellern vor mir ausbreitet, kann ich nur stumm zuhören und den alten Kopf senken. Wilma hat einen scharfen Verstand, klares Urteil. Wenn sie etwas oder jemanden kritisiert, so sagt sie ehrlich, was nach ihrer Überzeugung zu sagen ist. Das kann hart sein. Doch sie vernichtet nicht, stets bleibt sie rücksichtsvoll und konstruktiv.

An zwei Szenen mit Wilma will ich noch häufig denken. Die erste spielte am Strand von Tel Aviv, wo wir am Ende unserer Tour ausgelassen im Sande lagerten, nicht ahnend, daß sich Stunden später über unseren Köpfen mehr und mehr Männer versammelten, alle in schwarzen Mänteln, zumeist mit langen Locken an den Schläfen und mit schwarzen Hüten angetan, doch die Hosentaschen nach außen gewendet. Der jüdische Versöhnungstag Yom Kippur! Eine Riesenmenge feierlich gestimmter strenggläubiger Juden – und wir in sparsamstem Badekostüm, so knapp schon wegen der Hitze. Von einem Ozonloch hatten wir noch nichts gehört. Als das Gemurmel und wahrscheinlich auch Gemurre über uns immer lauter wurde, sahen wir nach oben, erschraken gehörig und schlichen uns davon, auf einem Umweg zum Hotel, wo unsere Kleidung abgelegt war. Wilma war ansehnlich genug, um nicht viel anzuhaben. Als sie sich erhob, verstummte das Gemurmel für einen beklemmenden Augenblick, um dann umso lauter wieder einzusetzen. Die frommen Männer hatten sich gefaßt und labten sich an ihrer Empörung. Wilma schritt seelenruhig weiter, drehte sich noch einmal um, damit ein jeder sie auch genau betrachten konnte, lächelte, anstatt zur Salzsäule zu erstarren wie einst Frau Lot im Lande der Bibel, und kam ganz allein uns anderen hinterher. Sodom und Gomorrha! Doch egal, ob dies 1965 im Sinn der neuen israelisch-deutschen Annäherung war, durch eine Frau war hier das Heil in die Welt gekommen, durch eine Frau selbst in nur einer winzigen Tangahose war die Versöhnung sinnfälliger zu begründen als mit zehntausend leeren Hosentaschen.

Die zweite Szene begab sich beim Abschied auf einem S-Bahnhof. Wilma war noch im Trauerjahr, wir hatten sie für einen langen Abend besucht, es war am Vormittag, sie hatte es eilig, zum Unterricht zu kommen, während wir auf den Zug warteten. Da lief sie weinend die Treppe hinauf und wollte ihre Tränen verbergen. Als sie sich auch hier noch einmal umdrehte, sah sie sehr jung aus, wie ein ganz junges Mädchen, ein Kind, das soeben von seinen Eltern verlassen wurde. Nur einen Augenblick, dann lief sie weiter. Da kam der Zug. Ihr Gesicht und ihre Tränen werde ich nicht vergessen.

Wilma ist eine Persönlichkeit außer der Reihe. Eine wunderbare Freundin. Dazu eine fantastische Köchin. Und viel mehr wert als vierzig, was sage ich: fünfzig Kamele! Jetzt ist sie also wieder im Land der Bibel, das von Römern und Christen verunheiligt wurde. Und was soll sie sagen, wenn morgens christlich-arabische Palästinensermädchen aus ihren Klassen zu ihr kommen und unter Tränen berichten, daß tags zuvor das Haus ihrer Eltern von Geschossen getroffen, gesprengt oder gleich abgeräumt worden ist. Wie kann sie trösten?

Übrigens, es war lediglich ein kräftiger Windstoß, ihr war der Hörer aus der Hand gefallen, es zersprang nur eine Vase.

Wieder kein Grund zum Lachen, wieder ein langes Schweigen, während die Nacht herabsank und die Bouzoukis den drei Freunden unaufhörlich in die Ohren drangen. Diese Musik war wie Wein, auch sie konnte trunken machen. Da saßen sie an friedlichem Ufer, während an einem nicht so fernen anderen Gestade desselben Meeres im Namen doch desselben Gottes Mord und Totschlag einen in Generationen unüberwindbaren Haß in den Herzen und Hirnen immer neu aufkochen ließ. Die Griechen hatten in Kriegen gelitten, hatten militärischen Überfall, blutige Unterdrückung und grausame Verfolgung über sich ergehen lassen müssen, von Römern, Sarazenen, Venezianern, Türken, auch von Deutschen und Italienern. War das schon vergessen? Falls nicht, so war es doch überwunden, der Gast aus Deutschland spürte keine Vorbehalte mehr. Ein unbedacht heiteres Volk? Mit den Türken hatten sie es immer noch zu tun, schon wegen Zypern. Oder waren es auch hier die Religionen, Orthodoxie und Islam, die ihre beiden Völker nicht zur Ruhe kommen ließen? Oder doch die Religionen als wohlfeile Vorwände dafür?

»Und vergib uns unsere Schuld«, sprach Johannes still vor sich hin, als betete er. »Wie auch wir vergeben unseren Schuldigern«, assistierte ihm Günther ebenso leise. Heiner schwieg. Behutsam stießen die Drei ihre Gläser an. »Mein Gott«, sagte Heiner, »das ist die einzige Lösung.« – »Erlösung«, ergänzte Johannes. »Ich habe im Leben viel christliche Kunst gemacht – Altäre, Tabernakel, Kreuze, Leuchter, Amben und anderes mehr – und ich habe dabei oft an dieses Wort gedacht, das uns der weiseste aller Juden gelehrt hat. Wie könnten alle Menschen so glücklich sein, wenn sie nur wollten!« – »Wenn wenige andere Menschen sie ließen!«, sagte Günther hart. »Seien wir dem Schicksal dankbar und freuen wir uns darum über diese wundervollen Tage hier auf Hydra. Yia mas!«

»Yia mas!« wiederholten die beiden Anderen, und Heiner stellte die fällige Frage, wer denn nun am letzten Tag und letzten Abend in der letzten Stunde die letzte Geschichte zum Besten gebe. Nach seiner Zählung wäre es die dreiundzwanzigste. »Also die vorletzte«, berichtigten ihn die Anderen schadenfroh. Heiner gab sich drein und nahm das Wort.

X wie Xaveria: Komm' mit in die Schweiz

Das Schiff hieß Delphini und hatte in Brindisi abgelegt. Im Krieg mußte es wohl als Truppentransporter oder Lazarett gedient haben. Nun faßte es 150 Passagiere und an die 30 Mann Besatzung, den Maschinisten und den Smutje inbegriffen. Den Kapitän bekamen wir in den 18 Tagen unserer Reise nicht zu Gesicht, vielleicht gab es ihn gar nicht. Was schlimmer war, es fehlte auch eine ordentliche Brücke, wo zumindest Steuermann und Navigator ihre Arbeitsplätze hätten. Den Steuermann mußte es ja geben, doch auch der Navigator war nirgends zu entdecken. Von wegen Traumschiff, wenn auch Traumroute: Korfu–Patras–Piräus–Athos–Istanbul–Canakkale–Rhodos–Santorin–Nauplia–Brindisi. Dazu die Landausflüge nach Olympia, Delphi, Korinth, Athen, Berg Athos, Troja, Lindos und Mykene. Meistens fuhr der griechische Seelenverkäufer nachts, das heißt, er legte gegen 18 Uhr in dem einen Hafen ab und morgens in dem nächsten an. So erlebten wir die drei Frühjahrsstürme auf See auch gespenstischer bei Nacht.

Der Zug nach Brindisi war von Mailand gekommen, und schon hier hatte es eine lange Nachtfahrt gegeben: Wir saßen zu sechst im Abteil, wurden irgendwann des Hinausschauens müde und schliefen ein. Ich jedenfalls schlief selig, denn mir war der Kopf an das Herz, besser gesagt an die Brust einer mütterlichen Schweizerin gerutscht, was ich erst beim morgendlichen Erwachen bemerkte. Es wurde hell und heller, doch aus Scham verhielt ich mich still, unwissend, ob meine Gönnerin mich schon entdeckt hatte. Als ich dann verlegen blinzelte, entdeckte ich ein Augenpaar von gegenüber ernst auf mich gerichtet. Die Mitreisende war, wie ich bald drauf bemerkte, eine junge dunkelhaarige Schöne, ebenfalls aus der Schweiz wie die meisten Teilnehmer an dieser Reise. Nun schämte ich mich noch ein bißchen mehr und hielt meine Augen wieder geschlossen, so lange, bis sich meine »Amme« regen würde. Sie hatte zu wessen Sicherheit auch immer einen Arm um mich gelegt. Ich kam mir vor wie eine Beute. Plötzlich rief jemand überrascht, und alle sahen zum Fenster hinaus – die Sonne ging rotgold über dem blauen Meere auf. Da kam ich frei und trat schnell auf den Gang. Die Augen der Dunkelhaarigen folgten mir, die meiner Sitznachbarin auch. Im Abteil saß noch ein älteres Ehepaar und ein einzelner Herr. Wie ich schon am Abend bei der ersten Mahlzeit auf dem Schiff bemerkte, war er der Vater der Dunkelhaarigen. Wir saßen zu sechst am runden Tisch, zwei Studentinnen aus Österreich, unser Professor sowie Vater und Tochter.

Fünf Jahre nach Krieg und Vertreibung Abitur, vier Jahre später auf archäologischer Kreuzfahrt im westlichen Mittelmeer, wie hätte ich mir das ausdenken können! Und wovon bezahlen? Doch da gab es zwei Zeitungen, die das Honorar vorschossen im Vertrauen auf interessante Berichte in Wort und Bild. Also hatte ich meine kleine Schreibmaschine mitgenommen und brachte das während des Tages Erlebte zu Papier, wenn die braven Schweizer endlich zu Bett gegangen waren. Die Dunkelhaarige, deren Namen ich erst am dritten Reisetag bei Tisch mitgehört hatte, lag derweil bereits in der Kabine, die sie ausgerechnet mit meiner nächtlichen Gönnerin teilte. Die Reise verlief störungsfrei bis auf die erwähnten Stürme, und auch die kleinen Wellen in der Abendbrise, die das Geschirr auf den Tischen nur leicht zum Klirren brachten – woraufhin die ersten und dann die zweiten älteren Teilnehmerinnen in die Koje flüchteten. So schlecht fanden wir Studenten die Mahlzeiten gar nicht, auch nicht an dem Tage auf See, an dem ich die Delphine einmal näher inspizierte und dabei eine Stelle entdeckte, von der aus man einen Blick schräg hinunter in die Kombüse werfen konnte. Da kam mir die Idee, wie die so empfindlichen Studienfahrerinnen reagieren würden, wenn ich vor Tisch unter der Hand verbreitete, der Smutje habe die Klöße, Knödel oder Klopse unter seiner Achsel geformt, Stück um Stück, rasch und fröhlich.

Nun, die Folgen der Meldung waren erheblich. Mindestens die Hälfte aller Klopse, Knödel oder Klöße blieben liegen. Einige Damen verzichteten überhaupt auf die Mahlzeit, sie waren auf der vergeblichen Suche nach dem Kapitän erst gar nicht im Speisesaal erschienen. Da spürte ich wieder jenen strengen Blick auf mir ruhen, der mir den Bissen im Munde stecken ließ. Xaveria, so hieß die Dunkelhaarige, aß ungeniert weiter, ahnte jedoch etwas, mußte die Sache irgendwie herausgefunden, mich wahrscheinlich beobachtet haben. Bei Tisch verriet sie mich nicht, bemerkte aber, daß sie mich nachher zu sprechen wünsche.

Wir trafen uns auf dem Deck am Heck. »Das haben Sie aber sehr fein eingefädelt«, zürnte sie mir in schönstem Schwyzerdütsch. »Zur Strafe sollten Sie jetzt alle Knödel selbst aufessen, die Ihretwegen verschmäht worden sind. Die armen Leute sind hungrig zu Bett gegangen.«

Ich sagte nichts und blickte sie nur schuldbewußt an.

»Und Sie fragen gar nicht, woher ich das weiß?« Dabei lachte sie schon ein wenig. »Denken Sie vielleicht, daß unser Kahn nur Sie interessiert? Als ich Sie sah, bin ich Ihnen einfach hinterher gestiegen.«

»Sie haben mich gesehen«, stellte ich erleichtert fest. »Sind Sie nicht auch auf die Idee mit den Knödeln gekommen, wie der fette Koch so dastand und herumhantierte, mit bloßem Oberkörper?«

»Mir ist da noch etwas viel Schlimmeres eingefallen. Vielen Dank, daß Sie mir zuvorgekommen sind.«

»Was denn, sagen Sie es mir trotzdem, bitte.« Jetzt war ich wirklich neugierig.

»Ich dachte an ein paar Spinnen oder Skorpione, die von der Decke in den Teig gefallen wären. Die gibt es doch auf so einem Dampfer. Ich schaue an jedem Morgen zuerst in meine Schuhe.«

»Dann hätte sich der halben Belegschaft der Magen umgedreht und die andere Hälfte wäre vor Angst und Ekel über Bord gesprungen!« Ich stellte mich entsetzt. Aber das brachte Xaveria nur noch mehr zum Lachen. Die gemeinsame Spitzbüberei machte uns zu Komplizen, wir kamen uns näher.

»Kommen Sie, da stehen Stühle. Setzen wir uns, und erzählen wir uns noch was«, schlug sie vor. »Und jetzt beichten Sie mir mal, was Sie mit meiner Landsmännin angestellt haben. Sie scheint tief gekränkt zu sein. Ich glaube freilich, sie ist schier verrückt nach Ihnen.« Xaveria machte eine kleine Pause. »Sie sagt, Sie seien verheiratet. Da benähme man sich nicht so.«

Aha! Umsonst war der »Platz an der Sonne« im Dunkel des Waggons denn doch nicht gewesen. Und wenn schon diese Vermutung, warum, o Wunder, hatte die »Amme« dann so lange still gehalten? Ganz gleich, ich mußte aus der Defensive. »Tut mir leid, aber vor dem Examen kommt so etwas bei uns nicht in Frage.«

»Aber Sie tragen ja einen Ring. Ist das nur wegen Ihrer Verlobung?« Sie wollte es wissen. Zum Teufel, warum, bei ihr hatte ich doch nicht geruht? Und überhaupt, dachte ich, Schlaf ist etwas Heiliges, da stellt man nachher keine Fragen!

»Der Ring ist nur zu meinem Schutz«, schwindelte ich. »Ich weiß nicht, ob Sie das verstehen. Ich hätte ihn ja auch zu Hause lassen können.«

Sie sah mich zweifelnd an. »Mit so etwas treibt man keinen Scherz.« Stand auf und ließ mich sitzen, buchstäblich und einfach so.

Die Folge war, daß sie mich erst drei Tage später wieder ansprach. »Ich habe darüber nachgedacht. Ich muß mit Ihnen reden«, sagte sie. »Ehe ich zu viele Gefühle investiere, bin ich lieber vorsichtig.«

Doch sie kam nach Tisch wieder auf das Achterdeck, statt der Sonne schien jetzt der Mond, wir zogen uns Stühle herbei und wollten in die Sterne schauen. Es waren keine zu sehen. »Xaveria«, sagte ich, »wie kommen Sie zu diesem Namen?«

»Der ist auch bei uns in der Schweiz nicht allzu geläufig. Aber ich habe einen Großvater aus Bayern, Xaver heißt er, vom anderen Ufer des Sees. Der legte Wert darauf, daß sein Name fortgeführt würde. Und was möchten Sie noch von mir wissen?«

»Eigentlich alles«, verlangte ich forsch. Mit Auskünften über sich selbst blieb sie sparsam, wenn auch nicht verschlossen. Sie war die erste Schweizerin, die ich näher kennenlernte, mit ihrer Kabinenpartnerin hatte ich ja nichts gesprochen und sogar das Dankeschön zu sagen vergessen. Xaveria vom Seeufer »drüben« wußte noch einiges vom Krieg, von fehlgeworfenen amerikanischen Fliegerbomben, von der Angst vor einem deutschen Einmarsch, von der großen Erleichterung über die Niederlage des gewalttätigen Nachbarn und von einem ersten Mitleid mit den hungernden Verlierern. Sie kannte sich in der deutschen Geschichte sehr viel besser aus als ich in der schweizerischen. Nach dem Abitur hatte sie ein sozialpflegerisches Studium begonnen und noch nicht abgeschlossen. Verheiratet oder verlobt war sie nicht. Mir schien, daß sie auf Suche wäre.

Nach einiger Zeit kam Wind auf, wir merkten zu spät, daß andere Passagiere sich ins Schiff verzogen. Das fing an zu stampfen und zu rollen, ein Sturm brach los, heftiger noch als der vor wenigen Tagen. Poseidon hatte einen seiner Frühjahrsstürme entfesselt, der das Schiff jetzt in seinen gewaltigen Griff nahm. Er traf die Mannschaft unvorbereitet; weder hatte sie die Taue vom letzten Mal wieder über die Decks gespannt, noch die Rettungsboote klargemacht. Ehe wir uns versahen, schoß eine erste Welle über das Heck aufs Deck und erreichte uns an den Beinen. Der nächste Brecher war noch ausgiebiger, und bald darauf ergoß sich eine Riesenwelle über uns, klatschte gegen die geschlossenen Türen. Wir waren wie gebadet. Man hatte uns nicht gesehen und folglich ausgesperrt. Uns blieb nur die Flucht über eine der beiden Treppen aufs nächst höhere Deck. Das mußte jetzt sehr schnell gehen, und ich faßte Xaveria an der Hand, um ihr zu helfen. Sie aber stolperte, fiel zurück, glitt aus und geriet unter den Ausläufer einer wild schäumenden Welle, die sie mitriß, gefährlich weit nach hinten.

Ich weiß nicht, wie es mir gelang, sie zu erreichen und mich mit ihr an einem Tau festzuhalten. Wieder ging ein Brecher über uns hinweg. Endlich schafften wir es, uns zurück zu arbeiten, wir duckten uns hinter die Treppe, nur um uns festzuhalten. Irgendjemand von der Besatzung mußte uns zufällig gesehen haben, er riß eine der Türen auf und zog uns in den Salon.

Wir spürten unsere blauen Flecken, wir waren, wenn auch in Sicherheit, so doch zu abgekämpft, um uns noch zu verabschieden. Xaveria schlich weg, ich sah ihr noch nach und wankte dann selbst nach unten. Die jüngeren Männer waren in die Schlafräume der Matrosen gelegt worden, diese auf Strohmatten im Zwischendeck. Die Kojen hier unten mußten direkt über dem Kiel liegen. Wenn das Schiff jetzt auf einen Felsen liefe oder gar auf eine Mine noch aus dem Krieg, dann war es um uns hier geschehen. Und da es sich ständig um etliche Meter hob und wieder senkte, versetzte das einen Liegenden auf dem Kulminationspunkt für den Teil einer Sekunde in die Schwebe, ehe er mit dem Schiff wieder nach unten fiel. Gleich darauf wurde man unten eisern aufs Bett gepreßt und samt Bett emporgeschleudert. Eigentlich war das ganz lustig, aber nicht hier und jetzt. An Schlaf war nicht zu denken, und wahrscheinlich kam niemand auf dem Schiff zur Ruhe.

Ich mußte an Xaveria denken. Mein Gott, wie wenig hatte gefehlt, daß sie über Bord gespült worden wäre! Nicht auszudenken, die Folge unseres Leichtsinns. Ich hätte ihrem Vater nicht unter die Augen treten wollen. Und das alles nur wegen meines goldenen Ringes? Ich stand auf und ging nach oben. In der Halle brannte Licht, es war aber kein Mensch sonst anwesend. Die Tische waren an den Beinen verschraubt, doch die Sessel rutschen bei jedem Verholen des Schiffes herrenlos umher. Wie im Kino, mußte ich denken, bei Schiffsuntergang. Mir wurde schlecht, und so stieg ich weiter nach oben, ins Freie, wo der Sturm brüllte und ich mich sorgsam festhalten mußte. So kam ich schließlich zur Brücke, nein, die gab es ja nicht, aber da war wenigstens ein Steuerhaus – ohne seitliche Türen. Der Blick nach vorn zeigte ein ungeheures Bild, das mir eher als majestätisch erschien, denn als gefährlich: Der Bug tauchte tief unter Wasser, kam hoch und verschwand wieder und wieder; die Gischt spritzte bis hier herauf. Der Wind orgelte wie auf dem Schlachtfeld, das Meer donnerte, und das alte Schiff stöhnte. Mensch, Poseidon, mußte ich denken – du hast auf deine alten Tage ja noch bannig viel Kraft!

Im »Steuerhaus« stand der Mann am Rad wie ein Gespenst; stand da – mit einem dicken Tau rechts und links an die Türpfosten gebunden, damit er nicht hinausgeschleudert wurde. Er bemerkte mich nicht, denn er hielt sich krampfhaft am Steuerrad fest und starrte unentwegt auf seinen viel zu kleinen Kompaß. Ja, wenn dem nun auch schlecht würde, wenn er einen Herzanfall erlitt oder sonst zusammensackte und das Schiff wenige Augenblicke später unweigerlich kenterte – 180 Menschen, Passagiere und Besatzung. Rettungsbote? Griechische Seefahrt! Schon viel davon gehört, doch so etwas hätte ich nicht für möglich gehalten. Und kein Ersatzmann in Sicht, der hätte einspringen können, wenn dem Mann am Steuer etwas zustoßen würde. Nicht auszudenken!

Ich wandte mich um und wollte wieder zurück ins Trockene, Warme, Sichere, das plötzlich gar nicht mehr so sicher war. Ich erschrak. Da stand Xaveria hinter mir. Sie hatte sich umgezogen, hatte mich noch im Salon entdeckt und war mir abermals gefolgt. »Komm' runter, ich habe Angst um dich!« schrie sie und war bei dem Tosen kaum zu verstehen. »Du hast mir das Leben gerettet, jetzt schütze ich deines.«

Wieder im Salon, fiel sie mir weinend um den Hals. Nicht lange, denn wir mußten uns anderswo festhalten als gegenseitig. Dann taumelte sie endgültig zu ihrer Kabine und ich zu meinen wachen Mitschläfern, die mich nur kopfschüttelnd begrüßten.

Der Sturm legte sich erst gegen Morgen. Beim Frühstück war die See schon wieder blau und glatt, als wäre in der Nacht nichts gewesen. Wir sahen uns nur verstohlen an. Niemand hatte auch nur eine leise Ahnung von unserem Abenteuer, das uns nun umso mehr verband. Wie nur hatte sie ahnen können, daß ich noch einmal im Salon auftauchen würde. Oder war es ihr in der Kabine unwohl geworden? Wir haben nicht mehr darüber gesprochen, und unsere Reise neigte sich bald dem Ende zu. In Nauplia gab es einen Fototermin, alle fotografierten alle. Das Bild habe ich noch. Xaveria, die dunkelhaarige, ist darauf gut zu erkennen. Dann wieder Brindisi, ausschiffen und mit dem Taxi zum Bahnhof. Für ein paar Stunden verlor ich Xaveria aus den Augen. Doch da wir uns am nächsten Morgen im Zug wohl beide suchten, fanden wir uns schließlich auf einer Plattform zwischen zwei Wagen.

»Komm' mit in die Schweiz«, sprach sie ernst. »Komm' gleich nach dem Examen. Mein Vater hat viele Beziehungen, er kann dir helfen eine Stelle zu finden.«

Sie blickte auf meinen Verlobungsring. »Wenn du ihn nur darum trägst, daß dich die Mädchen in Ruhe lassen, dann fürchte ich mich nicht. Komm' zu uns, komm' zu mir!« Sie trat ganz eng an mich heran, sie war ganz ehrlich.

»Xaveria, ich bin verlobt – wir wollen so bald als möglich heiraten. Wir haben sechs Jahre auf einander gewartet.«

Da sagte sie nichts mehr, es waren Tränen in ihren Augen und in meinen wahrscheinlich auch. Ehe sie sich umdrehte, um zu gehen, küßte sie mich unversehens heiß und innig und hörte und hörte nicht auf damit. Bis sich hinter uns ein Hüsteln regte und wir wohl oder wehe voneinander lassen mußten. Es war ihr Vater.

»Meine Tochter hat Ihnen die Wahrheit gesagt. Aber Sie waren nicht weniger ehrlich zu ihr. Ich habe Euer Gespräch nicht mitgehört, doch ich kenne Xaveria und weiß bereits, was sie fühlt. Sie hat mir heute Morgen von dem Sturm erzählt, ich bin im Bilde.« Ihm war die Sache keineswegs peinlich, warum auch, doch er mochte seine Tochter vor einem noch ganz anderen Abenteuer bewahren. »Besuchen Sie uns ruhig einmal in der Schweiz«, sagte er freundlich, »mit Ihrer Frau.« Und fügte dann lächelnd hinzu: »Wenn meine Tochter Sie einlädt.«

Xaveria wurde rot und stammelte nur: »Ja, natürlich.« Der Vater ging zurück, Xaveria sah mich noch einmal mit ihren ernsten dunklen Augen an und folgte ihm dann. Bald darauf erreichte der Zug Mailand. Die Schweizer stiegen um, sie fuhren nach Hause. Ich fuhr nach Innsbruck, zum Examen.

Ich habe Xaveria nie wiedergesehen. Mit ihrem Vater korrespondierte ich noch eine Weile, bis er dann schrieb, daß sie sich verheiratet habe.

Diese Erzählung war immerhin heiter. Bei aller Wehmut. Ja, diese Geschichte ließ sich hören, war schön, tat gut. Befanden die beiden Zuhörer. Dafür seien sie Heiner dankbar. Und darauf tranken sie eins und immer noch eins. So wurden sie auf die Dauer zufrieden weinselig und noch zufriedener redselig. Und schlummerten auf ihren Stühlen ein. Bis sie der Kellner weckte. »Wünschen Sie noch etwas? Wir haben Mitternacht, und das ist die letzte Runde.« – »Mitternacht?« gähnten sie ungläubig. Sie mußten sich orientieren. Jeder von ihnen hatte geträumt. »Von der Griechin«, gestand Johannes, »als Modell.« – »Von Pythia«, bekannte Günther, »als Aphrodite.« – »Von Yvonne«, sagte Heiner, »ich wollte ihr längst schon schreiben.« – »Wer ist denn Yvonne?« bedrängten ihn die beiden. »Von der hast du noch nie einen Deut gesagt. Erzähle, wir sind wieder wach!« – »Was, jetzt noch? Und immer ich? Habt ihr denn selbst keine besonderen Bekanntschaften erlebt, keine Begegnungen, die ihr ins Archiv eurer Seele verstauen konntet? Was wollt ihr denn euren Enkeln beibringen, wenn ihr mal alt seid?« – Sie gingen nicht darauf ein. »Jetzt noch, Heiner, bitte. Stell' uns Yvonne vor. Wie der Name schon klingt!«

Die letzte volle Karaffe funkelte verführerisch vor ihnen. Sie wollten sie noch leeren, ehe sie schlafen gingen. Also hob Heiner für diesen Tag und Abend ein allerletztes Mal an.

Y wie Yvonne: Männer sind dumme Kinder

Sie ist Professeur für Deutsch an einem Lycée. Sie hat es nicht leicht mit ihrem Fach. Denn inzwischen wählen französische Schüler lieber die englische als die deutsche Sprache. Deutschland ist für Franzosen nicht sehr interessant, die Sprache komplizierter als die englische, und gegebenenfalls kann man in Allemagne ja auch an jeder Ecke Englisch sprechen.

Das Deutsch ihrer Lehrerin ist akzentlos rein, und wenn sie will, spricht sie sogar den badischen Dialekt. Sie vermag stundenlang zu dolmetschen, und dadurch habe ich ihre Bekanntschaft gemacht. Sie kam vor über einem Jahrzehnt mit einer Gruppe ökumenischer Christen aus dem Rayon der französischen Flamen, um eine Woche lang in der Eifel Gespräche mit katholischen und evangelischen Amtsträgern und Laien zu führen, deutsche Probleme in Kirche und Staat zu diskutieren, sich mit deutschen Christen zu einen und schöne Kirchen zu besuchen. Diese Gruppe, dieselben Familien und auch andere Familien, kommen bis heute Jahr für Jahr. Yvonne arbeitet jedesmal bis zur Erschöpfung.

Warum aber kommen sie herüber? Wohl nicht, weil die Stadt oder das Haus so schön sind, daß sie es nun zum elften Male aufsuchen. Der eigentliche Grund ist, daß sie sich hier, einige hundert Kilometer entfernt von der kirchlichen Aufsicht, unbeobachtet fühlen und auch tatsächlich freier sind. Gestrenge Oberhirten würden sie als eine Art Sekte bezeichnen, auch über die Grenzen hinweg. Das hätte Konsequenzen, zumindest für die Geistlichen unter ihnen. Sie sind, so sehe ich sie, eine ökumenische Freikirche. Wahrscheinlich sogar, daß sie Kirche von Morgen sind. Wissen sie es und wollen sie es? Sie haben sich aus sich selbst heraus entschieden, sie wollen Christen sein, sie wollen Christus nahe sein und weder durch den römischen Filter, noch unter dem Regelwerk protestantischer Kirchenobrigkeit. Sie wollen keinen Lettner, kein Gitter, keine Ikonostase zwischen sich und dem Herrn, den sie als Bruder feiern. Viele von ihnen sind einfache Leute, andere Lehrer, einige Theologen.

Yvonne ist zierlich, wenn auch energisch, kapriziös, wenn auch robust, klein, ihr Haar ist kraus und dunkel, sie hat einen braunen Teint. Ihre Großeltern stammten aus vier Regionen: Provence, Elsaß, Italien und Afrika. Sie ist eine echte Französin, eigentlich aus dem Süden, sprühend vor Temperament und, wenn es eben geht, fröhlich. Anstatt langer Briefergüsse schickt sie Karten mit lustigen Motiven in die Welt, ihre Handschrift ist eilig, das Leben ist kurz. Fröhlich sind auch die Lieder, die sie in der Kapelle anstimmt, fröhlich ihr Glaube. Die Gebete, die sie auf Zetteln verteilt, sind aus einer Zuversicht getextet, die sich der Erlösung gewiß ist. In Frankreich nennt man jemanden wie sie eine Religieuse, die auf eigenes Gottvertrauen hin und ohne Klostermauern lebt, doch eben fast wie eine Nonne. Geheiratet hat sie nicht, »das lag an dem Unfrieden zwischen meinen Eltern. Da war ich religiös noch nicht gefestigt und auf der Suche.« Um den Aumonier der Gruppe, Abbé Pierre, sorgt sie sich aufopfernd, und weil sie selbst keinen Führerschein hat, sitzt sie auf vielen seiner Fahrten neben ihm, der mit seinen achtzig Lenzen und halbsteifem Bein noch den Wagen lenkt. Sie gleicht aus, löst Spannungen auf, ist immer wach und gewärtig. In Deutschland bliebe die Gruppe ohne sie unter sich, denn sie vermittelt sprachlich zwischen den Kulturen. Sie übersetzt, als hätte sie niemals etwas anderes gemacht. Sie unterrichtet ja nicht nur die Sprache unseres Landes. Gefreut hat sie sich über ein Buch, in dem alle Wörter aus der französischen Sprache aufgeführt sind, die in den deutschen Wortschatz als Fremd- oder sogar Lehnwörter innerhalb von acht Jahrhunderten übernommen wurden. Es sind, kaum zu glauben, an die dreitausend, wenn auch nicht mehr alle gebräuchlich! Umgekehrt, das weiß sie, sind es sehr viel weniger Wörter. Kultur hat mit Macht und Einfluß zu tun, und es gab längst schon ein geeintes Frankreich, ehe es seit 1871 ein unvollendetes Deutschland gab. Ja, sie könnte ebenso gut eine Deutsche sein, une Allemande d'honneur. Das ist, so ungefähr, Yvonne.

Ich weiß nicht mehr, wann wir uns erstmals begegnet sind. Plötzlich stand Yvonne in meinem und auch in Marys Leben. Jedesmal, ehe sie hier in der Nähe mit ihrer Gruppe tagt, kommen sie und der Abbé für ein paar Tage in eines unserer Klöster zur geistlichen Einkehr. Einen der Abende verbringen sie als Gäste von Mary und mir. Dann tauschen wir aus, Fotos vom letzten Mal, Erfahrungen, Ansichten, Meinungen über Gott und die Welt, meistens aber über Politiker und Kirchenhäupter. Noch lieber sprechen wir über fortschrittliche und darum gemaßregelte Theologen.

Im letzten Mai luden sie uns abermals in die Inselstadt. Schon beim ersten Mal waren wir auch in die Wohnungen einzelner Familien gekommen. Diesmal feierten wir mit ihnen mehrere Geburtstage zugleich, der wichtigste Jubilar war Pierre. Mary und ich wurden mit unseren runden Geburtstagen herzlich mitgefeiert. Und da hatte ich dann eine Dankadresse abzustatten, die ich zu einer politischen Rede nutzen durfte – nachher bat einer der Pfarrer um den schriftlichen Text. Da ich frei gesprochen hatte, schrieb ich ihn ein paar Tage später daheim aus der Erinnerung nieder und sandte ihm diesen zu. Ich weiß nicht, ob er einverstanden war. Die Rede handelte von Verdun, wo achthunderttausend Soldaten getötet wurden, davon die Hälfte deutsche. Diese bis heute ergreifende und vielbesuchte Stätte sei der Keimort des europäischen Friedens geworden, dort hätten sich die Mächtigen unserer beider Länder die Hand gereicht, ehe sie in der Kathedrale von Reims niederknieten. In Warschau habe schon vorher ein deutscher Kanzler gekniet, in Ehrfurcht vor den Gemordeten des Ghettos, das an dieser Stelle stand. Deutschland habe den brüderlichen Frieden mit Frankreich gewonnen, auf dieser Grundlage sei die westeuropäische Union entstanden. Nun müsse diese Union auch die osteuropäischen Völker mit einbeziehen, das wichtigste davon sei das polnische. Darum solle der inzwischen gewonnene Frieden zwischen den Deutschen und den Polen mehr beachtet werden. Europa werde leben, wenn diese drei Völker zusammenstünden – die Franzosen, die Deutschen und die Polen,

La guerre -der Krieg
l'art -die Kunst
KZ
-KZ

sonst sei die Union nicht gefestigt. Und weil zuerst und vor allem die Kirchen Frieden durch Sühne und Vergebung mit einander suchten, sei Europa kein Traum geblieben und werde als Realität gefestigt.

Es waren Menschen im Saal, die selbst oder deren Eltern aus Polen stammten und denen ich wohl aus der Seele gesprochen hatte. Woher mochte der Pfarrer gekommen sein, der diese Gedanken anscheinend nicht teilen wollte? Yvonne wußte es nicht. War er ein junger deutscher Kriegsgefangener in Frankreich gewesen, der dablieb, weil er nicht mehr in seine schlesische, pommersche oder ostpreußische Heimat konnte, und der deshalb Franzose geworden war? Hatte er den Polen nicht vergeben – wobei er doch wissen mußte, daß die Entscheidung über die Ostgrenze Deutschlands in Jalta gefallen und in Potsdam bestätigt worden war? Konnte es sein, daß ein Pfarrer nicht vergab? Yvonne versuchte zu klären. Nein, ich hätte mich getäuscht. Er sei sehr wohl einverstanden. Er habe sich nur gewundert, daß ein römischer Katholik aus dem gehorsamen Deutschland über noch bestehende Konfessionsgrenzen hinweg so frei und offen reden könne. Umso besser.

Yvonne, woher kam sie? Ihre Wurzel im Elsaß mußte tiefer gründen, als mir bisher bekannt war. Darum ihre Sympathie zum Badischen – das für sie auf dem Weg über das Alemannische wahrscheinlich das Elsässische ist? Galt sie als zu deutschfreundlich, daß sie vor Jahrzehnten keine Stelle im Elsaß erhielt? Oder hat sie dorthin nicht gewollt? An manche Dinge kann man in Europa immer noch nicht rühren, es sei denn, man beabsichtigte eine Bekanntschaft, ja eine Freundschaft zu belasten. Wie auch immer, ich bat sie, mich ins Elsaß zu begleiten, um, falls nötig, für mich zu dolmetschen. Ich wollte zum Aumonier des Couvent von Rappoltsweiler, wo die Schwestern ein herrliches Choucroût zu bereiten verstehen. Jean Julien Weber, ihr Aumonier, war zuvor Erzbischof von Straßburg gewesen. Und davor Major in der Grande Armée. So etwas gibt es nicht in Deutschland, daß ein Priester regulärer Offizier werden kann, weil er einerseits Patriot ist, andererseits aber als

Major mehr zuwege bringen kann denn als nichtuniformierter Aumonier. Sein schwarzes Habit hätte bei den Soldaten nicht allzu viel gegolten.

»Krieg«, dozierte der pensionierte Major begeistert, »das isch eine Kunscht. Die muß man lerne!« Dabei krempelte er ein Hosenbein bis übers Knie auf und wies mit dem Finger auf eine alte Narbe, die auch Yvonne am erzbischöflichen Bein bewundern mußte: »Das isch vom erschten Krieg.« Nach gleicher Prozedur mit dem zweiten Hosenbein berichtete er stolz: »Und das isch vom zweiten, ganz einfach!« Er schwärmte davon, wie er der deutschen Besatzung nach 1940 als Seminarprofessor das eine und das andere Schnippchen geschlagen habe, und wie er in Verbindung zu De Gaulle gekommen sei. Und der habe ihn nach dem Krieg auch zum Erzbischof von Straßburg gemacht. »Wie nur?« fragten wir ungläubig. Aber auch das war wieder ganz einfach: »Der Nuntius zitierte mich nach Paris. Ich wußte nicht, warum. Da saß ich eine ganze Stunde auf einer Armesünderbank und hörte, wie im Raum hinter einer großen Tür verhandelt wurde. Es waren eine Damen- und eine Herrenstimme zu hören. Endlich ging die Tür auf, der Nuntius strahlte mich an und begrüßte mich: ›Sind Sie der neue Erzbischof von Straßburg?‹ – ›Nein‹, antwortete ich dem Nuntius Angelo Giuseppe Roncalli – denn er war es, der spätere Papst. ›Nein, ich bin nur der Aumonier von Rappoltsweiler.‹ Da lachte Roncalli, verwies auf die Dame neben sich und sagte: ›Über eine ganze Stunde habe ich mit Madame gerungen. Jetzt spendiert sie keine weitere Heiligenfigur mehr, sondern finanziert Ihre Inthronisation.‹« Da habe auch er, der Aumonier, aufgeatmet und gelacht – denn diese Feier werde ihn teuer genug kommen. Wem er es denn zu verdanken habe, daß er nach Straßburg solle? – »›Ihr General hat es befohlen‹, antwortete der Nuntius. Da mußte ich gehorchen.«

»Ich bin nämlich aus diesem Land, müssen Sie wissen«, schwadronierte er weiter. »Da hatten wir es nach dem zweiten Kriege noch schwerer mit uns als nach dem ersten. Unser Volk war gespalten: Frankophile hier, Germanophile da – Résistance hier, Kollaborateure da. Dazu noch katholische Elsässer auf der einen und evangelische auf der anderen Seite. Und natürlich, die gemischten Ehen. Es gab viele Probleme. Da sollte ich Frieden stiften. Das war schlimmer als im Krieg. Im Krieg sind die Fronten klar.«

Es ist ihm gelungen. Und europäische Institutionen nach Straßburg zu holen, hat er auch noch geschafft. Für beides sollte er jetzt in Deutschland eine Auszeichnung erhalten. Deshalb hatten Yvonne und ich ihn aufgesucht. »Männer sind dumme Kinder, sie spielen zu gerne Krieg«, kommentierte Yvonne das Erlebnis im Kloster. »Räuber und Gendarm genügt auch«, bemühte ich mich, ihr hartes Urteil abzumildern. Wir mußten zurück nach Straßburg, um vom Nachfolger, Bischof Elchinger, noch die Erlaubnis einzuholen, daß der alte Herr den Preis annehmen dürfe.

Yvonne war still geworden. Wie sie auf der Rückfahrt erzählte, hatte sie eine Tante in diesem Couvent gehabt. Die hatte den Schleier genommen, weil sie sich opfern und mit ihrem Opfer Gott bitten wollte, daß ihr Bruder, Yvonnes Onkel, das KZ in Natzweiler überleben möge, wo Menschenversuche an Elsässern verübt wurden. Er hat nicht überlebt, sie aber ist im Kloster geblieben. Nun war sie gestorben, wir fanden ihr Grab, das des Onkels existierte nicht.

Erfolg war uns in Straßburg nicht beschieden. Der alte Herr durfte nicht selbst kommen. Elchinger fürchtete, daß sein altgewordener Vorgänger bei dem festlichen Akt im Großen Sendesaal des Saarländischen Rundfunks nicht – sagen wir – auf der Höhe sein und – sagen wir auch das – nicht konzentriert reden würde. Er kam selbst, den Preis für ihn zu holen. Was hätte sich der alte Kämpe sonst gefreut, zuviel vielleicht? So schrumpfte diese Freude auf das köstliche Choucroût, das er uns nach der Verleihung im Kloster spendierte. Auch der Wein war bestens, natürlich von der heimischen Route du vin. Yvonne las den Namen und Ort des Erzeugers auf dem Etikett und wurde blaß. »Was ist mit dir?« wollte ich wissen. – »Nichts«, entgegnete sie. »Nur, das ist die Familie, der Sohn jetzt. Der Vater hat meinen Onkel an die Gestapo verraten. Er hatte Angst vor den Nazis und wollte sich lieb' Kind bei ihnen machen. Es ist ihm ziemlich gut gelungen. Sein Sohn hat sich bei den frommen Schwestern –wie man sieht – mit Erfolg eingeführt. Ganz ähnlich wie der Vater bei den Nazis.« – Und beim bischöflichen Aumonier, fügte ich in trüben Gedanken hinzu. Der trank eben arglos zu Yvonne hinüber. Sie ließ das Glas stehen und erwiderte sein unschuldiges Prosit nicht.

So hatten die Freunde sich zum vierten Male die leid- und wonnevollen Geschichten erzählt, die das Leben ihnen geschrieben hatte. Abermals war es Melancholie, die sie schließlich umfangen wollte. Wenn da nicht, wie eine klassische griechische Göttin, Pythia erschienen wäre. Durch deren Einladung erkannten sie, daß das Glück am zuverlässigsten in der Vorfreude nistet – eben in der vertrauensvollen Erwartung, nicht in der zerbrechlichen Erfüllung.

»Morgen Vormittag besuchen wir noch die Hauptkirche Timisis Theotóku. Ihre Ikonen sind sehenswert. Ikonen sind nicht einfach Gemälde oder Heiligenbilder«, dozierte Günther, der Maler. »Ikonen sind heilige Bilder, sind selbst Gegenstand der Verehrung.« – »Weißt du noch mehr darüber?« wollte Johannes wissen. – »Diese Malerei ist Liturgie und steht im Zentrum ostkirchlichen Lebens.« – »Ist es nicht so, daß die Tatsache der Menschwerdung Gottes in Christus diesen als ›die Ikone des Vaters‹ erweist und dessen Darstellung sogar verlangt, weil durch sie alle Materie mit in die Verklärung gehoben wird?« fragte Heiner. »Ja, die Verherrlichung des Bildes gilt seinem Urbild, und das Bild verachten hieße das Urbild verachten«, bestätigte Günther. »Der Ikonenmaler schreibt gleichsam das Evangelium in Farben, er muß sich an den überlieferten Malkanon halten. Die Umrisse und Szenen entleiht er von alten Ikonen – oder aber aus einem Vorlagenbuch. Er soll sein Amt in Heiligkeit ausüben, weshalb er in der Regel ein Mönch ist.« – »Gut«, dankte ihm Heiner. »Aber das Bildprogramm?« – »Am wichtigsten ist selbstverständlich Christus, in den Kuppeln der Ostkirche als Pantokrator – Allherrscher – verstanden. Es folgen Maria, Christus mit Maria und Johannes, die Dreifaltigkeit, die Engel, Patriarchen, Propheten und Heilige.« – »Erinnert an das Tympanon über dem Türsturz unserer gotischen Portale«, unterbrach ihn Johannes. – »Ähnlich, ja«, bestätigte Günther und fuhr fort: »Ikonen bedeuten eine Synthese aus antikem Traum von Schönheit und christlich-aszetischer Geistigkeit. Dieser entspricht der zarte, warme Glanz, der aus einer Mischung von Olivenöl und Harzen stammt, mit der das hölzerne Bild zum Schutz gegen Feuchtigkeit und Fäulnis überzogen wird. Bei uns sind Ikonen – geschmuggelt oder als Reiseandenken gekauft – zum Hausschmuck degradiert. Doch mehr darüber, bitte, in Athen.« – »Nun, dann für heute endgültig Kalinichta, Freunde«, rief Heiner. »Das heißt Gute Nacht. Morgen Mittag geht unser Boot.«

Nachspiel: Die letzte Geschichte

Das deutsche Alphabet hat 26 Buchstaben. Mit I begegneten wir bereits Ingrid. Es ist wohl nicht verborgen geblieben, daß der Buchstabe Q absichtlich übergangen wurde; denn welches Mädchen, welche Frau will einen Namen mit diesem Buchstaben als Anfang haben? Mit Q weiß ich in der deutschen Sprache keinen Namen. Bei der Verwendung von Alpha und Omega wie im Griechischen hätten sich die Namen mit O am Ende schon aufreihen lassen. Aber Z? Mit Z gibt es im Deutschen kaum einen weiblichen Namen – außer Zita. Dann lieber Ingeborg! Um das Rund der Fünfundzwanzig ganz zu füllen, erhält I wie Ingeborg nun den letzten und damit ersten Platz, von dem aus sie alle 24 Damen vor ihr überschauen kann. Sie hat sich diesen Rang über ein goldgekröntes Eheleben hin verdient – demnach in bald 50 Jahren! Sie hat sogar die Korrektur zu diesem Buch gelesen, nachsichtig und fair. Wo war sie nur die ganze Zeit versteckt? Für den, der es noch immer nicht gemerkt hat: Ingeborg war Mary oder Elisabeth, und Elisabeth oder Mary sind Ingeborg!

Wozu das Versteckspiel? Weil Günther zwar ein preisgekrönter Maler ist, im Saarland wohl bekannt und nachgefragt; und weil Johannes ein Bildhauer ist, der an Mosel und Saar, in Eifel und Hunsrück nicht minder hoch geschätzt wird; weil nämlich der Autor Heiner nicht alle 25 Geschichten allein erzählen lassen wollte. Deshalb nahm er die Freunde zu Hilfe. Hydra kennt er, und die beiden Freunde wollten immer schon einmal mit ihm auf das malerische Eiland, mit ihm am Hafen oder auf der Mole sitzen, über die Boote und Schiffe schauen und sich vom Rauschen des Meeres, vom Schäumen des Weines im Glase, vom Klang der Bouzoukis verführen lassen. Deshalb haben die Drei sich »virtuell« verabredet und sind im Geist auf der Insel ihrer Träume gewesen – auf der Suche nach dem absoluten Glückszustand. Der wird erreicht, sogar schon in der ersten Taverne, doch da nehmen sie ihn noch nicht wahr, weil sie immer noch mehr Glück erwarten. Sie müssen ihre Sehnsucht zwar wieder mit nach Hause nehmen, aber sie haben den Rocksaum des ewigen Glücks berührt.

Auch die eulenäugige Pythia gibt es, die Mutter. Sie kam vor vielen Jahren aus Athen, ist nach dem Studium in Innsbruck geblieben, hat geheiratet und eine Tochter geboren, und wenn sie nicht gestorben ist, dann lebt sie dort gewiß noch heute.

Welche der drei Tavernen ist es nun gewesen, die dem Fremden auf Hydra Glückseligkeit verleiht, so daß er am liebsten nicht mehr nach Hause möchte? Der Leser mag selbst hinfahren und es ausprobieren. Doch im Vertrauen, das waren alle drei Weinhäuser. Fragen Sie nur meine drei Freunde – einer von ihnen, Heiner, ist der Autor – bin ich selber, längst durchschaut. Das, lieber Leser, wäre es dann gewesen, aber … Aber da fehlt noch eine allerletzte Geschichte, die fünfundzwanzigste. Und die erfuhren der Bildhauer und der Maler am letzten Vormittag auf Hydra, eigentlich schon außer der Reihe und doch noch einmal von Heiner. Schriftsteller kneten keinen Ton, formen keinen Gips und schlagen keine Figuren aus dem Stein. Sie zeichnen auch nicht, radieren nicht, fertigen keine Schnitte und malen nicht auf Holztafeln, Glasscheiben, Leinwände, Mauerwerk oder inzwischen auch Autoblech. Ihre Kunst besteht aus Wörtern, die sie zu Worten zusammensetzen und zu Papier bringen, auf Magnetband oder Diskette speichern. Heiner ließ seine Freunde teilhaben an seiner tatsächlichen Glückseligkeit, die ihm hier am Hafen beim Anblick des Meeres, beim Hören der Bouzoukis und beim griechischen Wein noch bewußter geworden war. Bald, nachdem er geendet hatte, war es soweit: »Hydra, Antio – Adieu!« Mit diesem Gruß an die Insel sahen sie vom Heck des Schiffes zurück auf die wohl schönste Einfahrt in einen Hafen der freundlichen Küsten von Hellas. Antio – Auf Wiedersehen. »Denn«, behauptet ein Reisemagazin zu Recht, »es gibt keinen schöneren Ort für das Ankommen in Griechenland als die Hafenbucht von Hydra!«

Und das ist Heiners letzte, nachgelieferte Geschichte:

Z = Ingeborg: Wie keine andere sonst

Wir fuhren gemeinsam zur Schule, doch in den ersten Jahren beachtete ich sie nicht. Sie war und ist noch immer bescheiden, eher im Hintergrund, will nicht auffallen und fiel mir erst auf, als sie ihren jüngeren Bruder in der Straßenbahn zurechtwies mit dem einzigen Wort »Heinrich!« Er hatte sich unter all den Fahrgästen in der Tat rüpelhaft betragen. Wie sie das rief oder richtiger den, Heinrich also, ernst und schwesterlich zugleich, ebenso streng wie sachlich feststellend, das hat mich elektrisiert. Fortan habe ich mich mehr und mehr für sie interessiert. Dann standen wir nebeneinander in der Bahn, und eines Mittags saß sie bei mir auf der Stange meines Fahrrads. Sie hatte ihre Schülerkarte vergessen, und ich strampelte mit ihr von der Schule heim. »Herrjeh!« wollte ich schimpfen, als sie ihren Absatz in das Vorderrad steckte, die Speichen knackten und wir Hals über Kopf in den Graben stürzten, brav übereinander. Da quietschten Autoreifen neben uns, und als wir uns hochrappelnd umblickten – Schreck, laß nach! –, saß am Steuer ihre Tante und neben der Ingeborgs Vater, dieser mit verheißungsvollem Blick. Vater unser! Aber der saß wohl gerade selbst zu Mittag und konnte jetzt nicht helfen. Viel mehr ist über die Szene nicht zu berichten, höchstens, daß die Tochter gehorsam ins Auto wechselte und ich mein Vehikel auf dem Hinterrad zum nächsten Händler schleppte. Ich weiß noch, daß die Reparatur 16 neue Bundesmark gekostet hat, was damals und dazu für einen Schüler sehr viel Geld bedeutete.

Wir waren ertappt und überführt. Ein Ausgangsverbot war die Folge. Schlimmer noch, Hannibal, mein Lateinlehrer, ließ sich bei ihrem Vater über mich aus, weniger meiner nicht allzu berühmten Zensuren wegen, viel mehr darüber, daß wir die Ungezogenheit hätten, auf dem Hof unserer simultan getrennten Schule in den Pausen beieinander zu stehen. Als wir uns, von seinem gestrengen Blick verjagt, hinten um die Ecke beim Fahrradständer trafen, da kam er prompt hinterhergeschwommen, wirklich, denn er bewegte die Arme wie ein Bademeister auf dem Trockenen. Schon von weitem rief er: »Wollt ihr wohl auseinandergehen!« In der Lateinstunde würde er deklamatorisch angefügt haben: »Vos ego!« Was soviel besagt hätte wie »Ich soll euch wohl helfen!« Was also konnten wir tun? Auch er hatte uns erwischt. Wobei eigentlich? Und überhaupt! Doch diese liberale Sicht der Dinge galt damals noch nicht.

Wir mußten uns immer neue Tricks einfallen lassen, um uns außerhalb unseres Fahrschülerdaseins wiederzusehen. Aber das sah Ingeborgs Mutter meistens durchs Küchenfenster; sie trug eine scharfe Brille und konnte die lange Straße übersehen. Zum Glück hatte Ingeborg eine weitere Tante, die um die Ecke wohnte. Bei diesem Schutzengel durften wir uns ungesehen treffen. Oder wenn ich Ingeborg zur Nachhilfestunde begleitete, die sie einem jüngeren Schüler erteilte. Da gab es ein winziges Wäldchen. Oder wenn sie von der Mutter geschickt wurde, mit dem Fahrrad Milch zu holen. Unterwegs gab es ein paar Büsche. Mutters Uhr lief, und wir mußten unsere Umarmungen unter Zeitdruck beschleunigen. Da klingelte es plötzlich. Wiederholt schrill und herausfordernd erscholl eine Fahrradklingel. Ingeborgs Klingel konnte es ja nicht sein, wessen dann? Da stand Heinrich mit seinem Rad neben uns und schaute scheinheilig in die Wolken. »Du kriegst fünfzig Pfennig, wenn du verschwindest«, schlug ich ihm vor. »Aber nur für eine Viertelstunde«, handelte er seinen Part aus. Wer fühlte uns nach, wie kurz so ein Viertelschäferstündchen dauern konnte! Schon war er wieder da und kassierte nochmals einen Fünfziger. Beim nächsten Stelldichein erhöhte er gnadenlos auf eine Mark. Die Sache wurde uns schließlich zu teuer.

Als meine Klasse das Abitur im voraus auswärts feierte – man wußte ja nicht, ob wir alle nachher noch beisammen wären –, da durfte sie nach taktischen Manövern des mißtrauischen Vaters mit mir zum Tanzen fahren. Ich spendierte ihr eine Tafel Schokolade und kam mir ungeheuer gereift und erwachsen vor. Es war die schönste Straßenbahnfahrt meines Lebens. Ingeborg sagte wenig, sie freute sich darüber, der elterlichen

Aufsicht endlich für einen Abend entronnen zu sein. Das heißt, nicht für den ganzen Abend. »So nach zehn« sollte die chauffierende Tante sie abholen kommen. Wir hatten kaum mit dem Festchen angefangen, da waren sie auch schon da, die Tante und neben ihr der Vater. Sie saßen im Vorraum und konnten immer dann in unseren Saal hineinschauen, wenn die Bedienung kam oder ging. Damit hatte der Vater uns das Fest verdorben, die Tante wäre verständnisvoller gewesen. Doch Hannibal hatte ihn ja gewarnt.

Ingeborg machte ein Jahr später Abitur. Ich war schon in Mainz und schrieb ihr an jedem Tag einen Brief, vier Semester lang und noch einmal fünf Semester lang aus Innsbruck. Sie antwortete weniger oft. Von den Briefmarken, so rechneten wir uns später aus, hätten wir uns das Schlafzimmer kaufen können. (An das Wohnzimmer dachten wir da noch nicht.) Zwischen Mainz und Innsbruck verlobten wir uns, und nach dem dritten Monatsgehalt auf der ersten Arbeitsstelle heirateten wir. Wenige Monate später meldete sich unser Murkel an – frei nach Falladas »Kleiner Mann, was nun?« Der Murkel erschien und hieß Barbara – wir lasen es bereits. Ingeborg erwarteten zwei schwere Operationen und Barbara ein ungleich liebloseres Dreivierteljahr als die neun Monate Geborgenheit im Leib ihrer Mutter: ein Bettchen im Entbindungsheim der Caritas für »gefallene Mädchen«, im Münsterland weitab von der nächsten Stadt, wo man aber ehrlich bemüht war, ihr die fehlende Mutterliebe zu ersetzen, so gut es ging.

Ingeborg hatte sich die böse Krankheit schon im Luftschutzbunker zugezogen. Fast jede Nacht Fliegeralarm, Rennen zum Bunker, angstvolles Beten, während die Bomben detonierten. In den letzten Wochen mutierte der Weg zum rettenden Bunker zu einem Laufen um das nackte Leben. Alte Menschen, Frauen und Kinder sprangen von einem Hauseingang in den nächsten. Überall Jagdbomber in der Luft, die in böser Treibjagd aus niedrigster Höhe auf die Menschen schossen wie Jäger auf die Hasen. Als die Art der Krankheit schon bald nach dem Krieg festgestellt wurde, bestand wenig Aussicht auf Heilung, amerikanische Antibiotika gab es in Deutschland noch nicht. Näheres ist unter »C wie Cäcilia« bereits berichtet worden.

Ingeborg kam endlich heim und blieb gesund, Barbara konnten wir zu uns holen, die Welt war wieder in Ordnung. Und so schenkten wir unser Glück an Birgit weiter, später auch noch an Hendrik – geteilte Freude wurde uns dreifache Freude! Ich wechselte die Stelle ein weiteres Mal, und wir zogen abermals um. Mit einer Kinderpflegerin und den zwei Töchtern lebten wir auf zunächst fünfundvierzig Quadratmetern und waren zufrieden. Bis sich nach neun Jahren beruflich eine noch interessantere, weil verantwortungsvollere Möglichkeit bot und wir zum dritten Male umzogen, auf die vierte Stelle hin. Die sollte es dann auch bis zum Arbeitsende bleiben. Ingeborgs Mutter zog mit, sie war 36 Jahre lang bei uns, und wir möchten es uns eingestehen dürfen, daß Omi sich wohlgefühlt hat – und wir uns mit ihr. Als sie starb, war sie 96 Jahre alt und bis zum letzten ihrer Tage klar im Kopf. Wir werden ihr gütiges Lächeln nicht vergessen, und mit uns denken viele unserer Freunde und Gäste so. Denn Omi war immer dabei. Manchmal ertappen wir uns, daß wir sie echt vermissen.

Nun, es waren keine leichten Jahre, vor allem für Ingeborg nicht. Viele, ja die meisten Wochenenden waren beruflich besetzt, an denen sie auf den Mann und die Kinder auf den Vater zu verzichten hatten. Wie viele Nächte hat sie nicht um mich gebangt, bis ich um Mitternacht von einer Konferenz, einem Vortrag mit dem Wagen von auswärts heimkam, sommers wie winters und bei jedem Wetter; nie hat sie das letzte Licht gelöscht, immer lag sie wartend auf der Couch, bereit, mich ohne Vorwurf zu empfangen und noch zu umsorgen. Wie viele dienstliche Gäste habe ich ihr ins Haus geschleppt, die sie abends bewirtete – Professoren, Minister, Bischöfe, Künstler, Deutsche, Franzosen, Luxemburger, Polen, Russen. Sie alle ließen es sich bei uns gut sein, Ingeborg verwöhnte auch sie mit Wärme.

Ingeborg bildete sich fort; sie legte eine Prüfung ab und

wurde ehrenamtlich Leiterin einer öffentlichen Bücherei. Jeden Dienstag stand sie am Nachmittag alten und jungen Lesern beratend zur Seite, kaufte neue Bücher ein und lernte Helfer an, fast zwanzig Jahre lang. Bibliothekarin, das war ihr Berufswunsch in der Jugend gewesen. Die Krankheit hat es ihr damals nicht erlaubt, das Praktikum fortzusetzen. Sie mußte ihr Studium gewissermaßen in Heilstätten verbringen. Das stete Abhängigsein, auch später noch in der Klinik, hätte ihr Selbstbewußtsein verkümmern lassen, wenn sie nicht eine so starke Natur gehabt hätte, die man ihr freilich nicht ansah. Umso überraschter waren und sind die Gesprächspartner, wenn sie nach einer Zeit des Abwartens und Nachdenkens anfängt zu argumentieren, zu bestätigen, doch nicht weniger, falls sie es so und nicht anders befindet, auch zu widersprechen. Mit ihrer besonnenen Art hat sie kürzlich eine Reihe französischer Freunde verblüfft, als sie schließlich das Wort nahm, langsam und sehr sicher, nämlich ein geübtes Englisch und kein weniger exaktes Französisch. Da bekam sie heftigen Applaus – Standing ovations, wenn auch im Sitzen!

Die noch oder auch nicht mehr jungen Damen, die ich auf all diesen Seiten gewürdigt habe, respektierten Ingeborg, kaum, daß sie sie kennengelernt hatten. Ab und zu fiel dann ein fragender, eventuell sogar vorwurfsvoller Blick auf mich, als wollten sie sagen: Und bei dieser Frau machst du mir schöne Augen? Da halten Frauen untereinander zusammen, und ich müßte es zur Strafe ertragen. Ingeborg ist ein starker Charakter, sie kann, wenn es ihr unvermeidbar erscheint, auch zäh sein, hart und unbeugsam. Eine Westfälin! Die Kinder haben eine hohe Achtung vor ihr und lieben ihre Mutter, was diese an allgemeinen oder persönlichen Feiertagen am stärksten erfährt. Was konnte ich ihr zum 50. Jahrestag meines Eheversprechens Besseres sagen, als daß ich bei aller Liebe ihr gegenüber höchsten Respekt empfinde, den sie sich redlich verdient?!

Ach ja, der Fünfzigste. Es war damals in Datteln geschehen, um 16 Uhr im Kolpinghaus, am 30. November 1948. Ich war Unterprimaner, zwölfte Klasse, sie in der Elften; und ich sagte ernst entschlossen zu ihr: »Dich werde ich heiraten.« Sie hat es lange nicht glauben können. Zur Feier des Jubiläums fuhren wir nach Amsterdam, nach Holland, weil wir es auf unserer Hochzeitsreise so kurz nach dem Krieg ausgerechnet in Arnheim deutlich zu spüren bekommen hatten, daß wir ungeliebte Deutsche seien. Man behandelte uns miserabel. Aber die Einwohner der Stadt hatten wegen der großen Brücken über den Rhein 1940 beim deutschen Überfall und 1945 beim deutschen Rückzug Schlimmes durchgemacht.

Diesmal also Amsterdam, die herrliche Stadt der Grachten, der Museen, der Türme, Tore und Höfe, aber auch der Drogenkoffieshops. Zu Ende November, doch was tat's? Am betreffenden Abend wollten wir in feiner Gala zum noch feineren Essen gehen. Da erhob sich ein feuchtkalter Wind vom Meer, und Eisregen stürzte vom Himmel. »Komm' da rein, ist doch gleich, wo. Hauptsache ins Warme!« rief Ingeborg wie in höchster Not. Wir traten hastig ein und übersahen dabei Einzelheiten. Es war ein großer Raum, holzgetäfelt die Decke, die Wände, der Boden. Die vordere Wand des Saales war offen gelassen, man saß wie vor einer Studiobühne und sah in die Küche, wo die Köche fleißig an der Arbeit waren. Zwei ältere, bis übers Knie berockte Damen, die uns wie von der Heilsarmee erschienen, bedienten die Gäste. Das waren Studenten und auffallend viel ältere Männer, die zum Teil nicht Platz nahmen, sondern ein Stammessen ohne oder mit einer Wurst oben drauf in ihren Kochgeschirren nach Hause trugen. Man war freundlich auch zu uns, und die Preise waren niedrig – außer für Alkohol. Wir waren von dem Lokal recht angetan und versprachen wiederzukommen. Als wir das Haus verließen, hatte sich das Unwetter verzogen. Wir sahen uns noch einmal um, und da entdeckten wir über dem Eingang ein hölzernes Schild, auf dem zu lesen stand: »Volksküche der Stadt Amsterdam von 1871«. Armenküche? »Das konnte nur uns passieren!« meinte Ingeborg amüsiert. Doch niemand drinnen hatte auch nur eine Miene verzogen wegen ihres Pelzmantels und wegen meines feinen Zwirns. Und weil wir zudem noch Deutsche waren. Niemand.

Am nächsten Abend gingen wir wieder hin, der angekündigten Muscheln wegen. Die fürsorglichen Bedienerinnen freuten sich. Wenn die wüßten! Ich habe »meine« Goldene Hochzeit an diesem Abend also schon gefeiert, und Ingeborg hatte die Einladung angenommen. Dafür hat sie mich eingeladen, an »ihrer« Goldenen teilzunehmen. Ich werde hingehen – 2004.

Wie lobt man seine eigene Frau am klügsten? Sie kommt mir ja doch dahinter, wenn es nicht ehrlich ist. Aber es stimmt, sie ist in ihrem Alter immer noch schön (halt: hübsch läßt sie gelten, schön für sich nicht), sie verfügt über eine souveräne Art des Umgangs mit Nachbarn, Freunden und Behördenmenschen (wieder halt: souverän lehnt sie für sich ab, furchtlos läßt sie gelten). Einen Chef hat sie ja nie gehabt, und mich würde sie als einen solchen Gott sei Dank nicht anerkennen. Wenn sie gelöst und froh ist, lacht sie gerne, dann mit einer umso tieferen Stimme. Ein solches Kompliment lehnt sie nicht ab. Denn Anerkennung haben ihr schon ganz andere Leute gezollt als nur der eigene Mann. Sie weiß genau, was sie kleidet, ein sportlich eleganter Stil, vor allem die Farbe blau, die Haare – die ich an ihr einst als lang so liebte: Mona Lisa – inzwischen kürzer, um nicht zu wimmern: kurz. Doch es steht ihr, und ich gewöhne mich daran. Sie ist klug und inzwischen auch weise und man betrügt sie besser nicht. Wenn aber jemand – mich gottlob ausgenommen – sie doch belügt, und sie merkt das erstaunlich bald, dann braucht ihr der nicht wieder unter die Augen zu treten. Denn ihr Gedächtnis funktioniert einwandfrei, und von mir weiß sie ohnehin alles. So gelingt es uns noch immer, eine friedvolle Ehe zu gestalten, selbstverständlich, weil sie ein Grundvertrauen zu mir hat, darüber hinaus freilich großmütig nachsichtig ist. Die Kinder sind weit weg, die Enkel auch. Das ist schade, für beide Seiten. Doch sie alle kommen gern.

Ingeborg ist eine hervorragende Köchin. Die Grundkenntnisse hat sie vor fünf Jahrzehnten bei biederen Nonnen erworben. Die Eleganz des Kochens, Bratens, Dünstens, Backens und Richtens hat sie sich selber beigebracht. Sie hat dafür die Contenance, die innere Disziplin, die sie auch bei anderer Gelegenheit beweist. Nicht nur der Mann und die immer noch zahlreichen Gäste gedeihen bei dieser Kochkunst gut. Auch die Blumen lassen sich bestaunen, denn Orchideen blühen bei ihr immer wieder, Jahr um Jahr. Ihre Literatur, ihre Sprachkurse und ihren Sinn für Theater und Konzert läßt sie sich nicht nehmen.

Das sieht nun alles so furchtbar glatt und problemlos aus, so langweilig und gutbürgerlich. Ist es das? Ich war im Beruf für meine Vorgesetzten kein Bequemer. Bis heute halte ich den Mund nicht gern. So hatte ich auch Neider, Denunzianten, Feinde. Es war kein einfaches Leben, auch nicht für sie. Wie oft hat sie mich wieder aufgerichtet, aus eingebildeten und aus echten Niederlagen befreit; hat mich vor Kurzschlußhandlungen bewahrt, hat meine Manuskripte und meine Oberhemden kritisch prüfend durchgesehen; ohne Ingeborg hätte ich das Leben nicht bestanden. Und dann noch »alle meine 25 Lieben«, von denen sie eine, wenn auch die ganz große ist. Und die sie mindestens so groß und großartig, wenn auch still erwidert hat. Darum kann und soll und will ich ihr für dieses gemeinsam erfahrene und gemeinsam getragene Leben aus tiefer Seele danken. Ich glaube, mich selbst hätte ich wahrscheinlich nicht geheiratet.

Zum Schluß dieser Geschichte möchte ich aber noch eine Begebenheit erzählen, die kennzeichnend ist für diese wunderbare Frau, deren Wert ich einst mit 18 Jahren erahnte und die mir sechs Jahre später ihr unbedingtes Ja-Wort gab. Wir hatten das Boot im Schlepp mitgenommen, die Sonne schien, der Himmel war blau über dem Gardasee, und wir wollten endlich aufs Wasser. Das Boot war gekrant, und wir fragten die alten Seebären vom Club noch, ob sich das Wetter halten würde. »Si si«, pafften sie aus der Pfeife, »vielleicht ein bißchen Regen.« Sie hatten nicht hinter sich auf den Monte Baldo gesehen; denn, wie wir am nächsten Tage erfuhren, bläst die Bora auch bei Sonne, wenn der Berg sich kurz vorher eine schwarze Kappe aufsetzt. Wir motorten auf den See, und ich war noch mit den letzten Handgriffen nach dem Setzen der Segel beschäftigt, da schrie Ingeborg plötzlich: »Sturm!« Die Bora jagt meist am frühen Nachmittag aus der Po-Ebene herauf, gewinnt über dem sich nach Norden verengenden See an Stärke und läßt die Wellen zwischen Malcesine und Limone schäumen. Also Sturm! Ingeborg hatte bis zu diesem Augenblick das Steuer geführt, jetzt rief sie nur: »Ich gehe unter Deck und mache das Luk dicht, sonst saufen wir ab.« Ich sprang vom Deck in die Plicht und ans Steuer, vor Aufregung riß ich den Benzinschlauch zum Außenborder ab, die Segel standen steif, doch machten wir keine Fahrt mehr voraus, denn das Boot legte sich krängend zur Seite, mal auf die eine, mal auf die andere. Grünes Wasser kam über bis in die Plicht, ich saß bis zum Nabel darin, versuchte irgendwie doch noch zu steuern und fluchte. Fluchte wie noch nie in meinem Leben, wohl eine Stunde lang, bis endlich das Vorsegel einriß und auch noch das Groß und dann die Gefahr für Leib und Leben für uns beide vorüber war. Ans Beten habe ich die ganze Zeit über nicht gedacht. Wahrscheinlich habe ich überhaupt nichts gedacht, Ingeborg war ja in Sicherheit. Doch wäre der etwas über fünf Meter lange Kimmkieler durchgekentert, so wäre auch sie verloren gewesen. Wir hatten vergessen die Schwimmwesten anzulegen und wären beide todsicher ertrunken. »Waren Sie das gestern auf dem See?« fragten uns Hotelgäste neugierig. »Das sah ja toll aus.« Danke sehr für die Teilnahme!

Die Segel waren heruntergeweht und jetzt geborgen, der Motor schnurrte wieder, bald würden wir in Limone einlaufen. Als Ingeborg das Luk aufschob und herausschaute, war sie bleich, die Haare lagen ihr wirr durcheinander. Erst nach einiger Zeit ließ sie sich in der plötzlich eingekehrten Stille vernehmen: »Ich habe für dich mitgebetet. Du hast es ja vergessen. Hör' zu, wir trinken jetzt einen starken Tee, dann reparierst du die Schäden, und wir tuckern zurück. Wind gibt es heut' keinen mehr. Komm', hilf mir raus.«

So ist Ingeborg. Sie behält die Nerven. Sie sagt auch unter schwerer Belastung, was zu sagen ist. Sie sagt es gegen jedermann. Sie spürt die Furcht erst hinterher. Ihre Festigkeit und Zuverlässigkeit sind manchen unbequem, für mich sind sie das

Geschenk meines Lebens. Ingeborg ist bewundernswert. Warum sollte ich meine Frau nicht bewundern? Liebe hat viele Gesichter. Schon recht. Denn wenn die alte Liebe in ihren Augen aufblüht, wird ihr Blick von einer mädchenhaft jungen Stimme begleitet. Dann ist es zwischen uns noch immer wie ganz am Anfang.